睡郷の獣

睡《すい》郷《きょう》の獣《けもの》

和泉《いずみ》 桂《かつら》
ILLUSTRATION：サマミヤアカザ

睡郷の獣

LYNX ROMANCE

CONTENTS

睡郷の獣

風は冬から春へと向かう匂《にお》いを孕《はら》み、冷たいようなあたたかいような、どちらともつかないぬくみを帯びている。

レム・エルファスが足を止めて見上げると葉を落とした木々の中には、小さな新芽がついているものもあった。

雪が溶けかけた小径《こみち》はぬかるみ、木靴を履いた足許が泥で茶色く汚れる。この国で石で舗装された道を歩くのを許されたのは、王族と貴族だけだ。

レムの前を無言で進むのは父のカイル・エルファス、それから彼の部下である科学院の研究者たちだ。皆、才気煥発《さいきかんぱつ》な若者で、まだ幼いレムから見れば、それこそ綺羅《きら》のように目映《まばゆ》い存在だ。

「あの黒髪、半獣《はんじゅう》だろ。気味が悪いな」

「エルファス博士の息子さんだぜ」

「……へえ。まったく似てないじゃないか」

黒髪に黒い目は、『銀嶺《ぎんれい》』では半獣の特長として忌《い》み嫌《きら》われていた。

己の前を歩くカイルは陽に透ける茶色い髪なので、彼に似ればよかったのにとレムはしばしば自分の外見を恥じた。

一方、カイルは外見はどうあれ賢いレムを有望視しているらしく、まだ子供だというのに自分の仕事に同行させている。半獣であるのを恥じるなと教えたいのかもしれない。

当然だ。過ちを犯したのは父で、その罪をレムだけが背負っているのだから。獣人だった母が産褥《さんじょく》で死したために、カイルが男手一つで育ててくれたことには、無論、感謝をしている。しかし、カイルは母については殆《ほとん》ど教えてくれなかったし、変わり者で知られる父は息子の頭脳以外に興味を抱いていないようでもあった。

この道の先にあるのは、切り出した石を組み合わせて作った大きな塔だ。

塔の入り口は昼夜交代で見張りの衛兵が二人立つだけでなく、国防軍の駐屯地《ちゅうとんち》も近く、異変があればすぐに人が駆けつけるようになっている。従って、見張りの目をかいくぐって中に入ることはまずできない。だが、医学の権威であるカイルがいれば話は別だ。

「どうぞ、エルファス博士」

「うむ」

このような塔は『睡郷《すいきょう》』と呼ばれ、大きな都市には必ず一つか二つはある重要な施設だ。

音を立てて分厚い樫《かし》の扉が開き、湿ったあたたかな空気が向こうから流れ込んでくる。

獣人しか出入りが許されない塔に足を踏み入れるのは初めてで、未知のものに遭遇する期待と昂奮《こうふん》にレムの心臓は高鳴った。

塔の中は薄暗く、レムはいちいち足許《あしもと》を確かめながら階段を上がらなくてはいけなかった。

温度と湿度は一定の基準を保つように工夫されているそうで、居心地はよい。それぞれの階には明かり取りの窓が設計され、春分点に最大の光が入るように計算されていた。

広大な階層には、『繭《まゆ》』と呼ばれる卵を模した大きな籠《かご》が、適度な間隔を置いて無数に並べられている。繭の中には羽毛や枯れ葉が敷き詰められ、その中では獣たちが思い思いに睡《ねむ》っていた。

獣人たちの冬眠は日常的な眠りとは種類が違うので、『睡り』と表現される。

父の一行が熊《くま》の睡る繭の前で何かを調べ始めたため、退屈になったレムはこっそり歩きだした。

自由に歩き回ることなど本来は単なる見学者のレムには許されないが、好奇心が勝った。

熊、虎《とら》、豹《ひょう》——多くの獣があたかも死んだように睡っている。

特にこの階は大型の肉食獣が集まっているようで、彼らが寝惚《ねぼ》けて研究員を襲った事故も耳にしたことがあり、まだ子供で戦う力も逃げるほどの力もないレムは空恐ろしさを感じる。

忍び足で最上階を目指そうとしたレムは、そこでふと足を止めた。

何やら物音がしたようだ。

「…………」

ここでは大きな声を出して彼らの睡りを妨げてはいけないと、父にきつく言いつけられている。

彼らの冬眠の周期を守らなくては、健康に異常を来す者も現れるからだ。

まさか物盗りか何かが忍び込んでいるのだろうか。

レムが通路を歩いていくと、そのうち一つの繭で何か灰色のものが動いているのに行き合った。

どきん、と心臓が震えた。

獣人たちが冬眠から覚める日までまだ数日はあるはずだが、何かの間違いで早く起きてしまったのだろうか。しかし、研究を邪魔してはいけないので、まずは本当に起きているかどうかを確かめて、もし本当に起きてしまったのであればカイルに報告しなくてはいけない。

「あっ」

音の主は、すぐに見つかった。

誰もが死んだように睡りに就いた空間で、銀色の毛皮に包まれた生き物が躰《からだ》を震わせていたからだ。尖《とが》った耳。ずっしりと重そうでふさふさの尻尾《しっぽ》は垂れ下がっている。

狐《きつね》、しかも希少なはずの銀狐だ。

狐の躰が一際強く痙攣《けいれん》したあとに、それは唐突に始まった。

中空に向けて伸ばされた前肢《まえあし》が、不意に、爪先《つまさき》から人と同じ膚色《はだいろ》に変わっていったのだ。

「わ……」

煌《きら》めく光を受けて目覚めていく、一頭の獣。

長い睫毛《まつげ》に止まった光が、まるで涙の雫《しずく》のようだ。

獣人は通常は獣の形態を取らず、耳と尾だけを見せて暮らす。そのため、彼らが獣型になるのは冬眠の最中だけだ。

その貴重な変化を見られたことに驚き、レムは密《ひそ》かに昂《たかぶ》りを覚えていた。

豊かな乳房を露《あらわ》にした女は小さく息を吐き出し、潤んだ目でレムを見やった。

「そなたは？」

澄んだ、美しい声だった。

「レム……レム・エルファスです」

獣はぴくりと耳を動かした。

「その臭《にお》い、半獣か」

獣人と人間の混血児である半獣という言葉には、侮蔑《ぶべつ》の意味しか込められていない。

「聖なる睡りから覚めた途端に、穢《けが》れを目にするとはな」

明白な蔑《さげす》みを帯びた声で女は吐き捨て、それから瞬《まばた》きをする。

「黒き子……醜いのう。我が目を潰す気か？」

「も、申し訳ありません」

声が掠《かす》れる。

「誰か呼んでまいれ。半獣ではない者をな」

「……はい」

たとえどれほど軽蔑されたとしても、この女が言うことならば、どんな罪深いことであろうと従ってしまえるような気がした。

美は、力だ。

幼心にも叡智《えいち》こそが力だと信じていたレムの自信の根源を揺るがすほどに、彼女は光り輝き、そして美しかったのだ。

1

「——かつて神は己の身を模して民を作りたもうた。まずは獣人を、次にヒトを、最後に獣を」

夕暮れの光が窓から入り込み、ステンドグラスに描かれた神像が輝いて見える。

神は多様な形態を取って民の前に現れるため、神像は龍《りゅう》のような幻想の生き物や虎といったさまざまなかたちで描かれる。

壇上に立ち子供に説話する説教師は穏やかな顔つきで、この国にいれば何十回何百回と聞かされる伝説を滔々《とうとう》と話していた。

いや、これは史実という名の実話でもある。それをわかりやすく子供たちにも伝えているだけだった。

祭壇の横で主賓として静かに座するニナの位置からは、老いた説教師の尾までが目に入る。その耳や尾には白いものが混じり、死期が近いことを如実に示していた。あの様子では、来冬は越えられないかもしれない。

「獣人はこの世界を支配し、人を管理する。物言わぬ獣はその更に下——獣人と人に捕食され、あるいは使役されるための存在なのですが、それでもなお支配者に対して反抗的な種もあります」

どうして獣に鞭《むち》打つの？　どうして魚や卵、獣を食べていいの？　皮や毛を使ってもいいの？

そういう子供たちの無邪気で素朴な疑問を封じ込める言葉は、この時点で既に用意されている。

獣人は獣にも人にもなれる種族のことだ。彼らは人型のときも本来の獣のときの能力を保持し、なおかつ人としての頭脳や特性も持つ優れた種族だった。しかし、単なる獣では変身ができないし、なおかつ言葉による意思疎通ができない。それが獣と獣人の大きな違いだった。

この国には建前上は、獣人と人《ヒト》という二つの種族がいる。獣と人という二種族の能力を持ち合わせた獣人は貴族として人を支配し、人は貴族に使役される。身分が違うがゆえに住む地域、学校、職場、あらゆる環境が分け隔てられ、厳然とした格差があり、それに疑問を挟む者はいなかった。

「ともあれ、それから千年の時が経《た》ち、我が銀嶺は他国から侵攻されるようになりました。そして、それと同時に異郷からさまざまな厄災がもたらされた。何よりも大きな災いは、四百年前に起きた疫病——灼熱病《しゃくねつびょう》の大流行です。これは大陸全体で猛威を振るい、多くの犠牲者が出ました」

嗄《しわが》れた説教師の声に、子供たちは聞き入る。

「灼熱病は獣人が冬眠しているあいだに蔓延《まんえん》し、人と半獣だけが罹患《りかん》して多くの者が高熱で死にました。この悲劇を『灼熱の死』と言います。当時の王であり教会を司るトルア三世は、それは奇蹟《きせき》であり、獣人に対する神のご加護の証《あかし》だと考えました。そしてこの国は神に守られた獣人の国だと気づき、それを疑う他の国との交流を絶つことにしました」

眠くなってきたのか、子供たちの中には欠伸《あくび》をしている者もいた。

最初は熱が出るだけだが同時に食欲もなくなり、次第に熱が上がってやがては何も食べられなくなって衰弱して死ぬ。

単純だが恐ろしい病気で、灼熱病は大陸全土に蔓延し、種族を問わず何百万という命を奪ったのだという。

「今日、万霊節《ばんれいせつ》はトルア三世が定めたすべての区切り。冬眠からの目覚めを祝い、我々獣人が万物の上に立つことを定めた日なのです。我々の冬眠が聖なる睡り——『聖睡《せいすい》』と定められたのも、鎖国が始まったのもこの日です。我々の歴史は、常にこの万霊節から始まるのです」

退屈で長い話が漸《ようや》く終わりそうだ。床を撫《な》でそうなほどに立派なニナの太い尻尾も左右に揺れ、眠気を如実に示している。

「それでは、宰相のグライド卿《きょう》の代理として本日はご子息のニナ様に来ていただきました。皆さん、拍手でお迎えください」

唐突に話を振られて、ニナは一つ咳払《せきばら》いをしてから、優美な仕種《しぐさ》で立ち上がった。

足許まである儀式用の長い純白のローブを纏《まと》ったニナは、ゆるやかな足取りで壇上に立った。優美な意匠の正絹のローブは群衆から見えないところまで銀糸で縫い取りがされ、踊る狐の姿が描かれている。

透き通るような白皙《はくせき》に腰まである豊かな銀髪、優美にカールした長い睫毛に覆われた大きな金色の目。日々ブラッシングを欠かさないふさふさとした尻尾は毛艶《けづや》がよく、根元から尻尾の尖端《せんたん》にかけては微妙なグラデーションになっており、まさに銀という形容が相応《ふさわ》しい華やかさだった。

ぴんと立った耳の美しさを損なわない小さな白い帽子を被ったニナは、頬を染めて拍手する子供たちの顔を順に睥睨《へいげい》した。それぞれに獣人の特徴を示した子らの表情は輝き、穏やかで、そして未来への希望に満ちている。

この教区の子供たちは富裕な貴族の子で、彼らは学校や教会で繰り返し獣人の優位を教えられ、この国の中枢を担う役人や政治家になる。ニナもその枠組みの中で育った一人だ。

事実、子供たちは皆獣人で、犬やコヨーテなど、肉食獣の系統が多い。しかし、中には長い耳を持つ兎《うさぎ》や愛らしい猫の獣人もおり、彼らは仲良くニナの話に耳を傾けていた。

獣人は人型になったときに、耳や尻尾などに獣の形態の名残が色濃く表れるのだった。

「子供の頃は万霊節の意味がわかりませんでしたが、皆さんはどうですか？　ただの卒業の日、あるいは成人の日と思われているのではないでしょうか」

ニナが金色に煌めく瞳《ひとみ》で一人一人の顔を見据えると、その美貌《びぼう》を目にした子供たちがうっとりとした顔になるのがわかる。

しかし、今は自分の顔に見惚《みと》れるのではなく、話を聞いてほしかった。

「私も子供の頃は皆さんと同じでした。けれども、成長するにつれて自然と学ぶようになりました。今日というのは私たち獣人が神によってこの国の支配者として選ばれた記念日なのです」

普段のニナは『僕』という一人称を使うが、こうした公的な行事では『私』という硬い表現を好んだ。

「皆さんが知るとおり、銀嶺は国境を閉ざし外国とは交わらない政策を採っています。それは他の国が堕落し、信仰を忘れてしまったからです。でも、この銀嶺は違う。私たち獣人は平民の模範となり、この神の国を守らなくてはなりません」

外国など何も知らないくせに、自分でもよく見てきたようなことが言えるものだと思う。

だが、それればかりは仕方がない。

貴族の子弟を鼓舞し、勉学に励むよう促したニナは、「皆さんが大人になり、この国を背負う日が来るのを楽しみにしています」と無難に話を締めた。

すべての節目となる万霊節は、学校や職場の一年の終わりで、子供たちが成人になる日でもある。十六歳のニナも学校を今日卒業し、新成人となった。

秋分点から冬至にかけてそれぞれが睡郷で冬眠に入った獣人たちは、春の訪れとともに目を覚ます。多くの者が万霊節までには目覚めるので、トルア三世はこの日に祭りを行い、あらゆるものごとの区切りにしたそうだ。

この日は子供たちが唯一夜の行事に参加できる日で、大人にとっては無礼講の祭りでもある。

貴族は館《やかた》で盛大なパーティを開き、庶民の多くは町に繰り出して神に無病息災を願い、踊ったり酒を飲んだりと一晩中大騒ぎをする。獣人の支配を是とするのを祝う祭りを、人は喜んで迎えている。

それでは半獣はどうなのかという問いには、ニナも答えられなかった。

数が少ない獣人はその血を守るべきであり、たかだか快楽のために人と交わることは、種に対する裏切りと見なされる。

そのため半獣は差別され、特別な才能がない限りは社会でも底辺の存在として生涯を終え、物乞《ものご》いにまで落ちる者も珍しくはない。半獣の中には希《まれ》に獣人すら凌《しの》ぐ才能の持ち主が生まれると言われていたが、それはあくまで特殊な例だろう。

話を終えたニナは祭壇から下り、式典が終わって混雑する前に外に出ようと廊下へ向かった。

すると、どこから現れたのか学校の先輩である青年が「ニナ」と声をかけてきた。

「こんばんは、ディーコン。何かご用ですか?」

「卒業おめでとう。君を誘おうと思って待っていたんだ」

式典は終わりに近づき、今度は聖歌が聞こえてくる。ディーコンと仲間たちは成人男子の正装で、黒に金の刺繍が入った上着に下半身は同じ黒い裾《すそ》着《ぎ》、それに革のブーツを合わせていた。

「これから城下の酒場にでも行かないか。君たち新成人は今宵《こよい》から飲酒が解禁になる」

「それが何か?」

わざわざニナを誘いにやって来たディーコンは真っ赤になっており、それを仲間が見守っている。

「今夜は無礼講ってことだ。スモモの果実酒が名物の店でさ……君、甘いものは好きだろう?」

ニナの嗜好《しこう》をよく調べている発言だったが、込み入った人付き合いは面倒だ。

特に、ニナは代々銀狐の血しか入っていない希少な純血種だ。純血種は豹の血統である王族を除けばごく少数で、誇り高いものだ。

獣人の中でも、たとえば狐という属が同じであればいいとか、ひいては獣人同士であればいいと、『種属』とは関係なしに婚姻を結ぶ者もいる。その結果生まれる雑種は父方と母方、どちらの血が濃く現れるかは生まれてみるまでわからなかった。

けれども、獣人としての誇りがあるのなら、雑種など受《う》け容《い》れられるわけがない。人一倍気位の高い母親に育てられたニナは、雑種が苦手で、彼らと馴れ合う気はなかった。

とはいえ、純血といえども狐は少しばかり複雑な立場でもある。いにしえより狐は腐肉を漁《あさ》るとされ、同じ獣人からも穢れていると蔑まれていた。狐如《ごと》きの血筋が大臣にまで上り詰めたのは、何か秘密があるのだろうと、しばしば陰口も叩《たた》かれた。

ニナの家系は祖父の代までは各地にある睡郷を一括しての管理する管理官の役割を務めていたが、それだけしか知らない。

雑種のあしらいに頭を痛めるニナに対し、ディーコンは真っ赤になって説明を続けている。

「それに、料理がとにかく旨《うま》い。特に川魚のソテーの火加減が絶妙だ。それからチキンのベリーソースがけ。甘酸っぱいソースが若鶏とよく合うんだ。どっちも君に食べてほしくて」

延々と店のよさを伝えようとするディーコンの声には勢いがあり、ニナはぴくぴくと耳を動かした。それを好奇心と警戒心のどちらと取っているのか、相手は短い尻尾を揺らしてニナの返事を待つ。

「デザートの林檎《りんご》のパイは生地がさくさくしていて、やはりあそこでなくては食べられない逸品だ。どう

「でも……」

ディーコンが食い下がろうとしたとき、身なりのよい老人がつかつかと近づいてきた。

「おお、グライド卿のご子息ではないか」

いい加減に面倒《めんどう》になったところで、来賓の老人に声をかけられてニナは社交辞令の意味で微笑《ほほえ》む。願ってもない助け船だった。

「お久しぶりです」

「お父上はお元気ですかな？　長く都で重職についておられると、故郷にもなかなか戻ってこられないようだ」

「故郷を愛する気持ちは皆と同じでしょうが、宰相というのは何かと忙しいようです」

「ハブル殿は、昔から志が高く優秀なお方だった。学生時代で既に頭角を現し、学校の改革にも熱心でしたからなあ。今は陛下のおそばで辣腕《らつわん》を振るっていおられるとか。さもありなんと思えますよ」

だろう、ニナ」

彼は目を輝かせて、一連の誘いを締《し》め括《くく》った。

「生憎《あいにく》、僕は、今夜のうちに都へ帰るんです」

「都に？　どうして？」

「一刻も早く、父に卒業の報告をしたいので」

今日で学校を卒業したニナは、この先は都で父の補佐をすることが決まっている。残された自由な時間はわずかなのに、好感も抱いていない相手と共にいたくはなかった。

それに、一年前に亡くなった母の墓参りもしたい。深く愛し合っていた両親だけに、父の嘆きは凄まじく、母にそっくりのニナにすぐに会いたいと何度も手紙を寄越していた。

「今夜は折角《せっかく》の祭りだ。こんな日に旅立ちなんて、いくらなんでも無粋すぎる」

「できるだけ早く都に着きたいのです。また誘っていただけますか」

敬愛する父を褒められるのは嬉《うれ》しく、ニナは微笑みを浮かべて愛想よく会話に応じた。

「ありがとうございます」

「唯一意外だったのは、学生の頃から美しい奥方に惚れ込んでいなすったことだ。まったく、あのハブル殿が奥方のこととなるとまるで別人のようでしたよ。ニナ殿は母上によく似ておられますなあ」

この地で学んでいるあいだに都で亡くなり、死に目にすら間に合わなかった母のことを話題にされ、ニナは微《かす》かに目を伏せた。

父は最愛の母が亡くなった理由を流行病だとしか教えてくれなかったので、ニナは些《いささ》か腑《ふ》に落ちなかったものの、未成年の自分によけいな心労を与えたくなかったのだろうと納得した。

あれ以来、母の話題は一種の禁忌でもある。彼女によく似た一人息子は父にどんな感情を想起させるのかと思うと、ニナは常に複雑な心境になるのだ。

そんな話をしている二人をよそに、ディーコンたちの声が聞こえてくる。

「……だから言ったろ、ニナはお堅いって」

「いくらカラマツ亭の飯が旨くたって、純血種様をお誘いするのは恐れ多いんだって」

遠ざかりつつあったが、嫌味すら込めて囃《はや》し立《た》てる声は、ニナの優れた聴覚でならば容易に聞き取れた。

「さあ、寄越せよ。百ディルずつだ」

どうやら、連中は賭《かけ》をしていたらしい。

ディーコンの誘いが本気でも嘘でも、ニナにはどちらだってよかった。つき合いが悪いのも、気位が高すぎて人の反感を買いやすいのも事実だからだ。

話を終えたニナが教会の玄関から出る頃には、人影は疎《まば》らだった。

教会とニナが暮らす別邸は目と鼻の先で、同じ区画にあるため歩けば数分とかからない。代々一族が所有する邸宅をニナが一人で使っており、空き部屋ばかりでがらんとしている。

木製の戸を叩くと、解錠した家令が頭を下げた。

「お帰りなさいませ、ニナ様」

「ただいま。これからすぐに発《た》つ」

それを聞いた家令は、表情を曇らせた。

「本当に今日でなくてはいけませんか？」

「どうしてだ」

むっとしたニナが相手を睨《にら》むと、彼は申し訳なさそうに躰を窄《すぼ》める。

「御者のハイムが祭りに行きたいそうなんです」

「仕事が優先だ」

「ですが、その……連れは初めて恋仲になった娘です。ハイムは長く独り身で一緒に出かけさせてやりたいのです」

「僕は今日のうちに出発したいんだ」

なぜ主の自分が、使用人の恋心にまで配慮しなくてはいけないのか。

仮にハイムが祭りに行く代わりに昼夜を問わず馬を走らせると言ったところで、馬は休まなくてはならないのだから、必然的に到着が遅れてしまう。

ニナが頑《かたく》なに拒絶するのを耳にして、家令は深々とため息をついた。

「……わかりました。では、ハイムに支度をするよう伝えます」

「ああ」

そこでニナは自分の耳をぴくりと動かした。

本来が獣である以上、ニナたちは優れた聴覚や嗅覚を持つ。そのニナが人々の足音を聞き取り、同時に異質な臭いを嗅《か》ぎ取《と》った。

誰かが、来る。それも一人や二人ではなかった。

門を乱暴に開ける音。

祭りで浮かれた連中が間違えてやって来たような音ではなく、鎧や剣がぶつかるような音も届いてくる。

「物音が……見てまいりましょうか」

いや、もう遅い。家令が呟《つぶや》いたそのとき、扉が激しく叩かれた。

「はい、ただいま」

そそくさと家令が扉を開けると、制服に身を包んだ人間たちが踏み込んできた。

「ニナ・グライドだな」

下等な人間風情《ふぜい》に呼び捨てにされる謂《い》われはないが、一応は相手をせざるを得ない。

「そうだが、何か？」

「一緒に都へ来てもらおう」

腕を摑《つか》まれたニナは「離せ」と高慢な口調で告げ、相手の手を軽く振り払う。

「どういう意味だ」

「今から貴様の罪を読み上げてやろう」

団子っ鼻の男は下卑た笑みを浮かべ、ニナの顔を舐《な》めるように眺めた。


——だからね、ニナ。トルア三世はこの国の中興の祖なんだよ。

——ちゅうこうのそ？

——そうだ。トルア三世は、小国だった銀嶺を変革し、今のような獣人の楽園を作り上げたんだ。

楡《にれ》の樹陰に腰を下ろし、その黒々とした尻尾で話に飽きそうになるニナの関心を惹《ひ》きながら、分厚い歴史書を手にしたラクシュは根気強く歴史を教えてくれる。ニナとは三歳しか違わないのに、ラクシュは王子に相応しく優秀で口調も大人びていた。

——よし、トルア三世の話はこれくらいだな。では私が問題を出そう。

言いながらラクシュの尻尾が右に左に揺れるものだから、ニナはそちらに目を奪われてしまう。

——お兄ちゃん、待って。尻尾が……。

——こうして集中力を培うんだよ。

——こら、ニナ！　陛下をお兄ちゃんなどと！

そこで二人を見つけてやって来たハブルが、すっかり蒼褪《あおざ》めて腰に手を当てて幼いニナを叱り飛ばす。だが、ラクシュが笑みを浮かべたまま細く黒い尻尾をゆったりと振ったので、ニナは思わずそれにじゃれかかってしまう。

——ニナ！　やめないか！

——だってずるいんだもの。お兄ちゃんがしっぽを振ると、ぼく、答えられなくって。

——恐れ多いぞ、ニナ。

ハブルはすっかり恐縮して耳を伏せ、汗に濡れた額を手の甲で拭った。

——よいではないか、ハブル。ニナは私にとっても可愛《かわい》い弟。いや、この国の民は皆、私の家族も同じだ。私は皆に幸せになってほしいのだよ。

——はい、陛下！

優しい目をして笑ったラクシュの首に取《と》り縋《すが》ったニナは、その肉体のあまりの冷たさに戦《おのの》いた。

びしゃりと頭から水を浴びせられて、唐突に現実に引き戻される。

冬場よりはましだがそれは氷の如き冷たさで、無数の針となって全身を刺す気がした。

寒い。

ニナは両足と両腕に木製の枷《かせ》を嵌《は》められ、床に転がされていた。足枷には重い鉄製の鎖もつけられ、尖端には自由を奪う鉄球が付属している。鞭打たれているうちに気を失ってしまったが、それが拷問係《ごうもん》のお気に召さなかったのかもしれない。

半裸になったニナの躰に巻きつくのは、あの日身につけていた絹のローブの残骸《ざんがい》だ。新調したばかりだったローブは何日も続く拷問のせいで血と泥、垢と埃《ほこり》に塗《まみ》れ、最早《もはや》見る影もなかった。

「答えろ。おまえはハブルから何を聞いた？」

「……知らない……」

震える唇でニナは言葉を紡ぐ。

父が罪を犯したなんて、嘘だ。あり得ない。

確かにハブルは三年前に母を亡くしてからはだいぶ鬱《ふさ》ぎ込《こ》んでいたが、公私混同をするような人物ではなかった。

あれほどの強い忠誠心を抱く父が、そんな真似《まね》をするなんて信じられない……。

絶え間ない喉《のど》の渇きに、ニナは自分にかけられた水を舐めることでそれをわずかばかり癒《いや》した。

つくづく、惨《みじ》めだった。

手を叩けば即座に駆けつける小間使いたちも、家令も、どこにもいない。今の自分はろくに飲食物も睡眠も与えられず、まるで犯罪者のような扱いをされている。いや、この拷問係にとってはニナは犯罪者そのものなのだろう。


宰相であるハブル・グライドは、若き国王であるラクシュに最も信頼される片腕であり、大政治家といっても差し支えない。私心がなく高潔な人柄で知られ、誰からも敬われる――厳めしい髭《ひげ》をたたえた、美しく立派な毛並みの銀狐。母が存命だった頃、学校の休みに都に帰ったニナがところどころ白くなった毛を指摘すると、彼は老いるのもまたよいと笑っていた。

そんな非の打ち所のないハブルの一人息子に対しての仕打ちが、これか。

「嘘をつくな！　おまえの父親が叛乱《はんらん》を画策していたのはわかっている。卑怯《ひきょう》にも、陛下を脅したのもな！」

ぐっと髪を掴まれたニナは、拷問係に強引に面を上げさせられ、憤《ふん》怒《ぬ》と屈辱に顔を紅潮させた。

「おまえはハブルの一人息子だ。父親の企《たくら》みを一つも知らなかったというわけがない！」

「それでも、知らないものは知らない……」

父の企み？

そもそも、あの忠誠を絵に描いたような父が陛下を脅したなどというのは、事実なのか？

信じられるわけがない。何もかもが出鱈目《でたらめ》に決まっている。彼らはそうやって、ニナから何らかの情報を引き出したいだけだ。

しかし、成人したばかりで十六歳のニナには知っていることは殆どない。家のことも政治のことも、これから少しずつ父に教わるはずだったのだ。

「なぜ陛下のご厚意に叛《そむ》いた!?」

拷問係は苛々《いらいら》した様子でその長い髪から手を離すと、倒れ伏したニナの尻尾をぎゅっと握り締めた。

「ッ」

尾の付け根のあたりを摑まれて、ニナは息を呑《の》む。

そこは尻尾を持つ獣人の急所だ。

摑まれると頭が白くなり、躰に力が入らなくなってしまうのだ。

「う…あッ……」

「どうした？　言う気になったか？」

大きく肩で息をして全身を戦慄《わなな》かせるニナはきつい目で拷問係を睨み、「誰が」と短く吐き捨てた。

むっとしたように、男が鞭を振り上げる。

撓《しな》る革の鞭はニナの顔のすぐ横に振り下ろされ、砕けた砂礫《されき》が頰を打った。

「しらを切り通すつもりか？」

「しらを切るも、何も……」

ニナは掠れた声で答え、疲れ切っていたためにとうとう目を閉じてしまう。

「畜生、こいつ、寝やがった」

「ひ弱だな、お貴族様は！」

どすっと腹を蹴られたが、ニナは無意識のうちに躰を丸くすることしかできなかった。

疲れ切って力の入らない四肢を引《ひ》き摺《ず》られるのを

意識の片隅で感じていたが、目も開けられない。ニナは惨めな芋虫《いもむし》のように、拷問室の奥にある寝床を備えた牢《ろう》へと投げ込まれたようだ。

五日ほど前からニナが押し込められているその牢は薄暗く、人の気配がまったくない。最初こそ声を上げて誰かいないのかと叫んでいたが、すぐに諦《あきら》めた。時間の感覚は食事の回数で見当をつけているが、正しいかどうかは証明のしようがない。

牢の広さは五歩四方といったところで、岩場を切り出して作られているようだ。王城の地下にこのような場所があると聞いていたが、まさか自分が投獄されるとは夢にも思わなかった。

横たわったままでいるのは業腹で、半ば朦朧《もうろう》としたままニナは膝《ひざ》を抱えて床に座り込む。

いつになったら、これは終わるのか。

ハブルが助けに来てくれなくては、解決はない。しかし、今の話を総合すると、ハブルの立場は相当まずいのではないか。時として、ハブルは自分自身の安全よりも国の安定を選択するような人物だ。彼が己の保身と一人息子の命を選んでくれるのか——そればかりは、ニナにもわからなかった。

不安に泣きそうになったニナの耳に、密《ひそ》やかな話し声が届いた。

「なぜ斯様《かよう》なところに！」

饐《す》えた空気の臭いと混じって、何人もの体臭と足音を読み取ってニナはのろのろと顔を上げた。

「惨めな姿だな、ニナ」

「……ラクシュ陛下！」

顔を上げたニナは、薄汚い地下牢にやって来たのが銀嶺の国王であるのに気づいて仰天した。だが、ラクシュが来てくれたのであればもう怖いものはない。ここから出してもらえるのだ。

黒豹の獣人であるラクシュの精悍《せいかん》な顔を認め、ニナは心底安堵《あんど》した。

ニナは希少な純血種であるため、比較的年齢の近いラクシュの遊び相手として昔から王宮に出入りし、彼に可愛がられていた。近年こそ学業のために別の都市で暮らして会う機会が減っていたが、彼への親愛と尊敬の念は変わらない。

　ラクシュの濃い紫の長いマントには宝玉と鳥の羽があしらわれ、ランタンの光を受けて王冠が輝く。水たまりもものともせずに、側仕えが王のマントが汚れぬように傅《かしず》いていた。

　王者に相応しい豹の耳と黒い尻尾。褐色の膚を持つラクシュはその炯々《けいけい》と光る金色の目で、ニナを真っ向から見据えた。

「よかった……もうお目にかかれないのかと」

　躙《にじ》り寄《よ》ったニナは、不自由な両手で鉄格子《てつごうし》を摑む。足枷の鎖が短いため、立つこともままならずに膝立ちで王を見上げた。

　大きな目に涙を溜《た》めたニナを見下ろし、ラクシュは冷めた顔つきで言った。

「薄汚れて醜い姿は、狡猾《こうかつ》な狐に相応しい。予とて、そんななりになったおまえに会うつもりは、毛頭なかった」

　冷ややかな言葉に、ニナは不安を覚えた。

「だが、あのハブルはひどく頑固で、計略の詳細については最期まで口を割らなかったのでな」

　不穏な成り行きの言葉を、ニナは疲れ切った頭で一つ一つ拾い上げていく。

　最後……あるいは最期？　どういう意味だ？

「父はどうなったのですか、陛下！」

　ニナは格子に詰め寄った。

「口を慎め！」

　ラクシュを守るべく控えていた衛兵が罵声《ばせい》を飛ばすが、彼はそれを右手で制し、ニナを冷然たるまなざしで睥睨した。

「ハブルは死んだ。こともあろうに予を脅したのだ。

予が屈さぬと知り、今度はこともあろうに叛乱すら画策した。十分に罪に値する」

「父上が……？」

あの真面目で温厚なハブルが、敬愛する国王を脅すとは信じられない。前国王が予想よりも早くに亡くなってからは、ハブルは経験の浅いラクシュが一刻も早く王として独り立ちできるよう、懸命に補佐していたはずだ。

「ハブルの仕打ちを、予は決して許さぬ」

「お怒りは重々承知です。でも、誤解に決まっています。父は陛下の御身とこの国の行く末を常に案じておりました。そのあまりに言葉が過ぎることはありましたが、私心はございません！」

「ならば、こんなものをそなたに託して、あの男はどういうつもりだったのだ!?」

激高するラクシュは、ニナの足許に何かを投げつけた。

「ッ」

ニナはびくっと躰を竦《すく》めた。

弧を描いて地面に落ちた小箱の蓋が衝撃で大きく開き、黒っぽいものが水たまりに落ちた。

「これは、いったい」

鍵《かぎ》、か？

手を動かせないニナは、目線だけで見るからに古めかしく錆びた鍵を追ったものの、まるで覚えがないものだった。

「それは睡郷の鍵だ。もう使われていない、三百年も前の遺跡だがな。処刑のあとに自宅を調べさせたところ、おまえへの形見としてこの鍵が出てきた」

確かにグライド一族は睡郷の番人だったが、なぜそんなものを父が託したのかは不明だった。

「我が父と二代にわたって目をかけてやったのに、平然と手を嚙《か》むとはな。つくづく狐とはおぞましい生き物よ」

美しい毛並みだ、ニナ。

おまえの父といい母といい、銀狐とは儚《はかな》くも優雅なのだな。

かつてラクシュはその唇で銀狐の美しさを褒《ほ》め称《たた》えたというのに、同じ口で、舌で、腐肉を漁る狐たちを蔑む台詞《せりふ》を吐くのだ。

「わかりません……。父は何と言って陛下を脅したのですか？」

鍵の意味はともかくとして、ハブルが王を脅迫するなど信じられないことだった。

「この国はもう長くはないと申したのだ」

「な…」

「そのうえ、予の望みを打ち砕くとまで言った。予がしていることは、すべて無駄だと」

「父が……陛下のお望みを……？」

ラクシュの望みは平和で誰もが幸せに暮らせる国を作ることだと、子供の頃から何度も言われてきた。

それを父が打ち砕こうとするなど、あるわけがない。

「そうだ。あの男は成人した予に、権力を返すのが惜しくなったのだろう」

「な、何も……何も存じません」

掠れた声でニナは続けた。

「陛下は平和で幸福な世を作るのが望みと伺っております。父もまたそれを望みました。父が私心を抱かぬ公正な人物であるのは、陛下とてご存じのはずです！　どうかもう一度……」

そこで言葉を切ったのは、先ほどの処刑という言葉がじわじわとニナの心に染みてきたせいだった。

処刑ということは、父はもういないのではないか。

この世には……。

「そなたの耳はただの穴か？　最早、知る方法があるものか。あの男は死に、首は罪人の荒野に晒されているのだからな！」

ぐらりと足許が揺らいだ気がして、ニナは慌てて格子に取り縋った。

惨《むご》すぎる。国家に忠誠を尽くし粉骨砕身した父が、盗人や山賊同様に晒《さら》し首《くび》にされるとは
「あの男は予を裏切ったのだ！」

怒りに震えたラクシュは爛々《らんらん》と光る双眸《そうぼう》でニナを睨む。

もう、誰も信じられぬ――王がそう呟くのが聞こえたように思え、ニナははっとしたものの、ラクシュは口を開いて更に続けた。

「そなたの首を刎《は》ねて屍《しかばね》にするのは容易《たやす》いが、貴重な純血種を徒《いたずら》に死なせるのも惜しい。その身を予のために使わせてやろう」

「どういう、ことですか」

「聖睡の呪縛から我らを解き放つ実験に、その身を捧げるか？」

意味を解し得ず、ニナは呆然《ぼうぜん》と黙り込む。

トルア三世により与えられた聖なる睡《ねむ》りを、よりによってラクシュは呪縛と呼ぶのだ。

「実験が成功した暁には、そなたを解放してやろう」

「本当ですか？」

「予は嘘をつかぬ。それに、如何《いか》に罪人の子であろうと、遺骨の一つもないのでは寝覚めが悪かろう。その鍵をくれてやる」

それきり、ラクシュは何も言わずに身を翻す。側近たちは彼のマントが汚れぬように、その裾を持って慌てて移動した。

「陛下！」

ラクシュはもう二度と振り返らずに、薄暗い廊下を急ぎ足で歩き去った。

「陛下、お待ちください！　僕の話を聞いてください！　陛下！」

ニナの悲鳴だけが尾を引くように地下牢いっぱいに反響したが、物音はそれだけだ。がっくりと項垂《うなだ》れたニナは格子に凭《もた》れて嗚咽《おえつ》を漏らし、やがて啜《すす》り

泣《な》きを始めた。

もう二度と父に会えない。優しくて尊敬していたあの人に、お別れを言うことさえできなかったのだ。

◇　◇　◇

古ぼけた天秤《てんびん》で薬草の重さを量っていたレムは、戸が開く気配には振り返りもしなかった。

「よう、レム」

戸口に立つのは友人のロイスで、彼は一応は礼儀として帽子を取る。

ロイスは着古した灰色のシャツに短いズボンにブーツという動きやすい服装で、この地に多い針葉樹林でも引っかからないよう気を遣っている。

「おはよう」

「相変わらず仏頂面で薬草を弄《いじ》り回《まわ》してるのか」

がっしりとした人族のロイスは、狩りで生計を立てている。弓を戸口に立てかけ、狩ったばかりと思《おぼ》しきまるまる太った兎を自慢げに示した。

「ほら、見ろよ」

「相変わらずすごいな」

短く切った髪、筋肉がついた肉体。

尤《もっと》も、この銀嶺においては神の似姿である獣を殺すのは罪深い行為とされている。おかげで、日常的に獣肉を食する獣人にとっては狩人は必要でありながら、あまりいい顔をされないという矛盾した一面があり、狩人は蔑まれる存在でもあった。

彼は峡北《きょうほく》出身ではないが、山林に囲まれた淋《さび》しい光景が気に入って移り住んだのだという。

「これが仕事だ。それより、何の用だ？」

「村に都からの早馬が来た。通信使が、おまえに文を届けろと」

「へえ、珍しいな」

「だから急いで持ってきたんだよ」

半獣のレムに対してもこうして差別なく接してくるのだから、ロイスは希有《けう》な存在だった。

「何の手紙だ？」

薬草で汚れた手を止めて封筒を開けたレムに、ロイスが気さくに問いかける。

この国の大多数の庶民と同様に、ロイスは字が読めないが、彼はそれを恥じる様子はない。

「科学院《かがくいん》からだ。罪人を預かれとのことだ」

純血種の罪人を預かり、王命に応《こた》えるべし。

正式の書類の形式で、手紙には重々しくしたためられていた。

咎人《とがにん》の名は、ニナ・グライド。

言わずと知れた大臣の一族だった。

「預かれって、こんな辺境でか？」

「そうだ」

「科学院ってのは人の適性を考えてないのか？　いつも薬草のことしか考えていない薬草馬鹿《ばか》のおまえに人の世話なんて、どういうつもりだ？」

「さあな」

ロイスの言い分は尤もで、自分が他人と上手《うま》くやっていけるとは到底思えない。だが、科学院からの手紙は重要な指示が含まれていたので、レムは一人でその続きを読んで考えたかった。

「返事を出すんだろう。待ってようか」

「なら、帰り際に顔を出してくれないか？」

「いいぜ。あ、おまえ、兎食うだろ？」

「ああ」

「じゃ、それも用意しておくぜ」

立ち上がったロイスはカーテンを捲《めく》って水回りのある場所に立ち、鼻歌を口ずさみながら茶の支度をしてくれる。

『科学院を出奔したとはいえ、貴君は国家に忠誠を誓った身で、王のために研究する義務がある。従って、今回は反逆者であるニナ・グライドを検体とし、以下のことを調査せよ』

これまで科学院は獣人が神の似姿を持つうえに希少であることを理由に人体実験を許さなかったのに、大きな方針転換をしたようだ。

四年前に即位したラクシュは科学や医学に通暁《つうぎょう》し、万霊節を決めて鎖国を始めたトルア三世以来の賢王との噂《うわさ》を聞いた。科学院の方針転換は、王の影響抜きには語れないだろう。

『王命により、獣人を人為的に聖睡に陥らせる実験と、逆に聖睡から覚醒させる実験をせよ』

『なお、実験は極秘のものとする。終了の暁には被験者を速やかに殺害すること。証拠として銀狐の耳と尻尾の提出を求める。夏至祭までに結果を出せぬときは貴君にも相応の罰を与える』

『すべてが終了した際には、貴殿を科学院の副院長に迎え入れる。カイル・エルファスの処遇も希望どおりとする』

王命とあるからには、王直々に実験を望んでいるのだろう。堅苦しく箇条書きにされた文面は、呆れ果てたことが記されていた。

あれだけ反対した臨床実験の実行者にレムを選んだのは、おそらく、倫理的に問題があると批判されたときのことを想定したからに違いない。科学院を放逐されたレムならば、蜥蜴《とかげ》の尻尾切りは容易い。

おまけに、実験が芳しくないときに与えられる『相応の罰』は確かめるまでもなく死刑で、実験の口封じとだろう。貴重な純血を殺してもいいとは、穏やかではない。

聖睡及び獣人の肉体については、レムが父のカイルと選んだ共同研究テーマだった。カイルは医療の面から、レムは薬学と歴史学の面から、獣人の肉体の本質を解き明かそうと考えた。科学院始まって以来の天才との呼び声高いカイルとレムの親子だけに、研究の着手を発表するとかなり注目された。

だが、それは科学院の倫理委員会の逆鱗《げきりん》に触れた。

神聖なる睡りを研究するのは絶対に許さない――頭の固い科学院の幹部は、エルファス親子を異端として排除した。また、獣人の躰の仕組みを解き明かそうとした科学者は処刑する新しい規律さえ作られたのだ。

おかげでレムは科学院に辞表を叩きつけてこの峡北の名もなき村に、そしてカイルはつてを頼ってここから離れた西苑《せいえん》という大きな町に移住した。それが十年ほど前のことだ。

以来、父とは手紙のみのやり取りだが、彼なりに研究は進んでいるようだ。

三年前からレムはアルト公爵という都の好事家の後援を受け、文献で聖睡の歴史を調べている。たとえば初期の聖睡はもっと短かかったとか、聖睡に入れずに滅んだ属もいたなどという記述は、かなり興味深かった。

この小屋に持ってきた多くの本は、研究対象として当のアルト公爵から贈られたものだ。遣いの者とは顔を合わせたが本人には会ったことはないため、いつか貴族であるのに好事家らしいこの人物に会ってみたかった。

ともあれ、科学院の依頼を上手くこなせば、アルト公爵の依頼である聖睡に関する文献を書くことも同時進行でこなせそうだ。

今回の依頼は父にもすべてが終わるまでは明かせないとはいえ、実験の結果は彼にも有用なもののはずだ。彼を復権させ、獣人の研究を前進させる大きなチャンスでもある。レムにしてみれば、断る理由はなかった。

被験者となるニナには会ったことはないが、純血種であれば銀狐だろう。

二十年近く前に睡郷で目にした美しい銀狐。つまりはニナの母の姿を、レムは今でも簡単に思い出せる。

幼心にも、息が止まるほどに美しかった。

獣人が本来の姿に戻るのは、命の危機を感じたときと冬眠のあいだだけだ。その奇蹟の瞬間を目にしたレムは、以来、獣人の虜《とりこ》になっていた。

あの銀狐の息子が本来の姿になる瞬間を、さして関心もないほかの研究者に見せるのは癪《しゃく》だ。また、薬により睡眠をもたらすのであれば、その才能があるのはこの銀嶺ではレムくらいのものだという自負もあった。

ならば、答えは一つしかない。

科学院に承諾の手紙を書いたレムは、ロイスに渡す薬を手早く調合した。

二つの仕事を終えてぬるくなった茶を飲んでいたところに、いつの間にか外出していたロイスが戻ってきた。

「どうだ？」

「書き終わったよ。待たせて悪かったな」

レムの言葉を聞いたロイスは、にっと笑った。

「礼と言っちゃ何だが……その……」

「薬が欲しいんだろう？　調合してあるよ」

「有り難い」

銀嶺は国境を高い山々に囲まれ、峡北はその名のとおり北の果てにあたる。ましてや険しい山間ともなれば不便さに音を上げ住む者は限られ、時折こうしてロイスがご機嫌伺いに訪れる程度だ。

レムも必要とあれば麓《ふもと》に下りていって村の連中に薬の実験台になってもらったり、調合した薬を売ったりする。実験といっても命に関《かか》わるようなものではないし、レムの薬は優れた効能を発揮するので、ロイス以外の村人たちはレムの醜い姿形に目を瞑《つぶ》ってつき合ってくれた。

そういう意味では、レムは現状に満足している。

なのに、このような残酷な指令であったとしても科学者としての探求心が疼《うず》くのだ。

レムはその指令書を手近な本に挟み、ロイスの持ってきた兎を調理するために立ち上がった。

2

囚人の護送用の頑丈な馬車はがたがたと揺れる。

ニナは申し訳程度にある小窓に嵌められた鉄格子の向こうに広がる荒涼たる光景に、ますます陰鬱《いんうつ》な気分になってきた。

馬車の乗り心地は最悪なうえに、道はまるで舗装されていない。都を出て半日もすると、尻と腰が痛くてたまらなくなった。

粗末な木綿の貫頭衣は下着同然の薄さで着心地が悪く、ごわごわしている。粗末なサンダルのせいで、足には肉刺《まめ》ができていた。枷の嵌められた腕にはすっかり跡がつき、皮膚からは血が滲《にじ》んで痛かった。

美しい髪は鬘《かつら》用に高く売れるとかで、ニナの見事な銀の毛は短く切られ、偶《たま》さか水鏡に映る自分を見るのでさえ疎ましいほどの見苦しさだ。

「随分、高地まで来たな」

「ああ、空気がひんやりしてるぜ」

退屈らしく、兵士たちはそんなことを話している。

銀嶺という国名のとおりに、ほぼ一年中雪を冠した高峰が聳《そび》え立《た》つのが見える。

これまで暮らしていた市街地とは違う寒々とした光景に、躰が震えるようだった。

手枷足枷はずしりと重く、仮にニナが獣に変身したところで引き千切れない堅牢《けんろう》さだ。そもそも、獣人といえども冬眠のとき以外は己の意思で獣に変身するのはほぼ不可能だ。ニナたちは日常の場で変身しないように、幼い頃から厳しく躾《しつ》けられているからであり、禁忌こそが獣人を強く抑制する。

「あとどれくらいだ?」

思い切って見張りの兵士の一方に尋ねてみたが車輪の音がうるさいのか返事はなく、時折馬に鞭を打つ音だけが響いた。

兵士はニナに対して悪意しか抱いていないようで、馬車に乗り込んだ当初はさんざん罵《ののし》られた。

峡北のような辺境に行かねばならないのもニナのせいだと悪態を吐《つ》かれ、顔を見るごとに罵倒されたが、さすがに旅が三日も続くと互いにそれにもうんざりとしたようだ。

ニナが連行される先は、レム・エルファスとかいう風変わりな研究者が住む森だった。

レムと父親は二代にわたって獣人の生態を研究していたが、異端として科学院を追われ、レムは一人でこの辺境に引《ひ》き籠《こ》もったのだとか。

優秀だが変わり者で、最後にはニナを切り刻むだろうと兵士は笑いながら脅かしたが、疲労に心が麻《ま》痺《ひ》していたニナは恐怖すら覚えなかった。

その科学者を都に呼びつければ済むだろうにそう

しないのは、何かの拍子に実験が他の獣人の目に触れ、批判されるのを恐れているのかもしれない。

レム、か。

ニナ自身が賛同したとはいえ、どのみち、ニナを使った人体実験を受け容れるような相手だ。真っ当な神経の持ち主であれば、そんなことができるはずがない。研究熱心か野心家かのどちらかで、いずれにしても血の通わない冷血漢に違いなかった。

顔を合わせる前から、既にニナの心はレムとやらに対する疑念と不信感でいっぱいだった。

己の胸中に渦巻く暗い感情から気持ちを逸《そ》らそうと、ニナは再度窓外に目を向ける。

峡北地方は高峰が自然の砦《とりで》となり、隣の青湘《せいしょう》との国境になっている。尤も、青湘をはじめとする大陸の他国の政治体制は目まぐるしく変わり、昔ながらの社会を保ち続けるのは銀嶺だけのようだ。

噂によると青湘では人や半獣が獣人と変わらぬ権利を持つとかで、それを聞いた貴族たちは馬鹿げていると笑い飛ばした。支配と被支配の関係が強固なものでなくては、国の秩序は守り得ないからだ。

とはいえ、青湘はかつての灼熱病の流行で多くの国民を失い、その文化は著しく後退したと聞く。それとは交代にかつては蛮族と笑われた銀嶺が栄え、今や高い文明を誇っていた。

兵士の言うとおりにかなり高地に到達したらしく、昼間なのに車内でも吐き出す息が白い。

と、馬車ががたりと音を立てて停《と》まった。

乱暴に扉を開け、御者は「下りろ」と短く言った。

「ここが……」

寒い。

舗装されていない街道は、大きな白い巨岩によって唐突に塞《ふさ》がれて終点になっていた。

見渡す限りの荒野には、大小の岩石が地面に転がり、灌木《かんぼく》が点々と生えた岩地では、当然ながら建物一つない。折しも曇天で雨が降りだしそうなこともあり、気味の悪さは倍増している。

実験とは嘘で、こんな曠野《あらの》に置き去りにして野垂れ死にでもさせるつもりなのか。

「僕を置き去りにして死なせる気か?」

「どうもこうも、ここが受け渡し場所だ」

兵士の一人が、ぶっきらぼうに告げる。

「確かに行き先は峡北と聞いていたが、こんなところに誰が住むんだ」

詰め寄るニナに対し、兵士は「知るか」と鬱陶《うっとう》しそうに吐き捨てた。

「俺たちの仕事は、ここまでおまえを送ることだ。わかったら、ここでおとなしくしてろ」

「ふざけるな!」

「何ならここで殺してもいいんだぜ?」

兵士が剣を鞘《さや》から抜こうとしたのを見て顔を強張《こわば》らせたニナを眺め、兵士たちは鼻で笑う。

「まだ命が惜しいと見える」

「陛下を裏切っておきながら、意地汚いやつだな」

そのとき、遠くから獣の遠吠《とおぼ》えが聞こえてきた。

この荒れ果てた大地に相応しい不気味さで、兵士たちは顔を見合わせて後退《あとずさ》る。

「俺たちは任務を果たしたからな!」

「待て」

こんな不気味なところで一人にされるのは、たとえニナだって御免だ。

けれども兵たちは踵《きびす》を返し、ニナを置き去りにして馬車に飛び乗った。

「走れ!」

あっという間のできごとだった。怯《おび》える馬に御者が鋭く鞭を入れ、風のように馬車は走り去る。

すれ違いざま、自由の利かないニナの足許に連中が何かを投げて寄越す。

鈍く光るそれは、自分の枷の鍵のようだ。その気遣いを忘れないだけでも、有り難いというところか。

先だって渡された父の形見である睡郷の鍵は、藁《わら》を鎖代わりにして胸にぶら下げている。唯一の形見を、どうあってもなくすわけにはいかなかった。

それにしても、レムとやらはここに来るつもりはないのか。暫《しば》し呆然としていたが、誰かがやって来る気配は皆無だ。

不自由ながらも鍵を拾おうと身を屈めたニナは、岩の狭間《はざま》から姿を現した黒衣の男にはっとした。

長軀《ちょうく》の男は不格好なほどに大きなフードを被り、顔はまるで見えない。存外がっしりとした体軀《たいく》なのは、その足許に落ちた薄い影からもわかった。

薄気味の悪い外見は、あたかも死に神のようだ。

相手は何も言わずにニナを見つめているようなので、こちらから動くことにした。

「おまえがレム・エルファスか」

顔を見上げるようにしながら問いかけると、彼はまるで夢から覚めたように逆に一歩後退する。

おかげで、男の顔はまったく見えなかった。

「――そうだ」

「ぼんやりとして、どういうつもりだ？　実験台に僕が適格かどうかでも考えていたのか」

「悪かった、来い」

「自己紹介の一つもなしか。さすが辺境住まいは礼儀知らずだな」

ニナの鋭い指摘にも、男は意に介する様子はない。

「俺の名を知っているのは今のでわかったし、なぜここに送られてきたかも把握している。ほかにどんな知りたいことがある？」

「挨拶《あいさつ》くらいするのが礼儀だ」

「ならば、そちらが先に名乗ればいいだろう」

「……僕はニナ。ニナ・グライドだ」

「レム・エルファスだ。反逆者の息子だそうだな。この辺境にまで届くほどの大事件だ」

意趣返しのつもりなのか、レムは不躾《ぶしつけ》なことを投げつける。如何に浮き世離れをした研究者であっても、ニナに恥辱を与える免罪符にはならない。

「おまえこそ、科学院の誇る天才カイル・エルファスの息子のくせに、世事に馴染《なじ》めず辞めたそうじゃないか」

「少し違うが、まあそんなところだ」

「そんな男にとやかく」

言われたくはないと続けようとしたが、男はすっと手を上げてそれを制した。

指が長く、大きな掌《てのひら》だった。

「もうすぐ陽が落ちる。行くぞ」

「どこへ」

「野宿が好みか？」

レムはいちいち物言いがぶっきらぼうで飾り気もなく、癪に障る。それでも枯野に雲の影が点々と落ちるばかりの景色はやけに冷たく、誰の存在をも拒んでいるようで長居はしたくなかった。

「その前に、これを外せ。鍵はそこだ」

「……ああ」

ニナの足許に落ちていた鍵を拾い、レムは手枷と足枷を外してくれた。ごとりと音がして枷が地面に落ち、ニナの両手は嘘のように軽くなる。

「急ぐぞ」

ニナは粗末なサンダル履きで、転ばぬように気を遣いつつ前進する。

最初こそレムは早足だったが、ややあってニナが遅れがちなのに気づいたらしく、自然とゆっくりとした足取りになった。

「こんな淋しいところに本当に薬草があるのか？」

「なければわざわざ移住しない」

フードを被っていても声は通り、発音は明瞭《めいりょう》だ。

「あの斜面を下れば、近くに森がある。珍しい薬草も手つかずで残っていて、俺には有り難い」

「なぜ街道はあそこで終わっている？」

「昔は青湘と交易をしていて、あそこが中心地だったと聞いた。当時は店や宿場があったらしいが、鎖国が四百年も続けば、たいていが朽ち果てる」

聞かれてもいないことを、レムは淡々と口にする。

道といえるかもわからないような小径を進むうちに、木々は次第に大きくなり、いつしか二人は深い森の中に足を踏み入れていた。

無言で獣道を進むレムは、木々の狭間を潜《くぐ》り抜《ぬ》け、崖《がけ》に近づいていく。そして、光も射さぬような洞窟《どうくつ》の前で足を止めた。

「ここだ」

「ここ？」

湿った岩に手をかけたニナは、それを支えに真っ暗な洞窟の中を覗き込む。

湿度が高い。

蝙蝠《こうもり》でもいるのか、風に乗って獣の臭いが漂ってくる。とても誰かの住居には思えなかった。

「ここがおまえの家なのか？」

「いや、倉庫代わりに使っている。俺は毎日ここまで通うつもりだ」

「僕にこんな場所で寝泊まりしろというのか」

奥には机のようなものや椅子《いす》が見えたが、こんなところで生活できるわけがない。

「長い睡りにはここが一番条件がいい。気温や湿度に変動がないからな」

「僕が逃げたらどうするつもりなんだ」

「かまわない」

レムはつゆほども気にしていない様子で答えた。

「おまえを預かったのは、科学院の依頼だからだ。俺が自発的に手を挙げたわけじゃない。だが、おまえは一人で生きていけるのか？」

意地悪な問いに黙り込みそうになったが、ニナは口を開いて反論を試みる。

「つまり、これはおまえにとって不本意な実験なのか？」

「そういうことになる」

「どうして断らなかった？」

「……聖睡には俺も興味がある」

「ならば、おまえが自分の躰で……」

「俺は半獣だ」

いきなりの告白に凝然とし、それからニナは我に返って一歩後退した。

フードを被っているので耳や尻尾が目立たない属なのだろうと思っていたが、よもやでき損ないの半獣だったとは。

それでも相変わらず顔を見せようとしないレムを、真っ向から睨んだ。

「科学院は、優秀な学者だけが集められた国の機関だと聞いているが」

「勿論《もちろん》、中には獣人もいる。幹部は一握りの貴族が牛耳っているからな。だが、多くの研究者は人間だ。半獣は珍しかったが、俺以外にも二人はいた」

さらりと言ってのけたレムは、淡々と続けた。

「穢らわしく醜い身では、貴族様と同じ空気を吸う資格はない。おまえとて半獣の家で暮らすのは不愉快だろう？　だからここに住処《すみか》を用意した」

かといって、この洞窟に押し込められては具合が悪くなりそうだ。

「罪人であっても貴族は貴族。僕はこのような陋屋《ろうおく》以下の場所では暮らせない」

「……気位が高いのも考え物だな」

ニナの返答を聞いたレムは面倒くさそうに舌打ちをし、「こっちだ」と身を翻した。

半獣とは住居、学校、職場、教会とあらゆる場所が分けられているので、彼らと関わるのは初めてだ。

初めて間近で嗅ぐ半獣の臭いは、さらりとして薄い。薬草の特有の臭いはするものの、獣とは違う。

半獣は耐え難い悪臭を放つと聞いていたので、それは迷信のようだ。寧《むし》ろ、そのような臭いをさせていれば、嗅覚の鋭いニナにはすぐにわかったはずだ。

「禁忌を犯せるのも、おまえが半獣だからか」

「そうだ」

神を模して作られた獣人の肉体の摂理を解明することは、銀嶺では禁じられている。

聖睡の仕組みがよくわからずに伝承のまま伝えられているのも、それが一因とされていた。

だが、銀嶺では貴族、すなわち獣人が政治を司るため、聖睡の時期は政治も経済も何もかもが滞る。

民の守護者たる王をはじめとする一部の王族は聖睡に入らないが、聖睡のときだけ人間の役人に仕事を任せるのも、聖睡が終わって担当者が戻るのを待つのも、いずれも混乱を招くものだった。

事態を改善するために、ラクシュは密《ひそ》やかに一つの結論に至った。

曰く、獣人は恩寵《おんちょう》を神にお返しし、更なる繁栄を目指す——と。

とはいえ、種の根本に刻み込まれた性質を変えるのは容易ではなく、まずは投薬によって対処できないかを試す運びになった。

ニナは純血種ゆえに格好の実験台で、処刑よりも検体になるほうが役立つと結論を下されたのだ。

ラクシュの意図を代弁したに科学院の院長の説明は、ニナには納得のいくものだった。

なぜか父が睡郷の鍵を残したのも、ラクシュがこの実験にニナを使う気になった理由かもしれない。

ともかく、実験が成功すれば解放してくれると、ラクシュは約束した。自由になりさえすれば、いずれは父の無実の罪を晴らす証拠を見つけられる可能性がある。

そうなれば、一族に着せられた汚名も雪《すす》げよう。

だからこそ、どうあっても、この実験を成功させなくてはいけないのだ。

　そんなことを考えていたせいで、木の根につまずいたニナは膝を突いてしまう。

「………」

　振り向いたレムが手を差し伸べてきたが、ニナはぷいと顔を背けた。

　身の回りの世話をさせるのはいいとしても、半獣如きに触れられるのは我慢ならなかった。

「出口だ」

　森を抜けたあたりで漸く出現した丸太小屋は、太い蔦《つた》が壁や屋根に絡まり、灌木と同化している。近くに川があるのか、水の音が聞こえてきた。

　レムが扉を開けた瞬間、これまでと比にならない薬草の匂いがニナの鋭敏な嗅覚《きゅうかく》を刺激した。

　顔をしかめつつ室内に足を踏み入れると、真っ先に目についたのは大きなテーブルだった。レムはそこで調合などをするらしく、木製のテーブルには書物や帳面、乳鉢や瓶などが広げられたままだ。それでも一角だけがやけに片づいているのは、食事をするのに使っているのかもしれない。

　部屋の右手は竈《かまど》や水回りがあるらしく、一応はカーテンで仕切られていた。

　目線を上げると壁には作り付けの戸棚がぐるりと取り囲み、大小の瓶が無造作に並べられている。棚に瓶を収納する代わりに本を入れられなくなったのか、床には無造作に本が積まれ、あたかも塔のようになっていた。一見するとわかりづらいが、大きな瓶や木箱、本が雑然と詰まれる中に長椅子《ベンチ》があり、毛布が丸められている。

　これだけの書物を集めるのは、相当金がかかっているだろう。銀嶺は他国よりも早く紙を作る技術が開発され、印刷技術も進んだ。しかし、上質な紙の製造方法は秘密にされているし、そうしたものは貴族に独占されている。特に本の印刷は手間暇がかかるため、たいていは高額だった。

「寝床は、これか？」

「屋根裏だ」

「……屋根裏だと？」

「そこから登るんだ。頭をぶつけないように気をつけろよ」

指さされたのは階段というより梯子《はしご》に近い急なもので、ニナは啞然《あぜん》とした。

「僕を屋根裏に寝かせるのか」

「この家は二人で暮らすには狭い。だから、さっきの廃道に寝床を用意したんだ」

「あれが廃道？　洞窟ではないのか」

怪訝《けげん》そうなニナの言葉を耳にして、レムはしまったと言いたげに刹那《せつな》、口を噤《つぐ》んだ。

「昔はこのあたりで貿易をしていただけでなく、鉱山もあった。銀嶺と青湘で競って鉱石を採掘したらしいが、取り尽くしてしまって今じゃ何も出ない。昔はこのあたりは遊廓だったらしいが、今は俺しか住んでいない」

この荒れ果てた土地が遊廓だったとは、何かの冗談ではないのか。

「ならば、青湘とも往《ゆ》き来《き》できるのか？」

「しようと思えばな。だが、たいていは道に迷って死ぬのがおちだろう。それくらいに入り組んでるんだ」

レムは厳《いか》つい肩を竦め、話を続けた。

「平地の道は軍が大方塞いだが、坑道は坑夫も把握しきれなかったらしい。だから、さっきの場所みたいに塞ぎきれない道があちこちに残っているんだ。途中で崩れたって話もよく聞くし、死にたくなければ、入り口の見学だけで我慢することだな」

「聞き捨てならないな。鎖国している我が国で、国境に綻《ほころ》びがあるなら国境警備隊に通報しなくては」

国防軍の多くは都や大都市を守備しているが、そのうちの一部は国境警備隊として、常に国境線に配備されている。

「真面目だな」

揶揄《やゆ》するような声が、ニナの鼓膜を擽《くすぐ》る。

「国境警備隊だって、いちいちそんなことを通報されたら困るだろう。少ない人数で密入国者やら密貿易者の摘発にあたっているのに、漠然とした仕事を増やされるのは迷惑だ」

「迷惑だと？」

「そうだ。それに、今のおまえはただの実験体だ。よけいなことを考えたって何もできないのだから、考えないほうがいい」

レムの物言いはきびきびとして、ニナとしてはぐうの音も出ない。

「ならば、とにかく今は休みたい。この長椅子しかないのか？」

「上に寝台があるが……」

打って変わってレムの歯切れが悪くなる。

「ならば、まずは清潔な寝具を用意しろ」

「寝具？」

「おまえが使ったシーツは御免だ。せめて洗濯さえしてあれば我慢できる」

そうでなくともこのような辺鄙《へんぴ》な土地に追いやられ、ニナは神経がささくれ立っているのだ。

短い沈黙のあとに、「それから？」という諦めたような声音での問いかけがあった。

「聞きたいことがあったら僕が自分から聞く。おまえは必要なことだけ話せばいい」

返事はないがレムの頭が小さく動いたので、納得したのだろう。

「早速だが、風呂はどこだ？　躰を流したい」

「裏に川がある。そこで水汲《みずく》みをしたり躰を流す」

「川？」

ニナは眉を顰《ひそ》めた。

「ミクレス川だ」

「水は綺麗《きれい》なのか？」

都では上下水道が整備されていたが、確かにこのあたりでは設備を整えるのは無理だろう。

「うちが一番上流に住んでいるから、問題はない。でも、浅瀬はこの周辺だけで、すぐに急流になる。おまけに岩場ばかりで、間違って川に落ちたやつはたいてい死ぬ、さっきのように転んだりするなよ」

「僕はそこまで鈍くない」

「そうか」

レムはそれきり説明を終えた様子で黙したので、ニナは少し不機嫌に口を開いた。

「大方の話はわかったが、レム」

「ん？」

「僕に顔を見せないのは失礼じゃないのか。いつ、そのフードを脱ぐつもりなんだ」

小さな仕種《しぐさ》でレムの感情の動きは何となくわかるが、あまり気持ちのいいものではない。

「ずっとだ。俺は姿かたちも人一倍醜い半獣だ。俺の姿は、おまえを怖がらせる。聖睡と同じようにゆったりとした気持ちでいなくては、実験は上手くいかないだろう」

「僕が半獣如きに怯えるわけがないだろう」

ニナが鼻先でレムの言葉を笑い飛ばそうとすると、彼が一歩近づいた。

「嘘だな。さっきも遠吠えにびくびくしていただろう。同じ獣のくせに」

「な……」

ニナは真っ赤になり、口の悪い男を睨みつけた。今までに自分の美貌を褒め称えない者にも、ひれ伏さない者にも、出会ったことがなかったのに、レムは例外なのだろうか。

「怖いなら都に帰るんだな」

「帰れると思うか？」

苦渋を込めて吐き出すと、腕組みをしたレムは「そうだな」と皮肉めいた口調で告げた。

悔しいが、今のニナの立場は人間よりも半獣よりも下で、生殺与奪を他人に握られた罪人だ。

「死にたければ、いつでも毒をやるよ」

「誰が！」

嚙みつかんばかりの勢いで文句を言ってから、ニナは屋根裏へ向かう梯子に足をかけたが、不安定なせいで急ぐことは無理だった。

……初めてだ。

こんな風に誰かと言い争って、感情を剝《む》き出《だ》しにして文句を言うのも。

貴族は己の胸の内を表に出すのは恥ずべきことととされ、常に冷静であるのを求められたからだ。

疲れ切った身に鞭打って上がった屋根裏は、一階以上に書物の山ができていた。それ以外にも薬草を入れる木箱やら何やらが詰まれ、天窓を塞いでしまって陽当たりが悪い。

どこにも寝台がないと苛々《いらいら》しつつ、足の踏み場もない部屋を見回すと、尻尾で本の山を崩した拍子に書物置き場になっていた寝台が現れた。

「おい」

背後から呼ばれたニナが振り返ると、階下からレムの手だけが伸びてきて床に何かを置く。

不審に思いつつ近寄って確かめると、それはシーツと枕だった。

意外にも、お日様の匂いがする。

「レム、おまえは僕にここで寝ろという気か」

「ベッドを選んだのはおまえだ。片づけはしなくていいぞ」

段に立って頭だけ出したレムに笑いを含んだ声で言われて、ニナはむっとする。

改めて屋根裏に上がってきたレムは小さな壺を戸棚から探り当て、それをニナに押しつけた。

「何だ？」

「躰を洗ってから、これを使え。傷薬だ」

枷を嵌められてできた擦り傷を指しているのだ。

「飯は下で食うか？」

「おまえのような下郎と、食卓を囲みたくない」

下郎という単語のせいか、レムが一瞬沈黙したもののの、すぐに口を開いた。

「わかったよ、お姫様」

レムはさして気にも留めていない様子で答えた。

「誰が姫だ」

「さっきからずっと考えていた。その気位の高さ……よく似てるよ、おまえ」

揶揄されたのに立腹したニナが枕を投げつけると、男のフードの縁に当たる。

「！」

彼のフードが脱げかけたが、レムは咄嗟《とっさ》に身を翻すことで顔が露になるのを避けた。


思いがけず俊敏な仕種のせいで、見えたのは彼の髪の色だけだ。

黒髪――。

獣人にとっては美しいと見なされる漆黒は、半獣には違う意味を持つ。混じりものの色、汚い色と見なされ、忌み嫌われるのだ。

「何をするんだ、じゃじゃ馬だな」

レムは小さく舌打ちをして、自分のフードを深々と被り直すと再び梯子から下りてしまう。

もう一度レムを呼びつけるのも業腹だと思っているうちに、階下から何かが投げ上げられる。

水を含んだ雑巾だった。

仕方なくニナは積み上げていた本を片づけ、本棚に並べる。

こうした書物が著しく高価で貴重なものだとわかっていたので、ニナは一応は気をつけて本を片づけていく。そのたびに埃が舞い上がり、咳《せ》き込《こ》まざるを得なかった。

「………」

明らかに銀嶺の文字ではない言語で記されたものがあるが、禁制の外国の書物だろうか。

科学院にいればこんなものまで手に入るのかと、ニナは好奇心に駆られてページを捲る。案の定外国語はまるで読めなかったが、レムはそれを繰り返し読んだらしく、書き込みや注釈が随所にあった。

本棚に入らない書物は大きさ順に床に整理し、木箱などは真っ直ぐに並べ直した。

雑巾で床を拭いて寝具を取り替えると、疲れ切ってしまって欠伸ばかりが出てきた。

ニナは漸く階下に下りると、外に出て月明かりを頼りに川で躰を流す。ひやりとした水は冷たかったものの、浴びられないというほどでもなかった。

着替えは持っていなかったのでまた同じ服を着るのは気持ち悪かったが、致し方がない。


小屋に戻ると、レムは食卓に積み上げた書籍を読み耽っている。

疲労に口を利くのも面倒で何とか屋根裏に上がっていくと、すぐさまかたりと音がした。

出入り口には、木製の盆が置かれていた。

粗末な器の中には肉が入ったスープ。それから、冷えて干涸《ひか》らびたパン。やっと食事にありつけるんだと安堵したニナはパンを手に取り、神に祈りを捧げた。

牢獄にいるときと大差ない食事だが、久々に動き回ったせいかあのときより飢餓《きが》感は強い。

囓《かじ》りついたパンはもそもそして固かったが、スープは旨かった。ところどころに小さな肉片が浮いているのは、鶏肉か何かだろうか。出汁は茸《きのこ》だろう。意外に味わい深く奥行きを感じられる。

明日から薬を使って実験されると聞いても、ニナの心には何の感慨も湧かなかった。

地下牢で拷問の果てに死ぬのと、父のように処刑されるのと、ここで実験台になるのとでは、どれが一番ましだっただろう。

考えても意味がないことなのに、考えずにはいられない。

寝台に腰を下ろして木の匙《さじ》でスープをすくっていると、得も言われぬ惨めさと淋しさに視界がぼやけ、大粒の涙がその中に落ちた。

父と離れて一人別邸で暮らしていても、家令に身の回りを任せ、ニナは何不自由ない生活を送っていた。湯浴みでは香りのよい石鹸《せっけん》で躰を擦《こす》り、あたたかな湯の中で手足をゆったりと伸ばす。膚が荒れないように塗り込むクリーム。絹のローブにやわらかな下着。ぴんと糊《のり》の利いた敷布にくるまれたベッド。目覚めたときに運ばれてくる、味わい深い茶。手に馴染む銀のカトラリー、鮮やかな絵付けの陶器。

何もかもが夢のように遠く、もしかしたら、自分のこれまでの体験は全部幻だったのかもしれないとさえ思えた。

――いったい、どちらが？

どちらが、夢なのだろう……。

翌朝。

ニナが重い躰を引き摺りつつ階段を下りていくと、昨日と同じくフードを被ったレムが「遅かったな」とだけ言った。

この陰気で不愉快な男との共同生活も、生憎、夢ではなかったようだ。

レムは昨日と違う服なのかもしれないが、正確なところはわからない。ニナも服など一枚しか持っていなかったので、天気が持ち直したらこの薄汚れた貫頭衣を洗わなくてはいけない。そのあいだの着替えは思いつかなかったが、洞窟を用意するような男に配慮を求めるだけ無駄だろう。

「飯は、台所の鍋のスープをよそって勝手に食え」

レムの言葉は簡潔で、取りつく島もない。

「それから……ああ、そうだ。忘れてた」

レムは立ち上がり、入り口近くにあった木箱の中を探して何かを取り出した。

「おまえのだ」

「これ……服？」

「ああ」

どうせ粗末なものだろうと高を括っていたが、差し出されたものは下着とズボン、それから純白のローブだった。ローブは前開きで中心に並んだくるみボタンは、細工も洒落《しゃれ》ている。凝った刺繍こそなかったが、清潔感はあるし触り心地もいい。一つだけ不満があるとすれば、尻尾を出す穴がない。これではローブが不自然に膨らんでしまうが、贅沢《ぜいたく》は言えなかった。下着とズボンも、レムが身につけているものより遥《はる》かに上等そうだ。

「おまえの服なのか？」

「それじゃ俺には動きにくすぎる」

「気が利くな。だが、少し湿っているみたいだ」

「昨日の洞窟に置いてあったからな」

「……ああ」

顔を洗ってから着替えて室内に戻り、台所へ向かう。火にかけられた鍋には、昨日とさして代わり映えのないスープが入っていた。

昨日ほど食欲はなく、半分ほど椀《わん》によそったスープは、屋根裏で一人で食した。空の容器を一階に持っていくと、食卓で何かを調合していたレムが顔を上げた。

「ちょっと」

「何だ？」

「心拍数を測るから、そこに座れ」

言われるままに木製の椅子に腰を下ろし、ニナは左手を差し出した。

「医者の真似もするのか？」

「ある程度心得がなければ、どんな薬効が必要かの見立てができないからな」

レムはニナの身長と体重を問い、それから調合した薬を加減する。

「よし。これを飲んでみろ」

「これは？」

木製の椀の中、どろっとした濃い緑色の液体が湯気が立てている。見た目も気色悪いが、臭いもひどく青臭い。

「心配するな。薬草を煎《せん》じたものだ」

「それはわかる。どういう薬なんだ？」

「実験の趣旨を知っているだろう」

フードの向こうから聞こえる静かな声には、呆れたものが滲んでいる。

「おまえをできる限り深く睡らせる。そして、聖睡の原理を解明する」

「そんなことが可能なのか？」

如何に科学院の優秀な研究者とはいえ、そこまでのことが本当にできるのだろうか？

「俺だって人体実験は初めてだ。正しい方法かどうかさえわからないよ」

ニナの心を読み取ったように、レムは静かに白状した。

「……随分危なっかしいな」

「ああ。だが、昔から眠り薬というものはあるし、酒を飲めば眠くなるやつはいる。外からの作用で眠気を催せるのなら、睡らせる薬は作れるはずだ。だからこそ、逆に覚醒《かくせい》させる薬も作れるだろうと考えている」

滔々と言われてみればそんな気もしたので、ニナは取り立てて異論を挟まなかった。

「それに、おまえは興味深い被験者だ」

「罪人だからか」

「そうじゃない。狐は冬眠をしないんだ」

唐突にまったく違う話題に触れられて、彼の向かいに座っていたニナは首を傾《かし》げた。

「獣人が獣と同じ性質を持ち、その能力を更に進化させているのは知っているだろう。つまり、獣も冬眠をする種がいる。だが、狐は違う。同じように、おまえたち獣人は誰もが冬眠をしていたわけじゃない」

「馬鹿な。聖睡は我々に与えられた神の恩寵だ」

いきなり何を言い出すのかと、ニナは鋭い言葉で反論した。

「トルア三世の業績に異論を挟むのであれば、おまえは不敬罪で投獄される」

「やれやれ、いくら頭がよくてもおまえは王……いや、教会の言い分を鵜呑《うの》みにしているんだな」

「どういう意味だ」


レムは薬草を調合していたスプーンを無造作に振ってから、口を開いた。

「過去の文献を見ると、冬眠する獣人は熊や鼠《ねずみ》、蝙蝠といった一部の種だけだった。その証に、黒豹の血を引くラクシュ陛下や王族、それから鳥類は冬眠しない」

「王族は獣人を守る義務を負うからだ」

一般論を口にすると、レムは軽く頷《うなず》いた。

「無論、冬眠はそれなりに合理的だ。食糧が減る冬場に体力を温存できれば、飢え死にする可能性は減る。だが、問題はトルア三世は、どうやって多くの獣人を聖睡に導いたかにあるんだ」

「それこそが奇蹟の結実だ」

ニナの言葉を聞いて、レムは首を横に振った。

「――ま、トルア三世は優れた祭司だったそうだからな。彼が奇蹟と主張すれば、皆が信じたんだろう」

軽々しい物言いに、この男の心には他者を敬う心がないのだとうんざりとする。

「いずれにしても、実験を成功させれば僕は解放される。だから、おまえには協力する心づもりだ」

「解放……？」

「そうだ」

怪訝そうな顔をしていたレムは、「そうか」と急に熱が冷めたように淡々とした口ぶりになり、ニナが手にした薬湯の椀を指さした。

「とにかく、その薬を飲んだら、寝台で横になるといい。それは春待草《はるまちぐさ》や金梅《きんばい》を煎じてある。一応、人にも狐にも毒ではないから安心しろ」

「信用できないな」

憎まれ口を叩いたニナが含んだ薬は苦く、ぬるい液体をニナは一気に喉に流し込んだ。


途方もない闇《やみ》。

冷たい水がひたひたと足許に押し寄せてくるのを、ただ、感じる。

……ああ。

睡りは死だ。

冷たく、苦しく、死に通じるもの。

闇に押し潰されそうだ。

――ニナ。王とは孤独なものだな。

いつだったか、ラクシュが囁《ささや》いた厳《おごそ》かな声が鼓膜を擽る。

――限られた者だけが真実を知る。だが、そなたたちは冬の訪れのたびに歩みを止め、決して本当のことを知り得ぬのだ。

――だが、王は何が正しいと知っていても、間違えたことをしなくてはならぬこともある。それが王というもの。

――孤独の代わりに叡智《えいち》を得るというのなら、王とはあまりにも……。

「う……く……」

これのどこが祝福だというのだろう。

こんな苦しくてつらいものが、神の恩寵であろうはずがない。

ただただ、怖くて、つらくて——。

「ニナ！」

唐突に肩を揺さぶられたニナがのろのろと目を開けると、それを機に自分の肩を摑んでいたレムが手を離す。

「……レム？」

こんなに近くにいるのに、彼の顔が見えないのが不思議だ——そんなことを考えてしまう。

「大丈夫か？」

「僕は……」

寒い。全身が冷たく自分のものではないような気がして、ニナは自分の頰や腕に触れて確かめてみる。

「ひどく魘《うな》されていた」

「………」

ニナは息を吐き出し、ゆるゆると首を振った。

悪夢の余韻のせいで、まだ頭がぼうっとしている。

引き摺り込まれたのは悪夢の中で、指先が冷えきっていた。

「すまなかった」

顔は見えないものの、何度も何度も頭を下げるレムを、ニナは珍しいものでも見るような目つきで眺めた。

研究者というのはもっと傲慢《ごうまん》で自分の殻に閉じこもっているような輩《やから》だと思っていたので、率直に謝られると拍子抜けしてしまう。

「……いや」

「相性のよくない薬草が混じっていたようだ。何か、酷《ひど》い夢を、見たのか？」

「おまえが見せたんだろう」

レムは一瞬もの言いたげに沈黙し、それから「悪かった」と重ねて謝ってきた。

「……すまない。これはおまえのせいではないな」

嫌な夢を見たのは、ニナの心の弱さゆえだ。

ニナは寝台の上で膝を抱え、俯《うつむ》く。

そんなニナの背中に触れようとしたらしくレムが手を伸ばしかけたが、慌ててそれを引っ込める。

触れられたら引っ掻《ひか》いてやるつもりだったので、ニナは彼がそうしなかったことにほっとしたる。

ともあれ、今までのやり取りから、レムも相当な理屈屋で口が達者なのはわかっている。

実験がいつまで続くかわからない以上は、レムとの関係が悪くなるのは避けたかった。

「次の実験は明日だ」

「わかった」

レムがしょんぼりと肩を落としているように見えたが、不愉快な目に遭ったのはニナなのだから、彼を慰める気にはなれなかった。

額にじっとりと滲んだ脂汗を拭《ぬぐ》い、ニナは寝台の中で丸くなった。

3

実験は惨憺《さんたん》たるものだった。

二日目の薬ではニナは胃の中が空になるまで半日間吐き続け、三日目の薬では腹痛を起こした。

さすがに今日一日は休むと言われ、ニナは黙っていたものの密かにほっとしていた。

レムの説明によれば獣人の臨床実験は科学院で禁じられており、それまでは人か獣で薬を試すほかなかったため、なかなか思惑どおりにいかないようだ。おまけに獣が相手のときは口が利けないので、反応を見る程度のことしかできなかったのだという。

レムはニナの傍らで逐一記録を取っていたが、次第に口数が少なくなっていった。

尤も、ニナは彼が単なる無能だとは思っていない。彼の傷薬のおかげでニナの擦り傷は想像以上に早く治り、痕も残らなそうだったからだ。

だが、この実験については別だ。

「ニナ、食事はどうする？」

梯子の最上段から顔を出したレムに問われて、ニナは拗《す》ねた顔つきでそっぽを向いた。

「何だ？」

「――もう嫌だ」

ニナが寝台に腰を下ろしたまま圧《お》し殺《ころ》した声で言うと、レムは「何が」と近寄りもせずに問う。

「毎日毎日、苦い薬と野菜のスープばかりだ。これでは実験の途中で倒れてしまう」

「栄養は計算している。肉がなくなったのは、昨日までの雨のせいで、悪いとは思っているだ」

「力が出ない」

ニナがぶっきらぼうに告げてから相手を顧みると、

レムはフードを被った頭を軽く振った。

「気持ちはわかるが、俺には肉を獲《と》ることはできない。それは狩人の仕事だ」

「どこかで買えばいいだろう」

「昨日までは雨だった。増水して、橋を越えるほどの水量だ。下手《へた》をすれば流されかねない。その状況で麓に行くのは愚策だ」

となると、今日はまたあの野菜と薬草のスープで一日を過ごすのか。

川に魚でもいればと実験の合間に目を凝らして捜したのだが、清流は冷たすぎるのか、魚影はまるで見られなかった。

「酷すぎる待遇のせいで、実験が上手くいかないいんじゃないのか。普段の暮らしとは食生活からして差がありすぎる」

牢にいるときは同じような食事が続いても我慢できたのに、ここに来てニナはかなり焦《じ》れている。

埒《らち》の明かない実験で悪夢を見ているだけでは、結果は出せない。それならば、父の残した真実に辿《たど》り着《つ》き、ラクシュに無実を訴えたほうが近道ではないか。

そのために、睡郷の鍵があるのだ。

ニナは首から提げた鍵をぎゅっと握り締める。

「……わかった」

同意したレムが頭を引っ込めたため、ニナはふて腐れた気分で読めもしない異国の本を捲る。

己の現状が歯痒《はがゆ》く、苛立っている自覚はあった。ただ薬を飲んでは手を拱《こまね》いているだけで、思うように結果が出ない焦燥をレムにぶつける自分が、誰よりも情けなかった。

そもそも、都の本宅や別邸はいったいどうなっているのだろう。家令や使用人たちは？　親戚は？

「ん？」

ぼんやりしているうちに、階下で忙《せわ》しなく身動きをする音が聞こえてきた。

何ごとかと梯子を滑り降りたところ、レムが鞄《かばん》を肩から提げてドアを開けたところだった。身動きをしやすい格好に着替えて足許は黒いズボンになっていたが、相変わらずフードを被っている。

「どこへ行くんだ？　村か？」

まさか、ニナのために危険を冒して麓の村へ肉を調達しに行くのだろうか。嬉しさに声を弾ませるニナと対照的に、レムは首を振った。

「いや、実験材料の採取だ」

ニナがここに来てからというもの、雨のためかレムはずっとこの家に留まっていた。

村に行くのであれば、純血種のニナは嫌でも目立ってしまって好奇の視線に晒されようが、山中ならば問題はないだろう。肉は無理でも、木苺《きいちご》などの美《お》味《い》しい果実に出会えるかもしれない。

「僕も行く！」

好奇心から、ぴくぴくと耳が蠢《うごめ》く。

「かまわないが、少し遠いぞ」

「この何もない小屋にいるよりはましだ」

「まあ……確かにそうか。貴族様の好きそうな娯楽はないからな」

頷いたレムはサンダルを履いたニナの足許を一瞥《いちべつ》し、木箱から革のブーツを取り出した。

この小屋で暮らしている分にはサンダルでも別段不自由はなかったし、レムもそういうものを履いていた。だが、外を歩くとなれば別のようだ。

「これも用意してあったのか」

「ああ」

試しに履いてみた茶色いブーツは軽く、ニナの足にはぴったりだった。

外に出るとレムが何も言わずにいきなり出発したので、ニナは彼の後を着いて歩きだした。だが、すぐに音を上げる羽目になった。

森を抜けたニナは、最初に落ち合ったような岩地へ向かっているようだ。ニナの裾の長いローブでは灌木の枝や岩に引っかかってしまい、仕方なくローブをたくし上げてほっそりとした白い臑《すね》を露にして歩くと、レムは何か言いたげに振り返ったものの、すぐにぷいと顔を逸らした。

「まだなのか」

「まだだ」

レムは道すがら、見つけた薬草を摘みながら歩く。やがて、レムはニナと初めて出会ったあの荒れ野に出た。ここで散歩は終わりなのかと思ったが、そうではなかった。

「どこまで行くつもりだ？」

「あそこだ」

レムが指さした場所は、崖の中腹にあたる。

冗談を言っているのだと思い、ニナは噴き出した。

「あんなところまで？　鳥でもないのにどうやって行くつもりだ」

「歩いて。あの岩場に質のいい材料があるんだ」

「研究熱心だな」

皮肉のつもりだったが、レムが小さく笑ったような気がした。

「……ここで待ってろ」

気安く肩を叩かれ、驚きにニナは思わず後退る。

「ああ、悪い」

レムはさして悪いと思っていなさそうな口調で述べ、一人、険しい崖に向かって歩きだした。

取り残されてしまったニナは、岩陰でも湿っていない場所を選んで腰を下ろす。

レムは早足で歩いているらしく、その姿はすぐに点のようになり、やがてわからなくなった。

天気がよくともうら淋しい光景と吹きつける風のせいか、のんびりした気分には到底なれない。

ここから一人で小屋に戻れと言わても、自信がない。つくづくここではレムに頼り切りなのだ。

ニナはぶるっと身を震わせる。

そこで初めて、風が更に強くなったのに気づいた。轟轟《ごうごう》と激しい風が斜面に吹きつけ、頭上で飛ぶ鷲《わし》の鋭い声が鼓膜に突き刺さるようだ。

恐る恐る岩場から這《は》い出《だ》して背後の山に目を向けても、崖にレムの姿はない。

――置き去りにされたのだろうか。

頭上では鷲が旋回し、ニナを狙《ねら》う捕食者のようだ。地上に落ちた影の大きさに、ニナはぞくりとした。

レムは進捗《しんちょく》の見えない実験に見切りをつけ、ニナを飢え死にさせるとか、供物に捧げるとかそういうことに使うつもりではないのか。

視界の端で何かが揺れた気がした。

ニナが背伸びをして斜面に目を凝らすと、崖の突端に黒っぽい塊が見えた。

「えっ……」

……まさか。

いや、間違いない。

レムだ。

落ちる……！

いきなり彼の躰が下方に移動したので驚きに息を呑んだが、ロープを躰に括りつけているらしく、そのまま落下するわけではなかった。

彼は斜面を這うように、垂直に崖を降り始める。

はらはらとしてしまい、ニナは息を詰めた。

あんな断崖《だんがい》絶壁を降りるなんて、正気の沙汰とは思えない。手をぎゅっと握り締めて見守っていると、レムは崖の中腹に生えた木の上に降り立った。

暫《しばら》く枝に留《とど》まったあと、レムは再び崖を上がっていく。

祈るような思いでレムを見ていたニナは、レムに向けて急降下する影に気づいた。

あの鷲だ。

「レム！」

届くはずがないのに、思わず声を上げてしまう。

鷲はレムを鋭い爪で攻撃しているようで、下手をすれば彼が崖から転げ落ちかねない。

レム……。

思わず目を瞑り、神に短い祈りを捧げたニナが目を開けると、崖にはレムの姿はなかった。

不安に胸がざわめく。

レムは無事に崖の上に戻れたのだろうか。それとも、岩場に叩きつけられて粉々になってしまったか。

不安に駆られたニナは、ローブの裾が邪魔になるのものともせず、崖に歩きだした。

斜面に近づいたところで小石が落ちてくる音が聞こえ、ニナはぴくっと耳と鼻を動かす。

荒い息遣い。それから、風に乗って流れてくるのはレムの匂いだ。

ゆっくりと山道を降りてきたレムは、ニナの姿に足を止めた。

「何だ、ここまで来ていたのか」

「うん」

安堵の念が、どっと込み上げてくる。

「待ちくたびれたか？」

少しおかしげに言ったレムは、軽い口調とは裏腹にだいぶ疲れている様子だった。

「随分危ないところまで行くんだな。そんなにいい薬草が、あそこにあるのか」

「……ああ」

「見せてみろ」

強い口調のニナに対してレムが渋々見せたのは、一握りほどの薬草だ。しかし、それは先ほどから道すがらに彼が摘んでいたものだ。

「僕を馬鹿にしているのか。それはさっき、歩きながら摘んでいたものだろう」

「よく見ているな」

感心したように言われて、ニナはますます臍《へそ》を曲げそうになる。

「まさか、鳥に襲われても何の成果がなかったんじゃないだろうな」

「……これだよ」

レムの声が和《やわ》らぎ、彼が鞄から何かを取り出した。

褐色の卵だった。

「これは……」

「おまえの晩飯だ」

もしかしたら、ニナがスープに文句を言ったせいだろうか？

「図体が大きい割りに、意外と身のこなしが軽いな」

「成人してすぐに、人と半獣は徴兵される。そこで基礎訓練を受けた」

「……ああ」

そういえば人は一年、半獣は二年の徴兵期間があり、国境警備や首都警備の任に就くのだ。獣人にはその義務がないので、すっかり忘れていた。

頷《うなず》いたニナは、レムが手を動かした拍子に彼の腕に目をやった。よく見ると、手も足も傷だらけではないか。

「レム、血が出てる」

「ん？」

レムの腕を指さすと、彼は「舐めておけば治る」とだけ答える。

それを聞いて、ニナは思わず噴き出した。

「どうした？」

「薬を作ってるなら、僕じゃなくて自分の躰で実験すればいいだろう」

「そうだな。このあいだの軟膏《なんこう》でも塗るよ」

そう言ったきり、レムが歩きださずにじっと自分を見つめているので、ニナは不思議に思ってつい尻尾を振ってしまう。

「何だ？」

「いや、おまえが笑うと可愛いと思ったんだ」

「な」

途端にニナは真っ赤になって返す言葉に困ったものの、やがて口を開いた。

「――馬鹿か、おまえは。純血種の銀狐が美しいのは当然だろう」

「知っているよ。ただ、普段は綺麗だけど、おまえは笑うと可愛いというのが新たな発見だ」

「…………」

それきりニナは何も言えなくなったが、それはレムも同じだった。

結局二人は照れたように押し黙り、帰路を辿った。

ただの変人というニナの当初の思い込みは、どうやら正解ではなかったようだ。

レムには行動力があるし、それに、美しいものを美しいと評価する感性がある。

「だけど、鳥から卵を奪ったりして、可哀想《かわいそう》じゃないのか？」

「何を言ってるんだ。鶏でも何でも、そうじゃなければ卵なんて手に入らないだろう。俺たちは他者の命を奪いながら生きているんだ」

そう言われてみれば、そうか。

世の道理を知らぬニナに対する呆れたような口調にも、今日は苛立ちはしなかった。

「ほら、帰るぞ。こんなところでぼやぼやしていて、割れたりでもしたら困る」

レムに促されて、ニナは歩き始める。

「どうやって料理しようか」

「目玉焼きがいい」

「随分、単純な料理だな。俺は料理の腕はそこまで悪いつもりはないが」

実際、レムの作るスープの味はそれなりだったので、腕が悪いとは思っていなかった。

「うん。折角なら、卵らしく味わいたいだろう？」

「そうか。それもいいな」

目に見えた収穫があったことが嬉しいのか、レムの声も少し弾んでいる。

小屋に戻ったレムが食事の支度を始めたので、そのあいだに、ニナは食卓を片づける。

自分の居場所を作るために。

「何をしてる？」

皿を運んできたレムが不思議そうに問うたので、ニナは「今夜はここで食べる」と答えた。

苦労して卵を取ってきてもらったのに、一人で屋根裏で食事をするのも味気ない。

今夜一晩だけだ。

そう心に決めるニナをよそに、レムは何も言わずに自分のスープを運んでくる。

見れば、目玉焼きの皿は一つしかなかった。

「何だおまえ、目玉焼きを食べないのか？」

「まあな」

そう答えるレムに、ニナは首を傾げた。

危険を冒して卵を獲ってくれたのだから、半分ずつにするのも吝《やぶさ》かではなかった。しかし、レムが望まないのであれば強制は無粋だろう。

「食事にしよう」

「ああ」

卵の黄身は橙《だいだい》色に光り、まるで高峰に沈んでいく夕陽のような鮮やかな色だ。それに白身が映え、くっきりとした対比を作っている。

フォークでふっつりと薄い皮膜を割ると、中からとろりと黄味が溢《あふ》れてきた。半熟の黄身が皿に零れてしまわないように、ニナはよく加熱された部分と一緒に口に運ぶ。

「美味しい……！」

舌の上で黄味がとろっと溶け、特有の味が広がる。

「この岩塩も旨い」

レムに言われたとおりに今度は岩塩をかけて食べ

ると、仄《ほの》かな塩味で食欲が倍加した。

ニナが嬉しげに卵を口に運ぶのを見ているのかいないのか、レムは静かに食事を続けた。


前夜に遠出をしたせいでニナは久しぶりにぐっすり眠り、快い気分で目を覚ました。

そのため朝食もレムと囲む気になったし、こうして研究を始めた彼に声をかけようという気力も出てきた。

決して、卵一個で懐柔されたわけではない。

「少しはましな薬を作れそうなのか？」

ニナの問いに対して、何やら書き物をしていた彼が、不満げに顔を上げる。

相変わらず顔は見えないのだが、一緒にいる期間が長くなったせいか、少しずつ彼の気持ちがわかるようになっている——気がした。

表情さえ見られればもっと円滑な交流ができるのに、レムの容姿はニナを怯えさせるほどに醜悪なものなのだろうか。

「検討中だ」

「おまえは本当に、科学院でも優秀な研究者だったのか？　あの薬を飲んでもまったく眠れない」

「悪かったな」

こんなやり取りであっても顔さえ見れば、レムが本気で困っているのか、嫌みで言っているのかがわかりそうなものなのだが、実際にはその判別がつかない。そのせいで、ニナにとってレムは得体の知れぬ顔のない存在に思えてしまうのだ。

実のところ、どうなのだろう……？

「僕だって冬になるたび聖睡は経験しているが、こんなにつらいものではなかったぞ」

「仕方ないだろう。一人一人体質が違うんだ」

「さっさと研究を終わらせないと、おまえだって首が危ないんじゃないのか？」

　ニナが指摘すると、レムは咳払いをする。

「あまり気が進まないが、新しい薬は作ってある。だが……」

「だが？」

　先を促すと、レムの声がわずかに沈んだ。

「睡りの質が変わってしまう」

「どんな睡りであっても、聖睡に近ければそれでいいはずだ」

　ニナが尻尾で床を叩いて苛立ちを体現すると、レムは「そうだな」と仕方がなさそうに頷いた。

　不承不承レムが出してきた新しい薬は、どす黒いものだった。

「飲め」

「ああ」

　何か不気味な生き物の黒焼きでも入っているのかもしれないが、ニナはそれを一気に飲み干し、屋根裏の寝台に横たわった。

　目を閉じると、少しずつ眠気が押し寄せてきた。

　やがて、ふわっという高揚感と共に爪先から掌、腕と、ぬくみが広がっていく。

「ふ……」

　だが、甘さはいつしか不愉快な熱に変わり、ニナは「うう」と呻《うめ》いた。

　ぬくもりなんて、生やさしいものではない。

　熱くて、熱くて、躰が溶けそうだ。

「あ……あつい……」

　熱い、と何度も訴える。

　誰もそばにいないとわかっているのに、そうするほかなかった。

「あつい……」

　助けを求めたニナは、宙に向けて手を伸ばす。

　それを摑んでくれる人はいなかったが、それでも手をゆらゆらと動かした。

それに、誰かの大きくあたたかな手が触れた。

あ……。

どきんと心臓が飛び跳ねる気がした。

けれども、ぬくもりは次第にやわらかな絹のような眠気に変わっていく。

うっとりと息を吐き出したニナは、たゆたうようなやわらかさに溺れる。

これはあの、聖なる睡りに似ている。

だけどそれよりももっと心地よく、もっとあたたかく、まるで尻尾の付け根を押さえ込まれたような、奇妙な昂奮が加わった。

ああ……。

息をついたニナは、現実の一端が自分の眠気に触れるのを感じた。

まるで雑音のように、違和感が入り込んでくる。

だめだ。

もっと眠っていたいのに、これでは目を覚ましてしまう。

「う……く……」

「……ニナ。ニナ」

続けざまに呼びかけられて、ニナは重い瞼《まぶた》を無理やりに上げた。

「レム……？」

声がふわりとぼやける。

「どうだ。少しは睡れたか」

まだ、指先がじんわりと痺れているみたいだ。

心地よすぎて躰が痺れるなんて、いったいどういう夢なのだろう？

「う……」

時間をかけて現実に戻ったニナは、ゆっくりと躰を起こした。

床に腰を下ろしたレムがこちらを窺《うかが》っているので、ニナは意識がはっきりとしてから口を開いた。

「今回のものは、今までよりましだな」

ニナが素っ気なく返すと、レムは「そうか」と頷いた。

心なしか、自分に触れているレムの手が熱いようだ。

それからレムはニナの手を握っているのを自覚したらしく、慌ててそれを解いた。

「睡っているうちに獣に戻れば成功だが、そうではなかった。何にしても改良がいるな」

「……ああ」

ニナは尻尾を振りながら、再び目を閉じた。

「聖睡のような長い睡りのあいだ、獣人の本性は獣にまで帰る。だが、それは本能を引き出すことでもある。おまえにとっては、不快なものになるかもしれない」

「……それは、僕を睡りに導いてから心配するんだな」

ニナが可愛げなく吐き捨てるのを聞き、レムは「そうだな」と肩を竦めた。

「飯の支度をするよ」

「もうそんな時間なのか？」

「ああ、おまえは寝ていたからな」

それでは、存外長い睡りだったようだ。

一人になったニナは、深々とため息をつく。

躰の奥に痺れのような甘い破片が残っていて、その正体が何かわからずに、ニナは首を振った。

これがレムの言う、獣人の本能なのだろうか？

自分の躰のことであるのに、ニナには何もわからなかった。

◇　◇　◇

「まだ、峡北からの報告はないのか」

ラクシュが苛立たしげに玉座の前の床を尻尾で叩くと、科学院の院長が「申し訳ありません」と竦み上がる。

「何しろレム・エルファスが住んでいるのは辺境でして、そうそうには返信が届かず……」

「それは知っている。だから、都に呼び寄せて実験せよと言ったのだ」

ラクシュの声は、ますます意地が悪く尖ったものになる。

「なにぶんレムはあの地を離れるのを嫌うものでして。しかも、黒髪に黒い目で一目で半獣とわかる者を都に入れては、民の混乱と恐怖を招きます」

犬の血を引く院長の尾は脚と脚のあいだにぴたりと挟まれ、動く兆しもない。

それだけ畏縮しているのだろう。

「黒は忌むべき色、か。つくづく民は施政者の方便に騙《だま》されやすいな」

小馬鹿にするように言ってのけたラクシュは、自分の黒い尻尾を振る。

「も、申し訳ございませぬ！」

威圧によって怒りを表明するラクシュに対し、院長はますます縮こまる。

「――陛下、意地悪もそこまでにしておかなくては。彼は怯えていますよ」

しんとする広間にやわらかな声を差し挟んだのは、華やかな異国の装いに身を包んだ麗しい青年だった。

「フロウ」

ここ二年のうちに急に宮廷内で発言力を増した青年は、嫣然《えんぜん》たる笑みを浮かべてつかつかとラクシュの元へ近寄る。

ぴたりとして上半身の線が露になる服は、卑猥《ひわい》だと特に重臣たちには不評だったが、フロウはまるで気に留めていないようだ。

「貴族と半獣では、色の意味を一つとっても違う。

それを定めたのはトルア三世ではありませんか」

「そうだったな」

淡々と相槌《あいづち》を打たれても、フロウは気に留めずに続けた。

「陛下がこれからなそうとしているのは、トルア三世と同じように……いや、それ以上に偉大なこと。時間がかかるのは致し方ないでしょう」

「だが、だらだらとしていては、また聖睡が始まってしまう。この国は先に進もうとするたびに、あの忌々しい睡りに阻まれる」

「焦りは禁物。きっと上手くいきます」

少年とも青年ともつかぬ、甘ったるい声。

鳥は『王の目』と呼ばれる特殊な一族で、彼らもまた聖睡に就くことはない。

それゆえに王に重用されることもないとはいえなかったが、ここまでの寵愛《ちょうあい》は異例ではあった。

「半獣の能力など信用できるものか」

苛立ちに任せ、ラクシュは吐き捨てた。

「今更ですよ。レムの才能に関しては、陛下もかねてよりよくご存知のはず」

フロウは肩を竦め、穏やかに続ける。

「それに、私は彼の父をよく知っています。その息子であれば、必ずや陛下の御心に沿うでしょう」

「は、はい……そのとおりでございます!」

院長は床に頭を擦りつけんばかりの勢いで身を縮こまらせるので、ラクシュはやっと苛立ちを収めた。

「夏至まではあと一月あまり。それを過ぎれば、民は聖睡の準備に入る。聖睡のあいだに何かことが起きれば、厄介なのはわかっていような」

「重々承知しております」

院長は震えながらそう答える。

「レムを推薦したのはおまえたちだ。そうであってほしいがな」

「ええ、陛下」

金色に輝く長い髪を揺すったフロウは、夢見るような目で「私もそう祈っています」とつけ加えた。

「陛下!」

そこに走ってきたのは、ハブルに続いて任命された新しい宰相だった。

もともとは大型犬の血を引く男は少し鈍重だが、忠実さは人一倍強い。

「おまえは作法を知らぬのか」

「お許しください。青湘からの親書が届きましてございます」

それだけの急用だと言外に示し、床に頭を擦りつけんばかりの宰相を見やり、ラクシュは不機嫌そうに口を開いた。

「またか。彼の国は待つことができぬようだな」

「時は流れているのです」

「この国の時は止まり、あちらは早く流れすぎる。まったく、不自由なものよ」

口許を歪《ゆが》めたラクシュは、不機嫌そうに尻尾で新書を押しやった。

「返答は如何《いかが》なさいますか」

「否。我が国は開国をしない。青湘の圧力には屈さぬ」

「……は」

この国はラクシュのものだ。

民も土地も、すべて。

その不文律を守らなければ王はその孤独から逃れられぬことを、彼は誰よりもよく知っていた。

4

夜中に不意に目を覚ましたニナは、階下からごそごそと物音がするのに気づいた。

物盗りだろうか。

こんな辺鄙なところに泥棒が来るとは思えなかったが、レムの薬は価値があると見なしてやって来た者がいるのかもしれない。

緊張に震えながらニナがそろそろと階段を下りていくと、レムが本棚に向かって何かをしているところだった。

よく見れば、彼は本を一冊一冊検分しているのだ。

微かな光の下でレムの背中は、他人を寄せつけない峻厳さを湛えており、ニナは密かに淋しさを覚えた。

淋しさ、か。

なぜだろう。

二人の関係は科学者と被験者、それだけのものであって、ほかに意味などないはずなのに。

その淋しさを拭い去りたくて、気づくとニナは言葉を発していた。

「……レム？」

「！」

声をかけてからしまったと思ったのは、レムがフードを外していたからだ。彼は振り返る前に自分のフードを深々と被り、「何だ」と振り向いた。

「物音がするから、泥棒かと」

「……ああ」

眠そうな声で答えたレムは首を横に振った。

「探しものだ。起こして悪かったな」

「こんな時間に探すほど大事なものなのか？　昼間

にすればいいだろう」

「昼間は昼間で忙しいからな」

しれっと答えた彼は「確かにあとにするよ」とだけつけ加えて肩を竦めた。

「悪かったな。おやすみ、ニナ」

「……うん」

ニナは暇を持て余しているのに、レムは何がそんなに忙しいのだろう。

いや、考えてみれば、レムは生活にまつわる全般を引き受けているのだ。

ニナの朝食の支度、部屋の掃除、洗濯、薬草の処方。昼食の支度、実験、片づけ、夕食の支度。

これではレムが忙しいのは当たり前だった。

そんなことを考えながらニナは再び眠りに就き、翌朝になって多少の睡眠不足を実感しつつも目を覚ました。

「ニナ」

寝台に腰を下ろしたニナがぼんやりしていると、屋根裏に上がってきたレムが一冊の本を差し出した。

「これは……？」

「暇だと言っていたから、読むものを探した」

『ミクリアの物語』と書かれ、いわゆる通俗小説というものだ。題名は知っているが、甘ったるい恋愛ものなど読む気もせず、手に取ったことはなかった。

「おまえ、こんなものを読むのか」

からかうように言ってやったが、レムは動じない。

「俺が読むわけじゃない。薬代の代わりに持ってきたやつがいるんだ」

「本を？　随分高い薬代だな」

「ああ。昔はかなりの名家だったらしい。ともかく、おまえはそれで暇つぶしをすればいい」

「おまえは読んだのか？」

「いや、まだだ」

大して興味がなくとも一応は本を開いたニナは、

昨晩、レムが探していたものがこれだと気づいた。

普段多忙なレムは、あんな時間に探すほかなかったのだ。

突然、何もかもがひどく恥ずかしくなってきた。

言葉こそ飾り気はないものの、レムは常にニナが快適に暮らせるように心を砕いてくれている。

今身につけている服やブーツ。敷布や枕。そういったものは、レムなりの思いやりが満ちたものだった。

「……ありがとう」

「えっ？」

ぎょっとしたようにレムが振り返ったので、ニナは俯いたまま「ありがとう」と繰り返す。

「いきなり、どうしたんだ……薬のせいでおかしくなったのか？」

レムは真剣に不安を覚えたらしく、ニナに視線を注いでいる。

「そうじゃない。有り難いと思ったんだ」

頬を赤らめつつ、ニナは顔を上げられなかった。

「――へえ……おまえが礼を言うなんて、天変地異が起きるんじゃないのか」

からかうようなレムの声が、くすぐったい。

「失敬なやつだな」

舌打ちをしつつも、軽口を叩き合うことは悪い気分ではなく、ニナは漸《ようよ》う顔を上げて笑みを浮かべた。


躰が火照り、どこもかしこも熱くてたまらない。

汗ばんだ頬を男の手に擦りつけると、彼の手はニナと同じくらいに熱くて。

それでも、他人の体温がやけに心地よかった。

「おい、ニナ」

「………」

ぼんやりと目を開けたニナは、自分がレムの手にまるで猫のように顔を擦り寄せているのに気づき、慌てて彼を押し退けた。

「なに……？」

「熱があるのか？　朝からだいぶ具合が悪そうだったな」

ニナは首を横に振る。

「平気だ。それに、これが僕の務めだ」

毎日、レムが懸命に薬を作ろうとしているのだ。理論上の間違いがないのであれば、問題はニナの体質にあることになる。

「もしかしたら、前の薬の効果が残っているのかもしれないな。いずれにしても、無理は禁物だ」

労《いたわ》るようなレムの言葉は優しかったが、だからといって甘えるわけにはいかない。

家事を手伝うとは自分らしくなくて言い出せない。それで疲れては元も子もないし、まずは本来の役割をきっちり果たして貢献すべきだ。

それがニナの出した結論だった。

「気が向いたら、飲んでおけ」

「気が向いたらって、これが僕の役割だ」

「そうだったな」

レムは手近な本の上にいつもの椀を置き、立ち去る気配がした。

「はあ……」

躰が怠《だる》く、憂鬱にため息が零れる。

こんなことで、本当にいいのだろうか。

上を向いた拍子にちゃりっと音がして、自分の首にかけた鍵が二の腕にぶつかった。

実験は上手くいかずにレムは行き詰まっているようだし、ニナもこの鍵についてはほったらかしになってしまっている。

この体たらくで、本当に父の汚名を晴らせるのだろうか。実のところ、ラクシュはハブルが企んだという叛乱に関してニナがどこまで関わっていると考えているのだろう。誤解を解くためにもこの実験で結果を出し、自由の身にならなくてはいけない。

そんなことを考えつつ椀に手を伸ばしたのだが、指が滑り、中身を床にぶちまけてしまう。

舌打ちしたニナは雑巾で床を拭き取り、もう一度レムに薬を頼まなくてはいけないと考える。けれども、薬の臭いを嗅いだせいなのか頭がくらくらしてきて、動くのも億劫《おっくう》になって再び寝台に身を投げ出した。

ふわりと躰が浮いてしまうような、そんな不思議な感覚に全身が襲われている。

これはいったい、何だろう……？

「……ニナ？」

いつの間に屋根裏にやって来たのか、レムの声が頭上から聞こえた。

「眠れたのか」

レムが自分の腕に触れたのを感じた。

「脈拍は、平時と一緒か」

胸が震える。

どうしてなのか、レムに触れられた途端に全身が熱くなった気がした。

「ニナ、起きられるか？」

問われても舌が動かず、ニナは戸惑いを覚えた。

すると、突然、レムが意外な行動に出た。

彼の手がニナの服のボタンを外していったのだ。前を全開にされ、寒さに眉を顰める。

困惑するニナの様子など気にもせずに、レムが膚に直《じか》に触れてきた。

「っ」

信じられない。

いや、これは、きっと夢だ。

半獣のレムがこんな風にニナに触れることなどあり得ないし、そもそも己が他人に触れられて安心するなんて事態はあるはずがないのだから。

でも、なぜだか自分はこの指先を知っている。

この手と体温を。

「は…」

たまりかねて息が零れたものの、レムは気に留めていない様子だった。

暫くニナの膚を這い回っていたレムの掌が、下肢に辿り着いた。

「っ」

まさか、そんな。

ささやかな声が漏れる。

「ニナ。おまえは父親が何を目論んでいたのか、知っているか?」

「…ん…う…」

知らないと答えたいが、言葉にならない。寧ろ、問《と》い質《ただ》したいのはこちらのほうだ。

「深い睡りのあいだ、獣人の心は自由になり、すべてを受け容れる……」

何を言っているのかわからないが、これもレムの実験の一環のようだ。

「だからこそ、抗《あらが》わない」

独りごちるレムが、ニナの性器をゆったりと掌全体で包み込んでくる。

「ん」

どうしよう。さっきから信じられないことの連続で、躰に力が入らない。

「危険な性質だな」

呟くレムの大きな手指が、驚くほど繊細な動きを加えてきた。掌全体で包み込まれると、それだけで躰が熱っぽくなってくる。

気持ちが、いい……。

甘い酩酊《めいてい》の正体は快感だった。

「ひ…ぁあっ……」

「悪いな、ニナ。すぐ楽にしてやる」

他人に触られる感覚に耐えかね、ニナは思わず尾を巻き込むように両脚の間に挟んでしまうが、そうするとよけいに、膨らみかけたものを押し上げてレムの前に自分の性器を晒《さら》してしまうのが、どうしようもなかった。

「は…ん…」

快楽の信号が走るたびにぴくぴくと小刻みに耳が震えて、思いどおりにならない。

漏れる声が、自分のものとは思えなかった。

制御できずにとろとろと雫が溢れ出してくるのが、自分でもわかる。

嫌だ。こんな風に雄に触れられて感じているなんて、恥ずかしくてたまらない。

「まだ出ないのか？　今日は遅いな」

耳打ちされる男らしく低い声に、ニナはぶるっと身を震わせた。

口を開いてやめさせるべきだとわかっていた。

なのに、躰の奥底から疼きが込み上げて止まらなくなる。

「あっ……あ、アッ」

熱っぽい声を上げたニナがレムの手に精を放つと、彼が安心したように息をつくのがわかった。

そしてニナの躰を濡《ぬ》れた布で拭き、衣服を元に戻して布団をかける。

レムが立ち去る気配を感じて、ニナは薄目を開ける。もう、彼はいない。

「レム……？」

自分の肉体は汗の痕跡《こんせき》も何もなく、躰は寝る前と同じでさらりとしている。

無論、衣服を緩めて自分の下肢をまじまじと見つめたが、普段と変わらなかった。

寝台に潜り込んだままふて寝をしているうちに、すっかり陽が暮れてしまっていた。

食事に顔を出さなければ、レムが心配する。

のろのろと起き上がったニナは、深々と息を吐き出した。

あれは夢なのだ。そう決まっている。

だが、もし――万が一現実ならば、自分が眠っているあいだにもニナの躰は反応してしまい、レムに始末をさせてしまっていたことになる。

無論、仮にレムがそうしていたのであれば、実験のためなのだから咎《とが》める必要はないはずだ。

どうしたって寝覚めが悪い。

一番厄介なのは、まだ、躰の奥底に先ほどの熱の破片が残っているような気がする点だ。

ふとした拍子に自分が昂奮などしてしまったら、目も当てられない。

悶々《もんもん》としながら重い躰を引き摺るようにして階下に下りていくと、レムがテーブルの前に腰を下ろして何やら本を読《よ》み耽《ふけ》っている。

どう声をかけたものか迷っていると、気配に気づいたらしくレムが顔を上げた。

「起きたのか」

淡々とした口ぶりからは、彼の感情を窺い知れない。黙っているとレムは訝《いぶか》しげ身動《みじろ》ぎしたものの、再度本に視線を落とす。

「食事はまだか？」

それ以上の沈黙が耐え難くて、ニナは口を開く。

「たまにはおまえが作っても罰は当たらないぞ」

「食事を作るのは僕の義務じゃない。実験が成功したときは、祝いに作ってやってもいいけどな」

このあいだ反省したばかりなのに、混乱するニナの唇からはそんな憎まれ口が出てしまう。

深々とレムがため息を漏らすのを聞き、ニナは不審なものを感じて首を傾げる。

どうしたのだろうとニナは思ったが、「用意する」とだけ言ってレムが腰を浮かせた。

彼が仕切りの向こうに閉じこもったので、手持ちぶさたになったニナはレムが読んでいた本に手を伸ばす。

レムを手伝う選択肢もあったが、気分的にも落ち着かない。不用意な発言をして、折角少しは居心地がましになったのに事態が悪化してしまいそうだ。

本のあいだから、はらりと何か紙片が落ちた。

蔦の模様が印刷されたそれは、政府が公的な文書に使う便箋《びんせん》だ。幼い頃から父の元に何度もその手紙が届くのを目にしたことがあった。

私信でないならば、自分が見ても問題はあるまい。

勝手にそう解釈したニナは、ランプの光を頼りに文書を読み始めた。

どうやら、ニナを預けることを打診した書類のようで、流し読みしていたニナの目は次第にその不穏な文面に釘付けになった。

『王命により、獣人を人為的に聖睡に陥らせる実験と、逆に聖睡の呪縛を解く実験をせよ』

ばくんと心臓が一際強く震える。

信じられない文面に、内容が頭に入ってこなかった。

『実験終了の暁には被験者を速やかに殺害すること。証拠として銀狐の耳と尻尾の提出を求める』

『すべてが終了した際には、貴殿を科学院の副院長に迎え入れる』

まさか、そんな……。

半獣に躰を触れられたかなど、最早どうでもよくなるほどの恐ろしい文面だった。

あまりのことに驚愕《きょうがく》したニナは、震える手で紙片を戻して本をぱたりと閉じた。

仕切りの中からは、レムが何かを刻む音が聞こえている。

あれだけ熱を込めて実験をしていたのは、レムが復権を求めていたからだ。

ニナを助けるためなどでは、断じてない。

ラクシュの約束してくれた解放は、釈放などではなかった。

死という、罪からの解放。

つまりは死罪だ。

レムは自分を実験に使い、最後には死刑執行人となるのだ。

考えたことがなかったわけではないものの、ラクシュがそんな残酷な真似をするわけがないと思い込んでいた。それだけに、事実を厳然と突きつけられたニナは、絶望に目の前が真っ暗になるのを感じた。

ここにいては、殺されてしまう。

死ねば、父の無実を晴らせない。

ここにいてはだめだ……！

いたたまれずに扉に足を向け、ニナはふらりと外へ一歩踏み出す。

夕方の風はなまあたたかく、雨が降る前のようだ。


逃げよう。

自分がどこへ向かっているのかもわからないまま、ニナは肩を落としてとぼとぼと歩き続けた。

逃げたって何も解決しないのはわかっていた。

寧ろ、逃げ出せばニナは今度こそただの罪人になってしまう。跡取りの自分がいなくなればグライド家は当然断絶するし、これから先は裏切り者の一族として人々の記憶に刻まれてしまう。

いや、そんなことが嫌なわけではない。

単純に、落ち込んでいるのだ。

レムとの関係に何か明確な変化があったわけではないが、二十日も一緒にいれば多少は馴染むものだ。自分の中では少しずつ、レムという無愛想な変人に対する何らかの感情が芽生えつつあったのだ。

それはたとえば信頼とか友情とか、そういうものに近いのかもしれない。

馬鹿にしていた半獣相手にこんな気持ちになる自

分が不思議だったが、それだけレムが自分に真摯《しんし》に接していたせいかもしれなかった。

そのときだ。

考えに耽るニナの目の前に、突然、何かが飛び出してくる。

ぼんやりしていたので、ニナのご自慢の聴覚も嗅覚も役立たなかったのだ。

「!?」

月明かりに、相手の影が浮かび上がる。

ニナは夜行性で夜目が利くが、それ以上に相手は俊敏だった。

まるで湖面を歩くような独特の身のこなしで、ニナにすうっと近づいてくる。

「遅かったな。約束のものを持ってきたぜ」

男の声だった。

濁声《だみごえ》で訛《なま》りが強く、異国の人間が無理に話しているような口調だ。

嗅ぎ慣れない香辛料の臭いに、自然と鼻がぴくぴく動く。

不思議な歩き方といい、臭いといい、相手はあまりにも異質だ。

警戒心から、全身の毛が逆立つようだった。

「ニナ！」

大声と共に人の気配が近づいてきて、男はぴくっと身を震わせて茂みに飛び込んだ。

レムの気配が増えたがゆえにニナの五官は攪乱《こうらん》され、散漫になってしまう。

「こんなところにいたのか」

息を切らせて近づいてきたレムが、ニナの腕を無造作に摑んだ。

「あっ！」

ぴりっと電流が走るような、そんな錯覚。

「……悪い。また、触れてしまったな」

「いや……」

「どうした？　何かあったのか？」

手紙を盗み見たことを口にすべきではなかったし、それならば、今の男のことを口実にできる。

「誰かいるんだ。それが、気になって」

「誰か？　気のせいだろう」

あたりを見回したレムは、首を横に振った。

「このあたりに住んでいるやつは。それこそ俺くらいだ。狩人は夜には出歩かないしな」

いや、確実に他人の息遣いを感じている。

「でも、今も……」

突然、風を切るような鋭い音が耳に届いた。

「！」

鈍い衝撃に襲われて目を瞑ったニナは、地面に思い切り尻餅を突いていた。

レムがニナを突き飛ばしたのだ。

「何を…」

レムは両手を広げてニナを庇《かば》い、あたかも楯のように立ち尽くす。

血の臭いがつんと鼻の奥を刺激した。

「レム!?」

啞然として座り込んでいたニナは、おぞましい臭気にはっとして彼に取り縋った。

「大丈夫か、ニナ」

俯けていた顔を上げ、レムが問う。

「………」

「ニナ、怪我はないか」

こんな事態だというのに、ニナはつい、目の前の男に見惚れてしまう。

さんざん醜いと言われていたので覚悟していたのに、レムの顔は見惚れるべきものだった。

切れ上がったような目は漆黒で、それでいて昂奮に炯々と光っていた。尖った鼻梁《びりょう》に、薄い唇。

獣人にだってこんなに美しい人物はそうそうにいないだろう。

そう、レムは美しかったのだ。

漆黒の髪も目も、その端整で彫りの深い顔立ちにはよく似合っていた。

「ニナ！」

「大丈夫だ。僕は平気だ」

漸く発した声は、我ながら恥ずかしいほどに震えていた。

よかったと呟いたレムが、ニナの上体をぎゅっと抱き締める。

「さっきの男は、まだこのあたりにいるか？」

「……だめだ。集中できない」

聴覚に神経を集中させようとしても、濃い血の臭いがニナを邪魔する。それだけでなく、触れ合ったぬくもりも、何もかもがニナの五官を妨げるようだ。

「レム、どけ」

「だめだ。まだ敵がいるんだろう」

「だから、どけ。見えないんだ」


このままでは動けないとニナは叱咤《しった》を込めたが、レムは自分を抱く腕に力を込めるばかりだ。

人と半獣は貴族の楯として、獣人を守る義務を持つ。たとえば徴兵義務もその一つだ。

だが、ニナは罪人だ。レムにとっても、死んでまで守る義務はない。

「おまえが襲われたら困る」

「馬鹿か！」

「俺はおまえを守る」

掠れた声がニナの鼓膜を撫で、想像もしないほどの強い口調にニナは眉根を寄せた。

どういう意味だろう……？

貴重な被験者を守りたい気持ちはわかるが、レムの態度は、政府の実験に不承不承協力する科学者にしては過剰な思い入れを感じさせる。

「少なくとも俺の手許《てもと》にいるあいだは、おまえを誰かに傷つけさせたりしない」

振り絞るようなレムの声に疑念を覚えつつも、ニナはつい口を噤んだ。

初めて会ったときのことを、なぜか思い出した。

あのとき、似ていると言われたのだ。

もしかしたら、レムはニナの中に誰か別の人間の影を見いだしているのかもしれない。

いったい、誰の……？

「僕がここに来たのは、おまえに守られるためじゃない」

可愛げなく言い切ったニナに、レムが淋しげに微笑んだ。

どうしてだろう。

「……わかってる」

今までよりもずっと、レムの思いを間近で感じるような気がした。

声の調子、仕種、そして……表情。

レムはこんな風に、こんな顔で、こんな目で自分を見つめるのか。

理解し合うための最後の欠片《かけら》を手に入れてしまうと、ニナは動揺させられてしまう。

「わかっているよ、ニナ」

こんなにも熱っぽく、優しい目で、レムは自分を見つめていたのか。

そのせいか、もう、動けない……。

「――いなくなった、みたいだ」

他者の気配が消えたのに気づき、ニナがぽつりと呟く。

「そうか」

レムは肩のあたりに刺さっていた小刀を抜き、それを地面に投げ捨てた。

そして、血で汚れていないほうの手で、レムはニナの頬に触れる。

「綺麗だな」

月明かりの下、レムがため息をつくように告げる。

「おまえは綺麗だ……」

今まで何百回、何千回と言われた単語なのに、レムが口にする言葉にはまるで別の意味が込められているようで、ニナの心臓を震わせる。

この男は、まるで魔術師だ。

そう思わざるを得ないほどに、レムのその台詞には不思議な吸引力を感じられた。


怪我をしたレムと二人で小屋に戻り、ニナは彼に「服を脱げ」と命じた。

「……どうして」

長椅子に腰を下ろしたレムは、蒼い顔で不服そうに口答えをする。

「肩の傷だ。手当てしなくては」

「自分でできる」

「おまえは背中にも目があるのか？」


舌打ちをしたレムがそっぽを向いたので、ニナは彼のフードを乱暴に剝ぎ取る。

灯下で見るレムは、やはり、驚くほど整った顔をしていた。

「どうしてフードをいつも被ってるんだ」

「黒は呪《のろ》われた色だ」

「科学者のくせに、迷信を信じるんだな」

「……俺が信じてるんじゃない。おまえたちが信じてるんだろう」

レムのシャツを脱がせると、ニナは傷の深さを確かめる。レムに突き刺さっていた小刀はとっくに抜いて路上に捨ててしまったし、躰には特に破片のようなものは残っていないようだ。

レムの胸のあたりに揺れる木製の鑑札に、ニナは一瞬、目を奪われた。

それは半獣——管理される者の持つ証であり、必ず身につけなくてはいけない決まりだった。

「どうした？　鑑札が珍しいか？」

「半獣の知り合いは、初めてだから」

そう言い訳するニナに対してどう思ったのか、レムは小さく鼻を鳴らしただけだった。

「あの……その、薬はどれが効くんだ？」

「そこの瓶を……そう、二段目の赤いラベルだ」

レムの指示するままに戸棚にあった薬草を混ぜ合わせて布に塗布し、それを貼りつけると、彼の躰に包帯を巻きつけた。

「この瓶は、どれも外国の文字だな」

「青湘の言葉だ。鎖国した頃は、薬学は青湘が一番進んでいたからな。当時の慣習だ」

レムの低い声はニナの耳を素通りしていた。

「銀嶺以外の国は、灼熱の死のせいで多くの民を失ったからな。そのおかげで薬学も、今は銀嶺のほうが進んでいるらしい。昨今では青湘もだいぶ発展してきたようだが……」

少し熱を帯びたレムの肉体に、ニナは知らず知らずのうちに見入っていた。

徴兵されていたというとおりに、逞《たくま》しい肉体だった。

その背中に、ニナはふと触れる。

嗅いだ覚えのあるレムの匂いに、躰の中心が疼《うず》いてくるようだ。

「ニナ……？」

不審そうにレムに問われ、ニナははっと目を瞠《みは》った。馴れ馴れしい仕種を自覚し、羞恥《しゅうち》に頬が赤くなるのを自覚する。

「……すまない」

ニナはそれだけを言うと、レムから躰を離した。

中枢が熱い。

危惧《きぐ》していたことが起きたのだ。

心よりも先に自分の本能が反応しているようで、ニナはそのことに愕然《がくぜん》としていた。

「おまえも疲れているんだろう。スープを飲んで寝るといい」

「い、いや、食事はいい。おやすみ、レム」

身を翻して屋根裏に急いで上がったニナは、衣服を脱いで寝台に潜り込む。

まだ頬が熱い。躰も、指も、あちこちが。

指先が震える。

昼間に夢の中でレムに触れられたときよりもずっと強い昂奮に支配されていて、こんな状況だというのに躰が言うことを聞かない。

夢に引き摺られるなんて、どうかしている。

恐る恐る自分の膚に触れたニナは、弾みで胸のあたりを撫でてしまう。

「っ」

乳首は張り詰めたように痛かった。

何もしていないのに……。

戸惑う気持ちとは裏腹に、尖ってしまった乳首に触れると、それだけで気持ちがいい。

そうしているうちにだんだん快楽が迫り上《せ》《あ》がってきて、ニナは気づくと自分の性器に手をやっていた。

熱い。

「あ、ふ……はあ……」

下ではレムが寝ていて、彼は怪我をしてしまっているのに。

こんな穢らわしい遊戯をしてはいけない。

なのに、止まらない。

「や、や…っ……」

レムの手で触れられているときよりは劣るけれど、確かな悦楽が次々に湧き起こる。

気持ちいいのに、怖くて、どうにかして止めなくてはいけないのに。

「やだ、だめ……いやだ…だめ、だめ…」

いけないのに。悪いことをしているのに、止められない。

「……ひぅ……あ、あっ……」

制御できずに耳がぴくぴく動き、本能のままに突き上げるように腰を淫《みだ》らにくねらせてしまい、羞《は》じらいに涙が滲む。

気持ちはいいけれど、このあいだレムに触れられた夢のほうがもっと心地よかった。あれを再現したいのに、どうしてもできない。

「レム……」

その名前を呼んだ途端に、躰がぶるっと震えた。

「レム……レム……」

誰かに触れられたい。

ううん、誰かじゃ嫌だ。

レムの手でここを撫でて、よくしてほしい。

どうして、レムなんだろう……。

おまけに自分でするよりも、夢の中で触れたレムの手つきのほうがずっと気持ちがよかった。

もどかしさにひくひくと躰が震えてしまう。


そもそも純血種は、その精の一滴すらも貴重なものであり、子供を作る目的以外での射精は忌むべきものと教えられている。

自慰なんてしてはいけないとわかっていても、この背徳的な愉悦に耽ってしまう。

恥ずかしくて情けなくて、それでも止められない自分に戦き、ニナの双眸に大粒の涙が浮かんだ。

「……ッ」

気づくとニナは、自分の両手に精液を吐き出していた。

情けなさに一頻《ひとしき》り泣いたニナは、こっそり階下へ向かうと一旦外に出て川で手を洗い、躰を流した。

水の冷たさと清かな星空が、ニナの心を冷却してくれるようだ。

深呼吸をしたニナは、自分の臭いを嗅いでから再び小屋に戻った。

抜き足差し足で室内に滑り込んだニナは、長椅子で寝ているはずのレムの傍らを通り過ぎようとして、彼の異変に気づいた。

「レム……？」

呼吸が荒い。

苦しげに息をするレムは、明らかに具合が悪そうだ。

慌ててランプを点けてみると彼の顔色は白に近く、触れた額は火傷《やけど》をしそうなほど熱かった。


朝の光がしらじらと窓から差し込んでくる。

レムの額に載せた布はすぐに熱くなってしまい、ニナは夜明けまでに何度も何度もそれを濡らしては彼の額に載せた。

「レム……解熱剤とか何か、ないの？」

問うてもレムは魘されるばかりで、返事がない。

せめて薬を飲ませたいのだが、ニナにはこの数多くの瓶から目的のものを探し当てるのは不可能だ。

どうしよう……。

苦しむレムを前にしても、ニナには何もできない。見よう見まねで額に濡れた布を当てるだけで、自分はただの役立たずだ。

泣きそうになるニナは食欲も湧かず、長椅子に横たわるレムを見つめて膝を抱える。

どうしようかと唇を嚙み締めたニナは、ぴくりと耳を蠢かした。

何かが近づいてくる。

昨日、レムを襲った男か⁉

「よう！」

唐突に勢いよく扉が開き、ニナの尻尾の毛が一気に逆立つ。

朝日を背中に戸口に立っていたのは、がっしりとした頑丈そうな男だった。昨日の男とは臭いがまるで違うし、何よりも背格好が違う。

それでも警戒心から耳をぴんと立てて尻尾の毛を逆立てたまま身構えるニナに、男は首を傾げる。

ここに来てから初めて出会う他者は、栗色《くりいろ》の髪をした人族だった。

「誰だ、おまえ」

レムがどこまで自分のことを他人に説明しているのかまるで知らなかったため、顎《あご》をくっと上げて傲《ごう》岸《がん》な目つきで相手を見据えた。

「おまえこそ誰だ」

「ん？　ああ、俺はロイス。麓で猟師をしてる」

自己紹介をしてから、ロイスはぽんと手を叩いた。

「お、そうか。あんたがレムの預かり物のお貴族様か」

「……人をものみたいに言うな」

「そいつは悪かった。噂以上の別嬪《べっぴん》だから、結びつかなかったんだ」

ロイスは豪快に笑い、それから長椅子に横たわるレムを見やった。すぐに彼はレムの眠りが普通のものでないことを悟ったようだ。

「何だ、レムのやつ。熱でもあるのか」

「怪我をしたんだ。そのせいだと思う」

「怪我？　……あちっ」

レムの額に触れたロイスは、驚いたように手を離した。

「昨日の夜、小刀で刺された。狩りの獲物にでも間違えられたのかもしれない」

要点を押さえて説明をすると、ロイスは首を振った。

「このあたりじゃ、夜には狩りをしない決まりだ。うっかり流れ矢にでも当たると厄介だからな」

「でも……」

「村で誰かに聞いておくよ。で、熱冷ましか何かは飲ませたのか？」

話を変えられて、ニナは首を振った。

「まだだ。どの薬かわからなくて」

「瓶に書いてあるだろ」

　こともなげに言ったロイスは戸棚の前に立ち、迷わずに茶色いラベルの瓶を選んだ。

「こいつだ。この中身を少しずつレムに飲ませるんだ」

「え……」

　色褪《いろあ》せたラベルには文字が書いてあったが、ニナには読み取れなかった。

「さて。あんた、飯は？」

「まだ」

　そういえば、自分はかなり空腹だと今更のように気づく。

「作ってやるよ」

「それくらい……」

「お貴族様にできるのかい？　ちょうど、レムに卵と野菜を持ってきたんだ。俺の飯は旨いぜ」

　陽気に言ったロイスは、玄関に置いた小さな籠を引き寄せる。

「大丈夫だって。卵はレムの好物だし、栄養がつく。こいつはこう見えて丈夫だし、すぐに元気になるさ」

「好物？」

「おう。兎の肉を獲るほうが大変なのに、こいつ、卵を持ってきたときのほうがずっと嬉しそうな顔をするんだよな」

　レムは卵が嫌いだとばかり、思っていた。

　だけど、違う。彼は危険を冒して手に入れたたった一つの卵をニナに譲ってくれた。卵を二個にしなかったのは、親鳥のためだろう。

　鼻の奥がつんと痛くなってくる。

　いつも自分を守ってくれるレムを、今度はニナが助けなくてはいけない。

　一刻も早く薬を飲ませようと、ニナは瓶の中身を椀に移す。だが、彼は一口口をつけただけなのに、噎《む》せてしまう。

「ロイス、どうしよう」

「ん？」

間仕切りの向こうから、ロイスの声が響く。

「レムが薬を飲めない」

「え？　ああ、口移しにすればいいだろ」

ニナはそれを聞いて自分でもそうとわかるほどで、耳まで熱くなった。

ひょいと仕切りから顔を出したロイスが、にやにやと笑っている。

「何だ、接吻《せっぷん》をしたこともないのか？」

「あ、あ、当たり前だ！　僕たち純血種は将来を誓った相手としかくちづけはしない！」

真っ赤になって言い募るニナに、ロイスは呆れ返った様子だった。

「そいつは不便だな。なら、俺がやろうか？」

「い、いや……それは遠慮する」

「どうして」

「レムがこうなったのは僕のせいだから、僕が……責任、取る」

「そうか、じゃあ、任せるよ」

二人きりになったニナは、力なく横たわるレムをじっと見つめる。

誰かに口移しで薬を飲ませるなんて、不本意きわまりない。どうあっても、誇り高い貴族のすべきことではない。

――でも。

でも、レムを助けたい。楽になってほしい。

覚悟を決めたニナは苦い薬を含み、まったく身動きできないレムに顔を近づけていく。

乾いた唇が、触れる。

薄目を開けて相手を観察したが、レムは目を覚ます兆しはない。

目を閉じたニナはぐっと彼の顎を摑んで口を開け

させ、舌先で押すようにして薬を少しずつ流し込んだ。

「ン」

キスをしているせいで息が詰まって苦しいのか、レムが眉根を寄せてこくりと薬を飲むのが喉の動きでわかる。

ほっと胸を撫で下ろしたニナは、今度は自信を持って何度かに分けて、苦い薬を飲ませてやった。

何とか薬を飲ませたニナが重労働を終えたような疲労感でへたりと床に座り込んでいると、ロイスが「できたぜ」と声をかけてきた。

「おっとその前に、渡すものがあったんだ」

「渡すもの？」

「レムのご注文の品だ」

ロイスはそう言って、入り口に置いた頭陀袋《ずだぶくろ》の中から布を引っ張り出す。その拍子に薄汚れた袋から落ちた小刀は、あのときレムが引き抜いて捨てたものに見えたが、それを追及する気力がなかった。

「服？」

「そうだ」

出てきたのは、白いシャツと茶色っぽく染められたズボンと軽いマントだった。飾り気はないがローブよりは遥かに動きやすそうで、ニナは一目見てそれを気に入った。

「いつの間に注文したんだ？」

「だいぶ前だな。ローブは作るのも簡単だから先にできたんだが、こっちは時間がかかったんだ。で、今日まで待たせてたってわけだ」

新しい衣を抱き締めたニナは、ちらりとレムを見やる。早くレムにこれを着たところを見せてやりたかった。かつてニナが身につけていたものに比べると質素なものだったが、それでも、どんな高価な贈りものよりも嬉しかった。

「飯にしようぜ」

「ああ」

なにゆえにロイスと食卓を囲むことになったのか不思議だが、一人で食事をするのも味気ないことをニナは既に学んでいた。ついこのあいだまでは豪華だが一人きりの食卓に着くことが多かったのに、今となってはそれが信じられないことに思える。

ニナが素直に食卓に着くと、向かいに座ったロイスがにやっと笑った。

「あんた、思ったよりずっと取っつきやすいな」

「そんなことを言われたのは初めてだ」

「へえ、そうなのか」

ロイスは口笛を吹いたが、それを下品だと窘《たしな》めるつもりはない。

「ん？　人間風情に褒められて、照れてるのか？」

「え？」

「さっきから耳がぴくぴく動きっぱなしだ」

指摘されたニナは言葉を失い、耳を動かさないようにそこに神経を集中させる。

だが、それを見たロイスがくっくっとおかしそうに肩を震わせた。

「いや、無理に動きを止めなくてもいいぜ」

「どうして」

「今度は尻尾が動いてる。獣人じゃなくたって、あんたの考えてることは丸わかりだ」

そう言われるとどうしようもなくなり、ニナは苦し紛れにスープを口に運んだ。

「美味しいな。都で店でも出せそうだ」

「そいつはどうも。このあたりで店を開いたときは、あんたにお褒めの言葉をもらうよ」

昔は誰かと一緒にいても、神経を逆撫でされるばかりで楽しいと思えたことがなかった。だからこそ他者と交わるのを避け、つき合いを拒んだ。唯一の例外はラクシュで、彼のあたたかさとおおらかさが好きだった。

王は、孤独……。

夢現に思い出したあの言葉は、本当にラクシュのものなのだろうか。

もう思い出せない。

いいや、思い出さないほうがいいのかもしれない。実験のことなど忘れて、レムとの暮らしを甘受し、夏至祭には自分の首を差し出す。

そうすれば、少なくともレムの身の安全は保証されるはずだ。そのほうが、ささやかながらレムに対する恩返しになるのではないか。


「今日の食事は僕が作る」

きっぱりとニナが宣告すると、漸く起き上がれるようになったレムは目を見開く。

一難去ってまた一難。

「おまえ、料理なんてできるのか？」

「やったことはない」

「だったらやめておけ。怪我をするのがおちだ」

「怪我はもうおまえがしている」

「少しは悪いと思っているのなら……」

「悪いと思っているから、面倒は僕が見る。それに、昨日まで熱を出していたんだ。病み上がりはおとなしくするのが肝心だ」

だめだ。

ニナの意味不明な理論に、レムは心中で頭を抱えた。看病をしてくれたのは助かったが、だからといって元気になった以上は、料理を任せる必要はないはずだ。

「俺がやるから、いい」

「だめだ。本調子になるまでは寝ていろ」

レムが高熱で意識を失っているあいだに訪れたという、ロイスへの対抗心なのだろうか。

彼はたっぷりスープを作ってくれており、おかげでニナとレムは暫く飢えずに済んだ。

とにもかくにも包帯を変えたのでフードを被ろうとすると、ニナが「そのままにしろ」と命じる。

「このまま？」

「もう何度もおまえの顔を見た。隠す必要もない」

「おまえを怖がらせる」

「これが怖がっている態度に見えるか？」

軽く胸を張るニナの素振りからは、確かに恐れているようには見えなかった。

だが、こちらにも気遣いというものがある。

「最初は怖がっていただろう」

「仕方ないだろう！　誰だって、得体の知れない者には、すぐには馴染めないんだ。だけど、僕はもう…その、おまえに、馴れた」

頬を染めながらも強く主張するニナにレムは呆気《あっけ》に取られたものの、彼なりに恩義を感じているのだろうと己に都合よく解釈した。

「わかったよ、フードはやめておく。それにしても、よく解熱剤がわかったな」

「ん……ああ。ロイスが教えてくれた」

「へえ……」

ロイスも長年この小屋に通っているとはいえ、よく解熱剤がわかったものだ。レムが処方したものの中でもこれは取り分け効き目が強いが、その分副作用があるので彼に渡したことはないはずだ。

瓶にはラベルが貼りつけてあるが、学名に従って記述してあるから青湘の言葉だし、そもそもロイスは字が読めないと言っていた。

どういうことかと考え込んでいるうちにニナが立ち上がり、仕切りとなるカーテンの中に引っ込む。

それから暫くはニナのぶつぶつ言う声や歩き回る音が聞こえたが、レムは気にしないように努めた。

どちらにしてもまだ微熱があり朦朧《もうろう》としていたから、音を無視するのは簡単だった。

小刀で刺される前にニナに使った薬は今までになく強いものだったので、ニナの体調に異変がないようで安心していた。

睡りは獣人の本能を引き出してしまうというのが、これまで秘匿《ひとく》されていた科学院の見解だった。

だからこそ、獣人の生態や聖睡の研究は禁じられた。

獣人は神の似姿を持つ。

すなわち、理性を司る存在であり、獣のような野性の本能は存在しないとされていた。

だが、実際には快楽を享受する人としての本能と、子孫を繁栄させる獣としての本能が、耐えずせめぎ合うのが獣人の性《さが》なのだ。

それを秘密にするがゆえに、時に貴族は己の本来の姿と社会的な役割に悩み、精神を病む者もいると聞いた。

「よし、できたぞ」

やって来たレムはスープの盛りつけられた椀を手にしていた。

野菜の大きさは均等に切られており、意外と神経質なようだ。

「ありが……」

言いながら立ち上がろうとしたレムを、ニナは片手で制した。

「立つな。そこにいれば、僕が食べさせてやる」

言葉こそ偉そうだったが、彼はとても嬉しそうで、まるで子供が誇らしげに自分の成果を見せているようで微笑ましい。

その証拠に、彼の尻尾は天を向いてぴんと伸ばされている。

「いや、それくらいは大丈夫だ。今までだって自分で食べてたんだ」

食卓に腰を下ろしたレムを見てニナは不満げだったが、素直にその前に椀と匙を置いてくれた。

そして、ニナは自分のスープをよそってきて食卓に腰を下ろす。

あれほどまでにレムと食事をするのを嫌がっていたのに、そんな変化が新鮮だった。とはいえ、そのあたりを指摘するとニナが反発しそうだったので、レムは特に口にしなかった。

「俺を襲ったやつのことだが、ロイスは何か言っていなかったか？」

「全然、心当たりがないみたいだった」

「俺たちに攻撃をしてきたのだから、村の者ではないだろうな」

レムの推論に、ニナはあまり納得していないようだ。

「変な歩き方をしていたし、臭かった」

「臭い？」

「香辛料の臭いがした」

「香辛料なら、ますます村の連中じゃないな。強い臭いがすると獲物が逃げるから、彼らは狩りの前には臭いの強いものは食べないんだ」

レムの言葉に、ニナは困ったように沈黙した。

何にしても、わからない以上は探っても無駄だ。レムがすべきなのは、科学院の指令に従うことだ。

今暫くは病人気分を満喫し、明日からはまた実験をしよう。

「とにかく、おまえはさっさと寝て元気になれ。実験をしてもらわなくては」

「どうして？」

「どうしてって……そうでなければ……そうでなければ、僕が解放されないだろう」

ニナはやはり、子供なのだ。

実験が成功した暁には自分は解放され、自由の身になれると素直に信じている。

そんなわけがない。

この実験が終わろうと終わらなかろうと、夏至祭の日を過ぎればレムもニナも殺されるのだ。

こんなに可愛いところを見せられてしまえば、よけい、気持ちが重くなる。

いっそ、ニナが頑なままでいてくれたほうが、心など通い合わないままのほうが、よかったのではないか。

そして、実験の結果がどうであろうとこの穏やかな日々には終焉《しゅうえん》が来るという事実が、レムの双肩にのしかかっていた。

5

水面《みなも》に光が乱反射し、まるで絵のように美しい。触れると手が切れそうなほどに冷たいのだが、この澄んだ水に手を突っ込んで洗濯をするのにも、ニナはもうだいぶ慣れた。

レムは肩の怪我のせいで細かい作業をするのが不自由らしく、元気になってから三日は経つのにまだ薬を調合してくれない。

実験がまるで成功しないまま夏至祭が近づいてくる。

夏至祭まで、あと一月もない。

洗濯物は、いつも小屋から少し離れた場所で干すようにしている。

ひととおりそれらを干したニナは、誰も見ていないのを確かめてから、護身術の型の練習をしてみる。

「ええと……こう、だっけ……」

学校の講義でひととおり習ったのだが、貴族であるニナにとっては自分の身は誰かが守ってくれるものだったので、大して身を入れていなかった。それでも単位はもらえたのだが、このあいだのレムが刺された一件を思い返すと、自分の身は自分で守らなくてはいけない。

このところはそうして日々練習をしているのだが、相手がいないので効果があるかはあやしいものだった。

「はあ……」

つくづく、今の自分は役立たずだ。

鬱々《うつうつ》と思い悩みつつ家路を辿っていたニナは、道端に落ちている茶色いものに気づいた。

陽の光の下でまじまじと見ると、王の横顔が刻印されている貨幣だった。

つまりは銅貨だ。

銅貨自体は銀嶺で広く流通しているが、そこに刻まれた王の顔はラクシュではないし、先王のものとも違う。

考え込みながら小屋に戻ったニナは、「レム」と声をかけた。

「お帰り、ニナ」

「これ、見て」

ぽとりとレムの掌に銅貨を落とすと、彼は「ああ」と頷いた。

「青湘の銅貨か……まだ新しいな」

「やっぱりそうか」

何となくそうではないかと思っていたのだが、実際にそうわかると昂ってくる。

「このあいだのことといい、誰かが往き来しているんじゃないか？」

ニナは勢い込んで言ったのに、レムは大して興味がなさそうに「そうかもな」と答えるだけだ。

「誰かっていうのは、青湘の人間だよ。国境警備の兵士たちに通報したほうがいい」

レムがあまり乗り気でなさそうなので、ニナは自ら答えを口にする。

「通報してどうなる？」

「え……どうなるって……」

またしてもあっさりとレムに切り捨てられ、ニナは眉根を寄せた。

「国境警備隊の人数が少ないのは話しただろう？」

「ではこのまま、不法侵入者が大手を振っているのを黙って見ていろというのか？」

「そうだ」

苛立つニナと対照的に、レムは静かなものだ。

「おまえが傷つけられたのに!?」

「俺が？」


これまではハブルの一人息子として、国を一番に考えてきたニナにしては珍しい発言をしてしまった。

「何を怒ってるんだ」

「また、このあいだみたいに無差別に襲われたら困るからだ」

困るという言葉は実のところ正しくないが、この気持ちをどう表現すればいいのかわからなかったせいだ。

「それに、国にとっては一大事になるかもしれない。通報して手柄を立てれば、実験が上手くいっていないことも、帳消しにしてもらえる可能性もある」

帳消しとは我ながら虫が良すぎる発言だったが、レムの名誉を損ないたくなかった。

それを聞いたレムは表情を強張らせ、そして、静かな顔つきで切り出した。

「あえて言わなかったけど、峡北の住人は狩りだけで生計を立ててるわけじゃない」

「え？」

「密貿易だ」

信じ難い発言に、ニナはぽかんとする。

「廃道を使って青湘との取引をしているんだ。この村は貧しく、狩猟だけでは生計を立てられない。鎖国する前から交易をしていたが、そうでなければ彼らは飢えてしまう」

そんな重大な犯罪行為を、見過ごせるがわけがない。

けれども、密貿易人の一人にたとえばロイスという名前がついてしまえばどうだろう。彼を法律に違反した者として、通報できるだろうか。

ロイスや彼の家族が飢えると言われれば、ニナにはそこまで酷薄にはなれそうにない。

「俺の実験が進まないのは、俺のせいだ。おまえが悪いわけじゃないし、村の皆のせいでもない。だから、彼らの生活を台無しにしたくない」

「だって、成果が出せなかったら……」

ニナはそこで言葉を切る。

指令書を盗み見たことは、貴族として恥ずべきことで、絶対に口に出せない。

ならば。

「それなら、最後に頼みがある」

「最後？」

「あ、いや……検体としてあまり我が儘は言えないだろう。一応、僕だって結果を出したくて焦っているんだ」

ニナは自分の首にかけていた鍵を外し、それをレムの前に置いた。

「父の形見だ。僕は、父がどうしてこれを残したのか知りたい。それに、もしかしたら、おまえの研究の何かの糸口になるかもしれない」

「見せてくれ」

レムが落ち着いた声で言って手を差し伸べたので、

ニナはそれを彼の掌に置く。

「我が家に代々伝わる、どこかの睡郷の鍵だと言われている」

「どこかはわからないのか？」

「グライド家は多くの睡郷の管理をしていたから、関連する建物は多いんだ」

ニナの解説を聞きながら鍵を一瞥したレムは、納得顔で頷いた。

「――なるほど、これは白水《はくすい》という土地にある睡郷の鍵だ」

「え!?」

まさか、見ただけでそこまでわかるとは。

「この睡郷はトルア三世が作らせたとかで、国内最古のものとして研究者のあいだでは有名なんだ。鍵に刻印されている双頭の蛇は、百年ほど前まで栄えていたバーツ家の紋章のものだ」

そう言ってから暫く黙って鍵を凝視していたレムは、ややあって口を開く。

「そうだな。ここに行ってみるか」

「いいのか？」

思いつきのつもりで発言したので、レムが受け容れてくれたことが意外でニナは目を丸くした。

「俺のような半獣が睡郷を見学できる機会はないんだ。小さい頃に一度行っただけで、あとは許可が下りなかった。白水の睡郷はもう使われていないから、鍵さえあれば俺でも入れるはずだ」

ニナたち獣人にとっては睡郷は年に一度必ず入る場所だが、半獣のレムはそうはいかないだろう。

「陛下も調べさせたかもしれないが、見落としている点もあるだろう。グライド卿の思惑もわかるかもしれない。一緒に行くか？」

「いいのか？　だって、僕は罪人で……」

「外出させるなとは言われていない」

それはおそらく、ニナが目立つ容姿を持つ以上、逃げるのは困難だと思われているせいだろう。

怪我が癒《い》えたばかりのレムを連れていくのは心配だが、レムもまた結果を出せないことに、そうは見えずとも焦っているのかもしれなかった。


「旅とは、まさか歩きなのか？」

着替えを済ませたニナの疑問に対し、レムが肩を竦めた。

「当たり前だ。この家のどこに馬がいる？」

「……そうだな。愚問だった」

先だってロイスが持ってきてくれたズボンとシャツに着替えたニナはマントを身に纏い、鞄には少しばかりの着替えを納めた。

「似合うな。ローブもいいが、その姿も凛々《りり》しくて見違える」

「褒めても何も出ないからな」

「科学者としての観察の結果で、殊更に褒めたつもりはない」

ニナはレムの容姿を褒めようと思ったが、やめておいた。何だか気恥ずかしかったし、そう言ったところでレムの心は動かないだろう。寧ろ、レムにとっては彼の容姿の話題は禁句のはずだ。

目的地である白水は、レムの話ではそう遠くはないらしい。

国境に一番近い睡郷の塔で、聖睡の期間に警備の人員を派遣するのに遠すぎて費用と手間がかかることから、早い段階で捨てられて別の塔が使われるようになったとか。

獣人の減少につれて、必要とされる睡郷の数もまた減っている。そのため、歴史があっても不便な睡郷は捨てられるならわしになっていた。

初夏の陽射しを避けるために早朝に出発したはいいが、荒れた山道は想像していたよりもずっと歩きづらい。それでも、初めて峡北に来た頃よりは、転ばなくなったはずだが、レムよりは歩幅が小さいために遅れそうになることもある。

先を歩くレムはそのたびに気づいて足を止め、ニナを待っていた。

「だいぶ体力がついたな」

「そうかな」

「ああ、初めて俺と会ったときはすぐにへばっていた」

「あの森がとても深く感じられた。今なら、そうでもないのがわかるけれど」

「俺にとってみれば、あの森は宝の山だ。買えるものなら買い取って独り占めにしたいよ」

レムが軽口を叩くのも珍しく、旅は和やかなものだった。

「さて、今日はこのあたりで夜営だな」

「え、もう？」

「陽が落ちてから山を歩き回るほうが危険だ。それよりは、夜明けと同時に歩いたほうがいい」

「でも、夜営なんて大丈夫なのか？」

不安を覚え、ニナは口籠もる。

「何とかなるだろう。おまえは薪を集めてきてくれ」

「うん」

峡北の木々は葉が尖ったものが多く、刺さると痛い。学校で習った針葉樹が多く、習うだけではわからなかったものだとニナは密かに嬉しくなった。

何とか薪を集めてくると、水を汲んできたレムが焚《た》き火《び》を用意した。

「どうぞ」

「ありがとう」

レムは手際よく支度を済ませ、熱い薬草茶を淹れてくれる。いつもならばまずいと感じるであろうそれも、今日はとても美味しいものに思えた。

料理をするような凝った道具も持っていないため、

食事は乾いたパンと干し肉だった。

「何だか、これがすごく美味しく感じる」

「空腹に感謝するんだな」

疲れているはずなのに、焚き火を囲んでいても眠気は押し寄せてこない。初めての野宿に、心が高揚しているのかもしれなかった。

「おまえはどうして薬を研究しているんだ？　人を救いたいからか？」

木製の椀に入った薬草茶を啜り、ニナは何気なく尋ねる。レムは焚き火に枝を足しながら、あっさり首を振った。

「そんな殊勝なことじゃない。ほかに何もないからだ」

「どういう意味だ？」

「ほかに才能もない。そのうえ俺は半獣だ」

そう言われると話の広げようがなく、ニナは困惑してしまう。

「――ええと、おまえは、悪いやつじゃないと思う」

「何だ、世辞も言えるのか」

からかうような声音だった。

「お世辞なんかじゃない」

声を荒らげるニナを見て、レムが眦《まなじり》を下げた。

「ありがとう」

レムの気持ちを上向きにさせようと思っただけなのに、そうやって真剣に礼を告げられると照れてしまい、ニナはこほんと咳払いをした。

「今回も、つき合ってくれて助かったよ」

「睡郷にはもう一度入ってみたかった」

レムは一度言葉を切った。

「俺は、トルア三世が好きじゃない」

「は!?」

銀嶺の中興の祖、賢帝として名高いトルア三世をいきなり冒瀆《ぼうとく》され、ニナは怒りに声を上擦らせた。

「トルア三世がとんでもなく賢くて、そして天才的なのはわかっているよ。ただ……聖睡はこの国を睡らせてしまう」

少し悲しげな声に、ニナは心中で首を捻った。

長く甘い睡りに就くことの、いったい何が悪いのだろう？

「かつて、この国では民の大半を滅ぼすほどの災厄が起こった。そのときに、塔で冬眠していた大半の獣人は助かった。トルア三世の伝説はおそらく真実だろうが、自分に都合のいい解釈を加えていてもおかしくはない。為政者っていうのはそういうものだ」

「…………」

「おまえの父親も、それを調べていたんじゃないのか？」

「どうだろう。父様は今の世界をよくするのに必死だった。過去を顧みている理由なんてないはずだ」

父の面影を思い出すと涙が滲みそうだったので、ニナは目のあたりを擦った。


ニナの沈黙に困惑したらしく、レムがいきなり違う話題を口にした。

「病気っていうのは、どうしてなるのか考えたことがあるか？」

「疲れたり、躰が弱ったりしてだろう？」

「うん。ほかにも病気が『うつる』というだろう」

「ああ」

「つまり、病気には人間が何らかのきっかけでうつるものもあるんじゃないかっていうのが、科学院で教えている定説だ」

ふうん、とニナは生返事をする。

「何が理由でうつるんだろう？」

「目には見えない、病気の種みたいなものがあるんだろうと考えられている。ほら、村で一斉に流行病になったりするだろう？」

「それなら、種を躰に入れなければいいんじゃないか？」

「ああ。それで俺は薬草の研究を始めたんだ」

どうやら、レムは先ほどのニナの質問に答えようとしてくれるつもりのようだ。

「でも、獣人への実験ができないとなると効き目が試せない。もともと科学院は獣人のための機関だから、獣人に有用な研究でなくてはいけない。それで揉めて……俺と父親は科学院を追い出されたんだ」

旅の昂奮のためかレムはやけに饒舌で、そんなことを教えてくれた。

「病気の、種……」

「本当に種のかたちをしているわけではないと思う。だけど、灼熱病はそういうものだと考えられているんだ」

「うん」

レムの説明を耳にして、ニナはこっくりと頷いた。

「怖くはないのか？」

「え？」

「病気の原因を探したり、薬を作って治すってことは、おまえが自分のことを危険に晒すってことだろう」

それを耳にしたレムが不自然な沈黙を返したので、ニナは怪訝な顔になる。

「……なんだ？」

「いや、そんな風に言った貴族はおまえが初めてだ」

「だって、心配だろう」

ニナの言葉を聞いて、レムは微かに目許を染めた。

「科学院の上層部は貴族だが、実際には人間の研究者が多い。幹部は研究者なんて、獣人のための道具だと思っているからな」

「道具、か……」

道具なんかじゃない。

少なくとも、レムは自分の友人ではないか。

半獣も獣人も分け隔てなくつき合える可能性はあったのに、どこで何が間違えてしまったのだろうか。

「見えてきた！」

白水は想像以上に大きな宿場町だった。

町を取り囲む森の木々は広葉樹で、大きな葉の一つ一つが光を受けている。

早く町に下りていきたいと焦れるニナに、フードを目深に被ったレムは「子供みたいだな」と笑った。

かつて睡郷があったため白水は栄えていたが、今は昔日の面影はないようだ。

商店や宿屋など、建物一つとっても、違う町にきたのだと実感する。峡北では建物は塔や教会以外の主要な建築は木造が多いそうだが、このあたりは石組みが中心のようだ。

人の多い町に来るのは久しぶりだし、未知の景色が見られるのは心が弾む。

とはいっても自分の顔を見られると厄介なことがありそうなので、ニナは口許を布で覆い隠していたが、そもそも人が多いせいか特に奇異な目では見られない。

特に銀狐は特徴的な尻尾を隠せばそう目立たないので、マントが役立っていた。

二人は宿屋に部屋を借りると、これからどうするかを話し合った。

「どうする？　塔に行ってみるか？」

「ああ」

塔は風雨に晒されて朽ちかけているとはいえ、中心地からもその威容が見えるほどだ。

「へえ、塔に行くんですかい」

宿屋の主人は、ニナたちがわざわざ塔を見に行くのだと知って目を丸くした。

「うん、自由に入れるか？」

「敷地はこっそり入れますが、中は鍵がないとだめですよ」

「そうか」

「でもねえ、わざわざ入りたがる人は滅多にいませんよ。今じゃ貴族の方々は、それぞれに割り当てられた睡郷がありますからねえ」

睡郷がなくなってからは、この町に暮らすのは人間が大半になったのだという。

宿の主人に夕飯に間に合うように帰ると伝え、二人は歩きだした。

「にぎやかだな」

「このあたりは東園《とうえん》に繋《つな》がる宿場町だからな」

都からは東周りで東園を通る街道と、西回りで西苑を通る街道、それから、中央を通る峡北への街道の三本が主な道筋となっている。

今回の旅は、ニナにとって初めての見知らぬ土地への旅行といってもいい。確かに父は宰相で貴族だったが、休みのときに行くのは領地くらいのもので、遊びのための旅はしたことがなかった。


だからこそ土産ものを所狭しと並べて売っている店や、名物と言われている串料理の屋台が気になったし、肉が焼ける匂いにひくひくと鼻が動いた。

それでもここに答えがあるのだろうと思えば、心が逸《はや》る。

町の中心を離れて睡郷へ歩を早める二人を見咎める者は、誰もいなかった。

「意外と遠いな」

「睡郷は、貴族にとっても普段の生活では必要がないものだからな。町外れに置くのも無理はない」

近いように見えた塔へは、意外と距離があった。ニナは疲れ切っていたものの、父がこの鍵を託した理由を知りたい一心で、半ば機械的に足を動かした。

今時は塔へ行く者は殆どいないようだが、道には蹄《ひづめ》の跡や轍《わだち》が無数に残っている。膝を突いてそれを検分していたレムは、小さく息を吐いた。

「どうした？」

「まだ新しい。王がここを調べたというのは、本当だったんだな」

そう聞かされると俄《にわか》に気が急《せ》き、ニナはレムを先導して塔へ急いだ。

「――ここか」

切り分けた石を丹念に組んで作られた塔は、古めかしく妙に迫力があった。ところどころ石組みが壊れ、看板には立ち入り禁止と大きく書かれている。

レムはまるで気にせぬ様子で敷地の塀に手をかけたので、ニナもそれに従って塀をよじ登った。

「大丈夫か？」

「うん」

レムの手を借りずに塀から下りたニナは、彼に従って塔の玄関に近づいていく。

毎年ニナが聖睡に入る睡郷の塔は真新しく、ここまで威圧的な雰囲気ではない。

おそるおそる入り口に近寄ったニナは意を決し、閂《かんぬき》の鍵穴に自分の持ってきた古い鍵を差した。

かちりと軽い音がし、鍵はあっさりと開いた。

おそらく、ニナの前に来た者が油を差したのだろう。

分厚い扉に手をやり、体重をかける。

途端にむわっとあたたかい空気が押し寄せてきて、レムが簡易型のランタンに火を点けてあたりを照らし出した。

「行くぞ」

レムに促されるまま、ニナは塔の中に足を踏み入れた。

かつかつという二つの靴音が、広い空間にやけに響くようだ。

「…………」

塔の中は、取り立てて変わったところがなかった。

とはいえ繭は経年で壊れ、木片や羽があたりに散らばっている。それがうち捨てられた廃墟としての不気味さを醸し出していた。

ふと足を止めたレムは、ランタンを高く掲げる。

「どうした？」

「ここに文字が書いてある。古代文字だな」

最上階の壁には壊れた祭壇があり、そこには古い文体で『ここは高貴なる魂《たましい》が永久《とわ》に休む柩《ひつぎ》。いざ睡らん再び目覚めるその日まで』と彫られていた。

「ふむ……」

レムは感慨深げな顔つきで、それを帳面に書き写す。

「睡郷にこの文章は彫られているものなのか？」

「いや、見たことはない。それにしても、ここにもトルア三世がいらしたのだと思うと、感動するな」

「間違いなく来ただろう」

「じゃあ、これがトルア三世の吸った空気なのか」

ニナが深呼吸するのを見て、レムは「もう入れ替わってるだろう」とまるで風情のない指摘をした。

それにしても、ひどく黴臭《かびくさ》い。

ニナは自然と自分の口許を手で覆い、なるべく臭いを嗅がないように心がけた。

鼠《ねずみ》や蝙蝠が住みついているのか、糞尿《ふんにょう》の臭いは微かにしたが、数は多くはないようだ。

「うーん……」

レムの小さな唸《うな》り声《ごえ》と足音、それから時折ぱらぱらと塔が崩れていく音だけがこの建物の中で生まれる旋律だった。

ランタンを手にしたまま、レムは静かにその場を歩き回っている。

「…………」

「はい」

気になるところがあるらしく、彼がランタンを床に置こうとしたので、ニナは慌ててそれを受け取った。するとレムは礼も言わずに、ニナを従えて歩きだした。

科学者としてのレムは、こんな生真面目な顔をしているのか。

レムは手近にあった壁の破片やさまざまなものを手に取り、鞄の中にしまってあった小瓶に入れていく。

どうやら実験の材料にするらしい。

こんな石が、薬になんてなるのだろうか？

不思議に思いつつニナはきらきら光る黴や苔《こけ》を眺めてみたが、取り立てて変わったものはない。

「もう一度、下に行くぞ」

「あ、うん」

いつの間にかレムに主導権を握られていたが、彼のほうが深い知識を持つだけに異論はなく、ニナは慌てて彼の後ろを追いかけた。

とはいってもどの階もさして状況は変わらず、丹念に塔の上層まで探索をした二人は、目に見えた大きな発見は一つとしてないことを認めなくてはならなかった。


「塔の資料？　そんなものは、役場の公文書館にいかねぇとなぁ」

レムに酒を奢《おご》られたせいで宿の主人の口は軽くなっており、情報はすんなり聞き出せた。

こうした宿の一階はたいてい酒場になっており、泊まり客が宿賃以外の金をたんまりと落としていく。

塔は灼熱病の流行のあとにうち捨てられ、以後、顧みる者はいなかったらしい。バーツ家が没落したあとはグライド家が管理していたのは本当だが、実際には地方の役人が担当し、父のハブルは一年に一度しか来なかったという。

尤も、聖睡に入れば一年のうちの三か月を確実に奪い取られるハブルが何日もかけてこの塔を訪れて調査したらしいのだから、十分異常な事態だった。

「しかし、黒とは陰気なローブだなあ。そいつを脱いじまえよ」

「え？」

「この時期に暑苦しいし、何より、酒を飲むのに邪魔だろ」

物思いに沈んでいたため、対処が遅れた。

「！」

主人はいきなり、レムのローブをぐっと後ろに引いたのだ。

止める間もなく自分の黒髪と黒目が露になり、レムは全身を強張らせる。

「おまえ……半獣か！」

唸るような声と共に、レムはいきなり襟首を摑まれていた。

酒場でくつろぐほかの客たちが、いったい何ごとかと二人を白い目で見ている。

「出ていきな！」

「金は払った」

「返してやるよ。半獣が使うと寝台が臭くなっちまうからな。行きな！」

実際にはそんなことはないと言いたかったが、致し方がない。

レムは「わかった」とだけ言うと、かたりと立ち上がった。

ご丁寧に宿代から食事の代金を引いた額を投げつけられ、レムはばらまかれた銅貨を一枚一枚拾った。

「連れは俺と違って貴族だ。そのまま寝かせてやっておいてくれ」

「ふん」

ニナには見るからに立派な耳があるので、疑われることはないだろう。情報を聞き込みたいと出てきたレムとは対照的に、顔を隠したいからと自室で食事をしているのが幸運だった。

レムは厩《うまや》の近くにちょうどいい場所を見つけ、そこに座り込む。

野宿も差別も、いずれも慣れている。取り立てて困ることなど今更なかった。

満天の星が宝石のように煌めき、一際大きなものはまるでニナの瞳に宿る光のようだ。

あの美しい瞳で、ニナはあと何回自分を見つめてくれるだろう。

そんな詮なきことを考えてうとうととしかけたそのとき、「レム!」という声が聞こえてくる。

見れば宿屋の中から、荷物をまとめたニナが走り出てきたところだった。

「ニナ、どうした」

驚きのあまり腰を浮かせると、ニナがそっとレムを制した。

「遅いから、見に来たんだ。そうしたらおまえが追い出されたと聞いて」

「ああ。だが、おまえは泊めてもらえるように頼んでおいた」

あの店主の態度を考えれば、ニナを追い払うことはないだろう。

「僕も野宿する」

「どうして」

そうでなくとも都暮らしのニナに、野宿が向いているとは思えない。暫く野宿で過ごしたため、久々に寝台で眠るのをニナは心待ちにしていたはずだ。

「おまえは道案内だ。そばにいないのは、困る」

「………」

「それに、悪夢を見るかもしれないからな。そのときは起こしてもらう」

用意してきた台詞のように滔々と述べられ、レムは微かに笑み、「わかった」だけと答える。

彼なりに歩み寄ってくれているのはその態度から明白で、疑いようもなかった。

「ありがとう、ニナ」

「な…何で礼を言うんだ」

「俺の腕を認めてくれたみたいだから、嬉しいんだ」

そこを褒めると獣人としてのニナの矜持《きょうじ》を傷つけそうだったので、レムは違う方法で感謝を表した。

「それは……勿論、信じている。おまえは腕利きの学者だ。きっと大成するだろう」

「あんまり褒められると怖いな」

レムの冗談を聞いて、ニナは小さく鼻を鳴らした。

「あと、これをやる」

右手を突き出したニナの手に握られていたのは、革紐に穴を通して首飾りになった陶器のメダリオンだった。

メダリオンは土産ものとしてはかなり一般的で、これも軽いが直径は銅貨二つ分ほどある。白いメダリオンは上品で、バーツ家の紋章と朽ちた睡郷の塔がモチーフになっていた。

「いつの間に買ったんだ？」

「宿に戻ってきたとき、外に行商人がいて……まあ、その、買えとうるさかった」

ニナは頬を染めつつ答える。

はぐれたときのためにいくらかの金を渡していたので、それを使って買ったのだろう。どうせ微々たる額だろうから、その点は咎める気はなかった。

「まあ、子供騙しなのはわかっているのだが、僕もお土産というのは初めてだからな。二個一組で安かったし、買ってみたくなったんだ」

「おまえのを見せてくれ」

「これだ」

ニナがシャツから引っ張り出した首飾りは、同じモチーフが浮き彫りになっているが、レムのメダリオンより一回り小さい。

「これは恋人用だな」

「え!?　いや、友人でもお揃いで持っていておかしくないと、あの老人は言っていたが」

ニナはしどろもどろになった。

　建物から光が漏れてくるせいで、照れてしまったニナの尻尾が忙しなく揺れるのが影になって見えている。顔を見ずともニナが狼狽《うろた》えているのがわかり、レムはおかしくなった。

　こうしていると、獣人と半獣という隔たりはまるで何もないように思えて、自分が普通の存在になったような錯覚を味わう。

「ありがとう」

「……どういたしまして」

　今度は素直に礼の言葉を聞き入れたニナは、ひどく満足そうだった。

　鑑札の上から革紐を通したメダリオンをかけると、ちょうどそれが隠れるようで少し嬉しかった。

　だが、あくまで自分は鑑札持ちの半獣なのだ。

「トルア三世と同じ光景を目にしたし、僕はもう思い残すことはない」

「随分、欲がないんだな」

「僕と違って、おまえには最後まで頑張ってもらわねばならないからな。お守りだ」

　答えられずにレムは黙りこくってしまったが、ニナも何も言わなかった。

「……おい」

　最後とはどういうことかわかっているのかを問い質そうと声を出しかけて、レムは慌てて口を噤む。

　既にニナは眠りに落ちていた。

「………」

　おまけにニナは、ごく自然にレムの肩に凭れて体重を預けてくる。

　このところ避けられている気がしたのだが、気のせいだったのか？

　ニナの重みとぬくもりが、ひどく優しいものに思えてレムは唇を綻ばせる。

　かねてから夢見ていた、美しいひと。

こんな風に無防備にされると、混乱してしまう。ニナに触れたいという欲望が頭を擡《もた》げそうになるが、レムはそれをすんでのところで堪《こら》えた。

「ニナ」

小さく呼びかけてみると、予想外に「なに?」という寝惚けた答えが返ってきて焦ってしまう。

「……何でもないよ」

動揺を堪えるために別のことを考えようとしたレムは、先ほどの詩文に思考を巡らせる。

ここは高貴なる魂《たましい》が永久《とわ》に休む柩《ひつぎ》。いざ睡らん再び目覚めるその日まで——心中で何度も繰り返し、レムはまたも違和感に襲われた。

そうか……。

詩句の文言は、聖睡ではなく永眠を、つまりは死を連想させる不吉な内容なのだ。

トルア三世は何を思いこの塔を建て、あの言葉を刻ませたのだろう。

国中のいたるところにトルア三世絡みの宮殿や教会などの史跡や記念碑があるので、朽ち果てた睡郷は観光名所としてすら扱われないのだろう。睡郷の研究をする者は皆無といってもいいだけに、ただただこの塔は崩壊していくのだ。

この国は何も変わらないのに、民の肉体と文明は音もなく滅していく。

国の体制が軋んでいるからこそ、青湘の連中が堂堂と峡北のあたりを歩き回っても、咎められないのかもしれない。

確実に、時代は動いている。

半信半疑だったが、レムはそんな考えに最近支配されつつあった。

いつの間にか自分が時代のうねりに呑み込まれているというのなら、自分如きにニナを守れるだろうか。

「ニナ……」

微かに呟いたレムは、身を屈めてニナの髪にそっとくちづける。

失いたくない。

守りたいと思ったのは、自然な欲望だった。

あの美しい銀狐の血を引くニナは、レムにとっては憧《あこが》れでもあったからだ。

けれども、今はその意味は違ったものになりつつある。

こんな風に心を開きかけてくれているのに、この美しいひとを自分は失ってしまうのは嫌だ。

ニナが現れて、レムは初めて、誰かに触れてみたいと思ったのだ。

それは性欲を解消するための動物的な行為とはまた違う、強い渇望から生じるものだ。

ニナの生身の肉体を、みずみずしい心をもっと知りたい。

実験にかこつけて性的に解放された状態のニナに触れたことが、レムの欲望に拍車をかけているのかもしれない。

だが、あの状態を解消してやらなくてはニナはそれこそ動物のように欲望を追求してしまうので、レムの手が必要だったはずだ。

たとえそれが不本意なものだったとしても。

いずれにしても夜明けはまだ遠く、レムは自分の傍らで眠るニナをじっと見つめ続けた。

6

「悪かった」

懐かしい我が家へ戻ってきたニナの第一声は、そんなものだった。

自尊心の強いニナに謝られるとは思わず、レムはまじまじと彼の顔を見てしまう。

すると、そんなレムの気持ちに気づいたのか、ニナは目を伏せてなおも続けた。

「つまり、その……調査は空振りだったし、それに……嫌な思いもさせた」

ニナは、白水へ行ったこと自体が間違いだったと言いたかったらしい。

ローブを脱いだレムは小さく笑い、鞄をテーブルの上に置いた。

「俺なりに成果はあったと思う」

「え？　どうして？」

「ほら、これだ」

レムはそう言って、小瓶を鞄から次々と出した。

「何だ？」

小さな瓶の中身が何かわからない様子で、ニナは鼻を突き出すようにして顔を近づけてきた。

「あの塔で採取してきた黴だ」

「確かに、ひどく黴臭かったな」

思い出したらしく、ニナは少し不愉快そうに眉を顰めている。

「一説によると、黴が病気を防いだり、病気の種を殺したりするという考えは昔もあったらしい。少なくとも我が国ではその研究は進んでいないし、青湘は一度荒廃してしまったから難しいだろうな
鎖国をしているため他国の現状について情報が入

らないのが歯痒かったが、致し方がないだろう。

「……それこそ馬鹿馬鹿しいな。黴びたパンは食べたら病気になる」

「それは黴の種類が違うんだ」

レムの主張を耳にしたニナはふんと鼻を鳴らして、「食事は？」と尋ねる。

「適当に済ませるよ」

「じゃあ、僕が作る。おまえはその黴とやらを調べてろ」

「ああ、助かるよ」

レムの返答を聞き、ニナは得意げに胸を張った。

「僕の料理もまずまずだって認める気になったか？」

「最初からそう思ってるよ」

旅の帰り道で村を通った際、ついでにベーコンやら干し肉やらを仕入れてきた。これで料理が進化し、同じスープでも、こちらのほうが美味しくできるはずだ。

「任せたよ」

レムは研究の道具を取り出し、黴の培養をする準備を始めた。

野菜を切る音が聞こえていると思ったが、すぐにレムは集中し始めたので、ニナのことが気にならなくなった。

「進んでるのか」

声をかけられたのに驚いて振り返ると、いつの間にか、隣の椅子にニナが腰を下ろしていた。

「いや……まだ準備だけだ」

「本当にその黴が役に立つのか？」

尋ねるニナの目は好奇心に輝き、ここに来た当初とは別人のようだ。

そういえば表情も心なし生き生きとしていて、だらりと垂れ下がることの多かった尻尾も今はふるふると震えている。

あの尻尾を思うがままに撫でてみたいという願望

に駆られつつも、レムは素知らぬ顔で真面目な話を続けた。

「灼熱の死から獣人の多くが逃れられたのは、塔の特殊な環境のおかげかもしれない」

「獣人を救ったのは神のご加護だ」

「そうだな……」

「おまえ、そう思ってはいないだろう」

呆れたようにニナがぼやいたので、レムはくすりと笑う。

レムの不信心を知りながらも、以前のように教会がどうとか言わないあたり、ニナも学習したようだ。

それを目にしたニナが微かに頰を赤らめたのが、レムには不可解だった。


――眠れない。

大きなため息を零したニナは、寝台の中で寝返りを打った。

この小屋に戻ってきた以上は、明日にも実験が再開されるだろう。

黴如きで父の思惑が解明されるとは思えなかったし、手詰まりな以上は実験をするほかないからだ。

そうすれば、レムの前でまた無防備な姿を晒しかねなかった。

それが、何よりもきつい。

自分がよりによってレムに対して妙な妄想を抱いているのを知っていたので、それがレムの前で露になったらどうしようかと、ニナはひどく案じていた。

旅のあいだは非日常だからと忘れられていたのに、こうしてまた元の生活に戻ると、レムとの関係について考えてしまう。

出会ってから一か月以上が経過し、ニナはすっかりレムとの生活を受け容れていた。この暮らしがごく自然なもののように思えてしまい、それが我ながら不思議だった。

毎日が、楽しい。

都にいれば芝居や芸術、美味しい店などさまざまな刺激があったのに、ニナはここにいるときほど日日を楽しめなかった。

勉学や学友との交流も、将来役人になったときの義務で、いずれは父の後を継いで政治家になるための布石でしかなかったためだ。

それが、今は違う。

レムと友誼《ゆうぎ》を結んだだけで、世界の色が違って見えるのだ。

無論、レムが半獣でニナとは立場が違うのは承知のうえだ。レムが自分を助けるのは実験のため、功名心ゆえだとわかっている。

それでも、かまわないのだ。

レムが自分を死なせてくれるのであれば、それでもいい——心のどこかで、そう考えている自分がいる。

その一方で、レムの手を汚させたくないと思うニナもいるのだ。

このせめぎ合う気持ちは、いったい何なのだろう。

自分の心はいつも揺れ動いていて、何がおきてしまったというのか。

薬の副作用なのか。それとも……。

「あーあ……」

ともかく、次の実験のときはあの成分が入った薬はやめてもらおう。別の薬でなら、妙な気持ちは起きないかもしれない。

もう一度ため息をついたニナは薄いかけ布団を頭から被ろうとして、ふと、耳をぴくりと動かした。

何か、外で物音がする。

紛れもなく、獣ではなく人の気配だ。

しかも、一人や二人ではない。

飛び起きたニナがくんと鼻を蠢かすと、人の気配に加えて松明《たいまつ》だろうか。松脂《まつやに》の燃える臭いがする。

今宵は下弦の月。

真夜中近いこの時間においては、夜目の利かぬ連中は星明かりしか頼りにするものはない。

ということは、相手は人か。

複数の人間が、この小屋に近づいてきている。

尋常ではない事態だと直感し、ニナはそろりと寝台から抜け出すと動きやすい服装に着替えてブーツを履いた。

父の残したあの鍵と白水で手に入れたメダリオンを首からかけ、まるでお守りのように握り締める。

階段を駆け下りたニナは、長椅子に横になるレムを乱暴に揺すぶる。

「レム……レム！」

強く耳打ちしてやると、すぐに反応があった。

「ん。何だ？」

目を擦りながら上体を起こしたレムは、尋常ならざるニナの様子に瞠目《どうもく》する。

「囲まれてる」

「囲まれてる？　何に？」

レムは不審げな面持ちになりながらも、物陰からこっそり窓の外の様子を窺う。

家の外は赤々とした松明を持った男たちで囲まれていて、レムは見る見るうちに表情を強張らせた。

「知ってる人？」

「わからないが、真っ当な訪問者じゃなさそうだ」

「それくらい見ればわかる」

「とりあえず、逃げよう」

「どうやって？」

裏口から逃げ出したとしても、家を取り囲むように人の気配があるのだ。

幸いレムは仕事の途中で眠り込んでしまったらしく、いつでも動ける服装だった。

彼が素早くマントを身につけたので、ニナも急いでそれに倣《なら》う。

そうしているうちに、どんどんと扉を叩かれた。

「おい！　いないのか？」

くぐもった声が聞こえてきたが、レムはまるで気に留めていない様子だった。

「手伝ってくれ」

外の人物を完全に無視したレムは長椅子を動かすと、敷物を剝がした。

床板を外すと、そこには大人が一人出入りできるような大きな穴が掘られていた。

「何、これ……」

「いざというときのための、脱出口だ」

「どうして？」

「俺は科学院の望まぬ研究をやっていた半獣だ。いつ処分されてもおかしくない立場だ」

淡々と発された言葉の内容は深刻で、刃《やいば》で抉《えぐ》られるように胸が苦しくなる。

だが、今はこうしてはいられないと、レムに言われるままにニナは穴に潜り込んだ。

「う」

ひんやりとした空気が吹き上げてくる。

穴は意外と深くまで掘られていたが、湿度が酷い。もしかしたらあの川の近くなのかもしれない。

ニナのあとに続いてレムがやって来たので、少しばかり安心する。

「行くぞ、時間がない」

「うん」

四つん這いになって進んでいるうちに手足が汚れ、冷たくなってきた。

きっとどこからか血が出ているが、恐怖と焦燥の前に痛みは麻痺《まひ》していた。

あれは誰で、何のために来たのか。

とにかく急がなくてはいけない。

いい加減息苦しくなってきた頃、目の前に一筋の光が見えた。

草で覆われた出口から両手で雑草を掻き分けて這い出すと、一面の星空が目に飛び込んできた。

そして、身を切るような空気。

囂々《ごうごう》と水が流れる音が聞こえ、それからニナはきな臭さを感じて視線を巡らせた。

熱気と異様な明るさ――まさか！

「見て！」

川の上流を見上げると、そちらがひどく明るい。

レムの小屋のほうで、ニナは身震いをした。

おそらく、あの小屋に火を点けられたのだ。

「………………」

刹那、レムが愕然としたように立ち尽くすのがわかった。

「戻ろう、レム！　あそこには、研究の成果が……」

レムはぎゅっと手を握り締めたものの、首を横に振る。

「だめだ。戻れば殺されるかもしれない」

「だって……」

「彼らが俺の薬が目当てじゃないことは確かだ。捕まるわけにはいかない」

レムの言うことは正しかったが、実験はともかく、彼が作ってきた多くの薬が燃えてなくなってしまうのだ。それはあまりにも残酷なことのように思えた。

「急いで麓へ下りよう」

「それなら、川沿いは危ない」

「水面のほうがよく見える。気をつけて歩けば、落ちることはないはずだ」

星明かりを反射した水面は微かに煌めき、レムの言葉を裏づけていた。

どちらにしても危険であるのには変わりなく、ニナは表情を引き締める。

「……うん」

泥に塗れた手や膝が気持ち悪かったが、洗ってもどうせまた汚れるのは目に見えている。

暗がりの中、急流がどうどうと流れる音だけが響き、それがやけに恐ろしく思えた。

「足許に気をつけろよ、ニナ。おまえは泳げないだろう」

「おまえよりは夜目が利く。それに、泳ぐ以前の問題だ」

この急流に呑まれれば、昼間であっても落命するのは目に見えている。

「伝説の黒水海《くろみずみ》まで流されるかもしれないぞ」

レムが軽口を叩いたので、緊張に震えていたニナの心も少し和らいだ。

「あの人たち……何だろう」

「わからない。禁制の研究をしている人間を捕まえるにしては、大がかりだ」

「じゃあ、僕を……？」

「おまえが俺のところにいるのを知る者は少ない。それこそロイスや科学院の連中くらいだ」

ちかっと前方で光が見えたような気がして、ニナは小さく唸る。

小刻みに耳が蠢き、鼻孔を刺激する匂いの正体を感じ取ろうとした。

「！」

呼び止めるよりも先に、レムが立ち止まる。

彼の背中にぶつかってしまい、ニナは小さく顔をしかめた。

「……ロイス、どうしてここに」

レムの肩越しにそっと前を見ると、近くの大岩にランタンを置いた男が矢を番《つが》えて立っていた。

「山が騒がしいからな」

「おまえのところまで聞こえるのか？」

静かな口調でレムは尋ねたが、その背中に緊張が滲んでいる。

まるで気を許そうとしないレムの様子に、彼が口イスを疑っているのがわかった。

普段は二ナの垂れている尾も、毛が逆立ち、今は緊張を反映してぴんと立ち上がっている。

「妙なことを考えているんじゃないだろうな」

「妙？　どんな？」

「わからないが……不穏なことだ」

ロイスがおかしげに笑って何か呟いたものの、川の音に掻き消されて答えは聞こえない。

「ニナ、逃げろ！」

突然、レムが声を張り上げたので、ニナはびくっと身を震わせる。

どういうことだとレムを見たそのとき、ロイスが手を離した。

ひゅっという風切り音。

「!!」

レムの胸に矢が突き刺さり、彼が蹌踉《よろ》めいた。

同時に、何かが飛び散ってニナの頰に当たった。


「レム！」

悲鳴を上げるニナの前でロイスが次の矢を番え、更にレムを射ようとした。

「よせ！」

咄嗟に両手を広げ、ニナは二人のあいだに飛び出した。

今度は自分がレムを守る。

守られるだけではなく、自分こそが彼を守りたい。

「どけ。その男を殺さなくてはいけない」

「嫌だ！」

声を張り上げるニナに舌打ちし、ロイスは弓を引き絞る。

「ニナ、よせ」

ざらついた声で訴えたレムは、ニナの躰を押し倒した。

「あっ」

二本目の矢が、レムの脇腹のあたりに突き刺さる。

「く」

呻き声に振り返ったそのとき、大きな水音が響いた。

ランタンの乏しい光でははっきりと見えないが、落ちたのだ。

大きくて重いもの――レムが！

「レム！」

慌てて川岸に近寄ったニナは急流を覗き込むが、黒いローブを纏っていたレムの姿は見えない。

いなくなってしまう。

どうしよう。

この川から落ちたら命がないと話していたばかりだったのに。

心臓が痛い。潰れてしまいそうだ。

「レム！　レム！」

声を上げたところで返事はなく、叫び声は虚《うつ》ろに急流に呑み込まれていく。

「レム……!!」

川岸に身を乗り出して悲痛な叫び声を上げるニナに、ロイスが「黙れ！」と苛立った調子で怒鳴りつける。

それでも憑《つ》かれたようにレムの名を呼び続けるニナの頬に、いきなり熱いものが走った。

「！」

平手打ちされたのだと気づくまで、暫しの時間がかかった。

筋肉質で逞しいロイスに頬を張られると、全身に響く。ぶたれた衝撃にニナの躰は揺らぎ、近くの木の幹に手を突いた。

「落ち着いてくれ……ニナ様」

ロイスはその場に片膝を突き、ニナに対して一応は尊崇の態度を見せた。

「人を殴っておきながら、どういうつもりだ」

「来い。レムを犬死にさせるつもりか？」

死という言葉に、ニナの感情は虚脱から一気に憤怒へと変わった。

「おまえ、どういうつもりだ！　よくもレムを！」

詰め寄って彼の襟首を掴もうとしたが、それをあっさりと躱《かわ》される。

表面上の恭順などいらない。今、ロイスはその矢でレムを射たのだ。そんな男を信用できるはずがなかった。

「あいつは王の犬だ。人にあだなす研究をしている以上は、生かしてはおけない」

「そんなことはしていない！」

「何だ、知らないのか？　あの王が……若造が何を狙っているのか」

小馬鹿にしたような口ぶりでロイスは言うと、ニナを見下ろした。

「あんたもつくづく、おめでたいな。だが、それでも俺たちにとっては切り札だ。一緒に来てもらおう」

ロイスが乱暴に肩を掴んだので、ニナは彼を睨みつけてそれを振り払った。

「逃げても無駄だ。この山は俺たちにとっては庭みたいなものだ。獣が狩人から逃げられるか？」

反論をしようとしたが、周囲にほかの人間の気配を感じる。どうやら、ロイスの仲間たちが近くまでやって来ているようだ。

「行くぞ」

「…………」

すぐにロイスの仲間に前後を固められてしまったので、ニナは渋々歩きだした。

松明を掲げている分、ロイスと歩くのは先ほどよりは楽だったが、歩みを進めるごとに、後悔と不安がだんだん大きくなってくる。

レムを探したい。

朝まで待っていれば、彼を見つけられるかもしれない。だが、ここから離れてしまえば、どこでレムを見失ったかもわからなくなる。

そんな気持ちが錯綜《さくそう》し、ニナの心を苛《さいな》んだ。

暗くてよく見えなかったとはいえ、転落時の音から、高さは相当なものだと想像できた。

夜の山道を歩くには相当な注意力と体力が必要で、ニナは途中で何度も転んでしまった。そのたびにロイスが手助けしてくれたが、彼にはレムほどの気遣いはないようだ。ニナが転ぶと舌打ちし、仕方なく助け起こす。その荒々しい態度に、よけいに気持ちが落ち込んでいく。

泣き続けていたとしても事態は改善しないのも事実だ。諦めと悲嘆に錐揉《きりも》みにされたあと、今はレムのことを考えても仕方がないと、ニナの精神状態は一種の小康状態に落ち着いていた。

ややあって視界が開け、目的地と思しき村に到着した。

「俺たちの村にようこそ」

芝居がかった調子でロイスに言われたが、ニナは口も利かなかった。

村には暗がりでもそうとわかるほどの、異様な空気が張り詰めている、
教会前の広場だけでなく空き地に天幕が張られ、何十人という人の気配を感じ取る。

暗がりでもがちゃがちゃという金属音が聞こえ、ニナは耳を欹《そばだ》てた。耳障りで重苦しい音は、鎧や剣がぶつかり合って生じるものだ。

「俺の家はここだ」

村落のうちの一軒である古びた家を指さし、ロイスは入るように促した。

家は粗末で、造りはレムの小屋と大差ない。奥行きがあって奥の部屋で寝起きできるようになっており、手前の部屋は一際目立つ大きなテーブルが置かれていた。

「あんたは客人だ。そこで休んでくれ」

「おまえは、どこで？」

「人の心配をする余裕があるのか。お優しいな」

揶揄するような口調に、ニナはむっとして相手を睨む。優しいわけではなく、見張られているかどうか知りたかった。

「その前に、あの天幕が何か聞きたい」

「さあな」

「青湘の言葉が聞こえる。あれは、青湘の兵士なのか」

「なるほど、獣人の聴力はさすがだな」

一度ははぐらされたが今度は暗に事実だと認められ、ニナは驚愕に襲われた。

「馬鹿な！　銀嶺は鎖国で国体を守っている。何のために、他国の兵士を引き入れた？　どんな事情があるにせよ、反逆と受け取られかねない」

「無論、これは反逆だ。それ以外の何に見える？」

「どうして……」


「王家などもう必要ない！」

身を乗り出したロイスの言葉に、ニナは瞠目する。

「あんただって、自分の親を処刑されただろうが！」

予告なしに心の弱いところを抉られ、ニナは唇を噛んだ。

「あんたにとっても、王は敵だ」

「違う！」

ニナは咄嗟に否定する。

「王はグライド卿を殺し、あんたを人を滅ぼすための実験台にしようとした。レムの研究は、完成させちゃいけない。ラクシュは狂った暴君なんだ」

「違う……」

再度否定する声が、今度は無様にも震えた。

ラクシュとニナのあいだには、幼い頃からの友情と忠誠心があったはずだ。

「誤解があったはずだ。陛下が悪いわけがない」

「おまえは父を信じられないっていうのか」

「…………」

痛いところを突かれ、ニナは黙り込む。

沈黙が重苦しい。

そこでロイスは大きく欠伸をし、ニナをちらりと見やった。

「悪いな。喧嘩《けんか》をするつもりはないんだ。あんたは俺たちにとって切り札だ。レムのところにあんたが転がり込んできたのは、天の配剤ってやつだ」

切り札、だと？

よく意味を問いたかったが、口を開くのも億劫なほどの疲労がニナの双肩にのしかかっていた。

「疲れてるだろ。奥の寝台を使いな」

「…………」

ニナは無言で頷くと、部屋の奥に足を踏み入れて倒れ込むように寝台に寝転がった。

ロイスたちにとってニナに利用価値があるというのなら、寝てるあいだに首を掻き切られるようなことはないだろう。

寝具がどうのと文句を言うつもりはなかったが、洗ったばかりなのか、不快感はない。

最初から、ロイスはここにニナを連れてくるつもりだったのだろうか。

レムを用済みとして、ニナ一人で。

……レム。

あの瞬間を思い出すだけで、喉がひりひりと渇いてくる。指先まで痺れてしまう。

決定的な瞬間を目にしなかったことが、かえってニナの心にのしかかってきた。

昼間に渡ることさえ躊躇《ためら》われる、恐ろしいほどの急流だ。呑み込まれればひとたまりもないが、レムがあっさりと死んだと思えるほど薄情にはなれない。

それでも躰は泥のように疲れており、休息を欲している。

白水で買った土産もののメダリオンと睡郷の鍵の

二つを握り締め、ニナはレムのことを考えながら目を閉じる。

このまま長い睡りに就いてしまえればいいのに。

レムを失ったことも忘れられるような、長い――

それこそ聖睡に。


「――――ン……」


眠りは長かったが、それでいて快いものではなかった。ニナは何度もレムの屍を見つけては悲鳴を上げ、そのたびにこれは夢だと己に言い聞かせた。

結局、ニナは陽が高くなる頃にのろのろと起きだした。

本当は寝床に潜り込んだまま、レムを失った悲嘆に浸っていたかったが、誰かの話し声が聞こえて眠ってはいられなかった。

それに、心の痛みはニナを苦しめて気力を奪うだけだ。

まずは、ロイスの言い分を聞こう。昨日は話半分だったし、お互いに昂奮していた。

ロイスが自分にとって敵と味方のどちらなのか見極めよう。味方だと思えるのなら逃げないと約束し、レムを探しにいきたい。レムを矢で射たことを責めるのはいつでもできる。

怪我をしたレムは生きているのか死んでいるかも不明だが、とにかく、彼を探したい。

立ち上がったニナは深呼吸をし、ロイスへの怒りを強引に彼方《かなた》へ追いやった。

ドアを軽く押してその隙間から隣室を見やると、七、八人の男たちが立ったまま話を続けている。ロイスは何やら難しい顔をし、地図らしいものを見ながら何かを説明していた。

男たちは全員が人で、陽に焼けてがっしりとした体軀をしている。一様に衣服は粗末だったが、それなりに決意を秘めているらしく表情は凜々しい。

「起きたのか」

ロイスと目が合い、ニナは仕方なく一歩足を踏み出した。

「……ああ」

この男が、レムを害した――。

消しようのない激しい怒りに襲われたニナが尻尾の毛を逆立てているのを目にして、ロイスは「わかりやすいな」と苦い笑みを浮かべた。

「腹芸の一つもできないようじゃ、政治家には不向きだろうに」

「おまえに将来を心配してもらう謂われはない。そちらこそ大事な会議中か？」

肩を竦めたロイスは一旦男たちを解散させると、ニナのために木製の椅子を引いた。特に礼も言わずに、そこに腰を下ろす。

「飯は？　俺のスープは旨いって褒めてくれたろう」

「……いい」

「レムのことなら諦めろ。ミクレス川は相当の急流で、川に落ちて生きて帰ったやつは十年で一人いるかいないかだ」

「あの男はしぶとい半獣だ」

「岩場も多いし、あの夜更けじゃ、避けきれずに肉片になってるだろう」

気分が悪くなりそうな言葉に手が震え、ニナは泥で汚れた床に視線を落とすほかなかった。

「おっと、悪かったな、食事前に」

「いや」

暖炉にくべてあった鍋からスープをよそうと、ロイスはそれをニナに手渡す。

「…………」

今の話も相まって食欲は皆無だったが、これ以上の弱みを見せたくはない。俯いたニナは、兎の肉の入ったスープをゆっくりと食べ始めたが、味はまったくわからなかった。

「よく眠れたか？」

「昨日のできごとが悪夢だったと思えるくらいには」

「なるほど」

ふんと鼻を鳴らして笑うと、ロイスは自身もまた固そうなパンを噛みながら口を開いた。

「ラクシュ王は、トルア三世の治世を模範としている。獣人の繁栄こそが国の繁栄だという発想だ。つまり、人間なんてどうでもいいと思っている」

「国にとって、『人』がどうでもいいわけではない。人と獣人の双方が支え合っての銀嶺だ」

「綺麗ごとは言わなくてもいい」

ぴしゃりとニナの意見をはね除け、ロイスは険しい顔つきで続けた。

「銀嶺の秩序は、獣人が人を押さえつけることでそれなりに保たれてきた。それに人が苛立っても、捌け口にはレムみたいな半獣がいる。不満は全部そこにぶつければいいからな」

ロイスが半獣の扱いに憤っているかどうかは、ニナにはわからなかった。

「それで？」

「だが、人間は圧倒的に数が多い。一人一人の力は獣人に敵わずとも、数を頼みにすればこちらの勝ちだ」

獣人と人では繁殖力には大差がないが、獣人は純血で保とうとする意識があるため、同じ属での婚姻を重んじる。つまり、獣人は番える相手に大きな制約があるのだ。手当たり次第に子孫を残すこともできないうえに、純血が進むと弱い子供も生まれることが多いと言われている。事実、獣人の少子化に従って睡郷の塔が減っているのが、その端的な表れだった。

「王は人の数を——その繁殖力を恐れている。如何に能力のうえでは獣人が勝っていようとも、数の差は圧倒的だ。だからこそ即位したばかりの頃は人の顔色も窺っていたのに、今やそれすらも気にせぬ様子でやりたい放題だ」

「何が言いたい」

思わせぶりなことばかりを主張されるのに焦れ、ニナは相手の逞しい横顔を睨みつける。

スープはまだ三分の一ほど残っていたが、平然と話を終えるには不快な会話だった。

「王宮からは、危険な噂が聞こえてくる。王は、人を減らすつもりなのだと」

「馬鹿馬鹿しい。自分たちより数で勝る種族を、どうやって消して回る？　現実的とは言い難いな」

ロイスはもっと頭がいいと思っていたのに、これでは幻滅してしまう。

「それより効率のいいやり方があるんだ。王が科学院を掌中に収めているのも、その一環だ。あんたを使っての実験をしているんだから、レムもその一味に決まってる」

「レムはそんな恐ろしい実験はしていない。噂に踊らされて、国家に弓を引く気か？」

ニナの控えめな反論を耳にして、ロイスはふんと鼻を鳴らす。

「じゃあ、どうしておまえをわざわざ都から呼び寄せた？」

「それは、獣人を聖睡から解き放つためだ」

「建前だな。聖睡を自在に操るため、だろう？」

思ってもみなかった指摘に、ニナは言葉を失った。

「昔のように灼熱病が流行《はや》ったとき、聖睡に入れば獣人だけは身を守れる。逆に、聖睡がなければ人に寝首を掻かれることを恐れなくていい」

「灼熱病が流行れば、という前提が非現実的だ。子供だってそんな言い方はしないだろう」

「あんたは何もわかっていないんだな。無知っていうのも罪深い」

ロイスは呆れたような口ぶりになる。

ニナが何と言おうと、ロイスは聞く耳を持たないつもりのようだ。

「あんたも俺も、今はこうして同じ目線で話し合えてる。それが自由にできない世の中が嫌なだけだ」

無論、ニナとてロイスの言い分はわからないでもないが、揚げ足を取るように論破されたことが不快だった。

「俺たちは青湘の力を借りて決起する。この村は拠点だ」

決起するということは、まだしてはいない――つまり、この動きは中央に気づかれていないのだろう。

「だからといって、何も今じゃなくてもいいはずだ」

「聖睡の期間に決起しろと？」

「そうだ」

「それこそ王の思うつぼだ」

吐き捨てるようなロイスの言葉に、彼が何か重大なことを知っているのだとニナは悟った。だが、それが何かまではわからなかった。

7

「レム！」

明るく弾んだ声が、まるで湖面を吹き渡る風のように響く。

声をかけられた『レム』は、ぼんやりとそちらを見やる。

湖畔《こはん》はやわらかな下草が生え、天気のよい今日のような日は湖面の煌めきが眩《まぶ》しいくらいだ。

「ミラ」

駆け寄ってきたミラは長い黒髪を三つ編みにし、それを尻尾のように揺らしている。

「お腹、空いた？　それとも傷が痛いの？」

半獣の少女はレムを拾ってくれた恩人で、この湖のほとりに住んでいる。

村は半獣ばかりが移り住み、黒髪で黒い目の者ばかりだったせいか、ここにいると安心する。

「大丈夫だよ」

「何か思い出した？」

「……いや」

数日前にぼろぼろになって湖畔に漂着したレムは、生死の境を彷徨《さまよ》った挙げ句、目覚めたときには記憶をそっくり失ってしまっていた。

だから、今のレムには過去がない。

とはいえ不思議なことに、言語や社会に関しての最低限の知識は自分の中に染みついていた。

レムという名が判明したのは、首にかけられていた木製の鑑札のおかげだ。それには『レム・エルファス』と彫り込まれており、レムは何となく覚えのあるそれが自分自身の名前なのだと理解していた。

ほかには旅行用の鞄も所持しており、自分の悪運の強さにはほとほと感心する。尤も、中身は蠟《ろう》で固く封をされた小瓶とわずかな金の入った財布だけで、財産というには心許《こころもと》なかった。

いずれにしても、早くすべてを思い出さなくてはいけない。

そうでなくては、恐ろしいことが起こるのではないか。

そんな切迫した予感はあるのに、実際には思い出すのが怖いのか、記憶は一片たりとも戻らないままだ。

本当は、忘れたいと思っているのだろうか。

胸を搔《か》き毟《むし》るような焦燥を味わうばかりで、自分で自分がわからない。

いったい自分の記憶はいつからないのだろう。

そう考えながら、レムは胸と脇腹の二つの傷を撫でる。

これをつけられる前からなのか、それとも傷をつけられた後なのか。

「レム？」

不安げにミラの声が揺らいだので、レムははっと顔を上げた。

「いや、何でもない。悪いな、拾ってもらって」

「いいの。怪我人の面倒を見るのは当然だもの。うちの爺様《じいさま》も、レムのことは気に入っているし」

「会ってまだ数日だろう」

「好きか嫌いかって最初の印象でしょ。だめな相手とは、いつまで経っても上手くいかないもの」

ませた口調がおかしくてレムはほんのりと笑い、自分の肩ほどまでしか背のないミラを見下ろした。

明るい陽射しの下、美しい景色を眺めるのはとても落ち着く。ちぎれ雲が浮かぶ青空が湖に映り、まるで鏡のようだ。

「何でも言って、レム。レムが思い出したいなら、協力するよ」

大きな目をきらきらさせて、ミラは真摯な表情で言い募った。彼女はまだ十代半ばで、おそらくレムとはかなり年齢に差があるはずだ。しかし、初めて人助けをしたことがミラには嬉しかったらしく、何かとレムに付きまとう。

この村も裕福なわけではないので、ミラの家では食い扶持《ぶち》が一人増えるのはさぞや苦しいはずだ。それを押しても助けてもらう資格が自分にあるのだろうかと、レムは戸惑いすら覚えてしまう。

「――でも」

そこで淋しげにミラは目を伏せ、意味ありげに言葉を切った。

「ん？」

「でも、その矢傷……それをつけたやつのことは、思い出さないで」

「思い出す記憶を選べたら苦労はしないよ」

「だけど、約束して。思い出したら、レムがつらい思いをするかもしれないもの」

せつなげに瞬きをするミラを見下ろし、レムは複雑な心境になった。

「わかった」

頷いた拍子に、脇腹のほうの傷が引き攣《ひつ》れるように痛む。当然だが未《いま》だに傷は塞がらず、ときどき熱を持って疼いた。

それでもかつての自分は何かしら特殊な知識があったようで、レムは何とか薬を作り、軟膏にして自分の傷口に塗った。効き目はまだわからないものの、塗る前よりは痛みも軽減された気がする。

胸の傷があまり深くなかったのは、首から提げていたお守りか何かに最初に当たったせいらしい。レムは鑑札のほかに、白っぽい陶器でできた何かを首にかけていたらしく、それは粉々になってしまって殆ど原形を留めていなかった。

深い傷になったのは脇腹の矢傷だった。とはいえ、仮に胸の傷がもう少し深かったならば、レムは絶命してここに流れ着いていたことだろう。

それにしても、二本も矢で射られて川に落とされるとは、かつての自分はいったいどんな悪党だったのかと、疑心暗鬼になりそうだ。

「とにかくさ、約束だよ、レム」

「ああ」

それでも素直で可愛らしいミラに慕われるのなら、本性はそう悪いやつではないのかもしれない。

そう思うとくすぐったさに、自然と口許が緩んだ。

ミラが握り締めた右拳《みぎこぶし》を自分の前に突き出してきたので、腕と腕を重ねて十字を作る。これがこの村では約束の印なのだとか。

「ありがとう、ミラ」

「えっ？」

レムが真剣に礼を告げたので、驚いたらしくミラが目を丸くする。

「何、いきなり……」

「俺は、おまえにものすごく助けられていると思ったんだ」

微笑むレムの表情が眩しいのかミラはそっぽを向き、誤魔化《ごまか》すように鼻歌を口ずさみ始めた。


白いメダリオンを指先で弄りながら、ニナは鎧戸の外を窺う。

ついこのあいだまでは、ずっと、似たような生活が続いていくのだと漠然と思っていた。

だけど、違うのだ。

父は処刑され、ニナは実験台となり、そしてこうして今は革命派に囚われの身となっている。

これが本当に、二か月やそこらのできごとだというのだろうか。

鎧戸の隙間から窓の外を窺ってみると、村に居座る青湘の兵たちは動く気配がなく、かといって、それを咎めるような役人が来る様子もない。今はちょうど役職の交代時期にあたるから、このような辺境では役人の業務が滞ってもおかしくはない。ロイスたちはそれも織り込み、動きだしたのだろう。

坑道を通り、日々多くの青湘の兵士がこの国に入り込んでいるのに違いない。

彼らの動きを王に密告できるのは、ここではニナだけだ。この村の連中は見たところ一枚岩で、結束が固い。誰かが裏切って告発することなど、考えられないだろう。

なのに、その意欲が出ない。

孤立無援の今、ニナに何ができる？

尤も、ニナは縛られているわけでも、鎖をつけられているわけでもない。なのに、自分はすっかり気力を失いロイスの言いなりになっている。

レムを失った虚脱感からだ。

一緒に暮らした時間はそう長くはなかったが、いつしかニナはレムに心を預けていたのだ。

それが好意かどうかはわからなくとも、ニナはレムと関わったことで変化し、その変貌を悪くないものとして受け容れていた。

――でも、もう遅い。

きっと、レムはもうこの世界にはいない。

ため息をついたニナは、食欲はなくとも水くらいは飲もうと身を翻す。一歩踏み出したそのとき、ニナは足許の違和感に気づいて眉根を寄せた。

足音が、違う。

床にはなめした鹿の毛皮が敷かれているが、床下の音の響き方がそこだけ違うようだ。

「？」

何箇所かを踵《かかと》で強く蹴りつけてみると、やはり、一箇所だけはっきりとした違いがある。

レムの家のように、隠し通路でも用意されているのかもしれない。

　脱出路を期待したニナは膝を突き、いそいそと敷物を捲る。羽目板には指を入れられるほどの小さな隙間があった。

　慎重に穴に指を突っ込むと、羽目板はすぐに持ち上がった。だが、それは期待した抜け穴ではなく、小さな貯蔵庫のようなものだった。狭い空間には、木箱が納められている。

　心臓が早鐘のように脈打つ最中、ニナは蓋を開ける。

「本…？」

　本と呼ぶには体裁があまりにも簡素な印刷物だ。表紙も何もなく、文字が印刷された紙を数枚重ねただけだ。

　訝しげな顔でページを捲ったニナは、そこに『グライド卿』の文字を見つけてはっと身を震わせた。

『グライド卿の処刑を許すな』

『王の専制を糾弾せよ！』

　言語は銀嶺のもので、口語体の激しい文章が並べられ、まるで檄文《げきぶん》だ。

　こんなものが印刷され、世に出回っているという事実にニナは呆然とした。

『王は焦っている。代々、国王は早世する傾向にあるからだ。それゆえに己の独裁政治の基盤を固めようとしているのだ！』

　記事の信憑性《しんぴょうせい》はともかく、内容は人の心に訴えかけるような激しさがある。

　民衆の心が離れれば、如何に強大な王権を持つラクシュとて安泰ではいられない。

　今や、ラクシュの治世が終わろうとしているのだろうか。

「ん…」

　そういえば、この紙は一目でそうと知れる高級なものだ。

紙は銀嶺では貴重なもので、製法が秘密にされている。無駄にはできないうえに、役所や学校でさえも、割り当てが決まっている。潤沢に使えるのは王侯貴族、役所、それから研究者など一部に限られていた。

つまり、王の藩屏《はん》となるべき階級に、王に徒《あだ》なそうとする存在が潜んでいるとは考えられないか。獅子《しし》身中の虫とはこういうことをいうのか。

あまりにも信じ難いことだった。

頭を振ったニナは印刷物を箱の中に再び納め、羽目板と敷物を元に戻した。これを目にしたことに気づかれれば、ロイスからどんな罰を与えられるかわかったものではない。

フードを目深に被って外に出ると、「おい」と見張りに声をかけられた。

「何か？」

今し方の発見に気づかれ、咎められるのかと不安が過ったが、そうではなかった。

「村からは出るな」

「わかっている」

村は随所に見張りが立っており、ニナの行動だけでなく、兵士や村人の出入りを監視している。

それがものものしく、息苦しい空気に繋がっているのだろう。

普段は子供たちや村人が集う広場は天幕が張られているので、人々は村はずれの池のほとりで洗濯などをしているらしい。さすがにそこは生活用水もあるため兵士が使ってはおらず、必然的に村人はそこに集まっていた。

池のほとりはわずかだが野原になっており、ニナは目を閉じてその場に横になった。

夏至祭が近い。

強くなりかけた陽射しの下で一人になり、何もかも忘れて眠りたい。

女子供も村の雰囲気には息が詰まるらしく、野原はちょっとした憩いの場になっている。

子供たちが戯れる声がこんなにもいいものだと、ニナは初めて知ったのだった。

「おばあちゃま。あのお話をして」

「またかい？」

うつらうつらしているうちに、そばに誰かが近づいてきたようだ。幼女の甘い声が、ニナの鼓膜を擽る。

「ミクレス川の神様に捧げられた娘の話だね」

「うん！」

「本当におまえは好きだねえ」

「だってえ、面白いんだもの」

老婆《ろうば》は一度息を吸い込んでから、喉の調子を整えて語りだした。

「昔々のことじゃ。この村には、それはそれは美しい娘が住んでいたのさ。だけど、運の悪いことに母は早く亡くなり父と二人暮らしになってしまったのじゃ。しかしこの父親が後妻をもらい――」

鼻白んでしまうほどに、ありふれた昔話だ。

娘は病気の父のために山に薬草を取りにいくが、運悪く足を滑らせて川に転落してしまう。

銀嶺の伝説では、人は死すると昏い川に流され、そこから死の海に辿り着くと言われている。

だが、この娘が辿り着いたのは死の海ではなく、異形たちが暮らす湖だった。娘はそこで化け物の妻となるが、父に無事を知らせたいからと許しを得て村に戻ったのだという。

再会を喜び泣き濡れる父のために、娘は杏《あんず》の木を植えた。自分と二度と会えなくても、この木を見るたびに思い出してほしいと。

「それがあの杏じゃ」

「ふうん……」

死者が死の海に流れ着く話は順当だが、湖に辿り着くというのは面白い。この村近辺に伝わる独特の話なのかもしれない。

「ニナ！　ニナ、どこだ」

自分を呼ぶロイスの声に気づき、ニナは現実に引き戻された。

「ここにいたのか」

返事もしなかったのに、ロイスは目敏《めざと》くニナを見つけていた。

気づけば幼女と老婆は姿を消している。二人がいなくなったのにも気づかず、ニナはうとうとと眠ってしまっていたようだ。

「どうかしたのか。僕は逃げたりしない」

「食事だ」

その言葉を耳にして、ニナは唇を歪める。

「悪いな、革命派の首領に給仕係をさせるとは」

「嫌味はよせ」

ロイスは顔をしかめ、先に立って歩きだした。

「それに、首領なんてものは本来は俺の柄じゃない。言い出したやつの責任ってだけだ」

「どういう意味だ？」

「俺はレムとは同業者でね」

「つまり、薬師か？」

ニナが順当な問いを投げると、ロイスはおかしげに肩を竦めた。

「いいや。学者……しかも歴史学者ってやつだ。だが、悲しいかな、この国は歴史の研究に重きを置かない。誰もが曖昧な伝承の類《たぐい》は信じるが、検証する文化がない」

「……そうか。だから文字を読めたのか」

ニナがぽつりと言うのを聞いて、自宅の戸を開けたロイスが不審げに顔を上げた。

「何だって？」

「レムが熱を出したときに、薬の名前を読んだ」

「ああ……そういえばそうだったたな」

よくよく考えれば、ロイスとてあのときレムを見殺しにしていれば、あの小屋に火を放つ必要もなかったはずだ。

「――少しは情があったのか」

「レムに対してか？」

どこか小馬鹿にしたような口調で返され、ニナはむっとした。

「ま、あいつの薬には助けられていたからな。生かしておいてもよかった。いや、生かしておく方策もないわけじゃなかった」

レムは死んだものとして語るロイスの口ぶりに吐き気すら覚えたが、ニナにすら彼の生存を信じることは難しいのだから、致し方のないことだった。

「青湘はずっと銀嶺に圧力をかけていたんだ。ラクシュが開国を受け容れていれば、俺たちだって決起する必要はなかった」

淡々と口にするロイスの感情は、どこにも見えない。

「ふうん」

「何だ、聞いておいて随分と興味がなさそうだな」

「ないわけじゃない」

だいたいのところは、ニナがこれまで聞き耳を立てていた内容とはそう大差がなかった。

つまり、ロイスは嘘をついてはいない。

囚われの身でも三日もここにいれば、ロイスがなぜこの村に移住したのかも判明した。ロイスが告白したわけではなく、村人や兵士の話を総合した結果だ。彼らはニナが獣人として優れた聴覚と嗅覚を持つのを忘れ、平気で噂話に耽るからだ。

だから、ニナを手許においても彼らがことを起こさないのは、周辺の村落をまとめきれていないのと、御前なる人物の決断を待っているためだとわかった。

順当に考えれば、御前とやらは青湘のお偉いさんで、連絡が容易でないのは隣国にいるからだ。

この村は政治犯の子供やら何やらが多く住み、それなりに学のある人間が集まっていた。

それでもロイスはそのまま名もない一狩人としてこの地で骨を埋めようと思い始めた頃、たまたま道に迷って坑道から出てきた青湘の兵士と出会った。そして、獣人と人、半獣の区別がない国で暮らす彼らと語るうちに、青湘への憧れは膨らんでいったのだ。場所柄亡命は可能だったが、真面目なロイスは国を捨てるのではなく変えることを願った。

かつてレムを小刀で刺したのは、ロイスと待ち合わせて援助物資を渡そうとしていた青湘の兵士だった。歩き方がおかしいと思ったのは、青湘独自の護身術の動きだったのだ。

「そこまでして国を変えたいのか？」

「当然だ。いつか自然に変わるなんてことは、この国に限ってはあり得ない」

「なぜそう言い切れる？」

「おまえたちが睡ってしまうからだ」

それに関しては苛立っているのか、ロイスは乱暴に吐き捨てた。

「時代の変化っていうのは川の水のようなものだ。ゆるやかな進歩であっても、支配者層が睡りに就けばそこで断ち切られる」

「塞《せ》き止《と》められた水が一気に勢いよく流れることだってあるはずだ」

「そうだ。その奔流が、俺たちの革命なんだ」

静かな口調に戻ったロイスは、スープの椀をニナの前に置いた。

「だとしたら、獣人から聖睡を奪おうとするラクシュ陛下と話は合うのではないか？」

「そんなわけがないだろう」

ふん、と小さくロイスが笑う。

「おまえたちは、変わろうとしない。だから、俺たちが変えるんだ」

どうしようもない断絶を感じたニナは、小さく息を吐き出した。

ロイスたちは結局、銀嶺を変えるには外国の手を借りたほうがいいとの結論に達したのだ。

学校では絶対に教えないが、ハブルからは青湘では獣人も人も平等に権利を有し、それなりに上手く共存していると聞いていた。

そうした自由な国への憧れが、ロイスたちを突き動かしているのだろう。

目的はどうあれ、少しばかり彼らの熱意が羨《うらや》ましく感じられた。

ニナと同じように元の社会から排除されたロイスは、何年も時間をかけて仲間を集めてこの村に呼び寄せ、青湘と通じ、準備を続けたのだ。

「グライド卿の処刑は、あんたには気の毒だが好機だ。民衆の目を覚ますきっかけになるからな。だから、あんたは貴族側の代表として立ち上がればいい」

「貴族側の？」

「そうだ。獣人にも三種族の平等を志向し、そのために動いた者がいると喧伝《けんでん》しなければ、人や半獣が力を得たときに、今度は獣人側が虐殺されかねないだろう。幸い前の宰相は評判がよかったし、あんたはいい旗印になれる」

「僕を担ぎ上げなくとも、おまえたちを助けている連中がいるはずだ」

あの箱の中身を目にしたことを知られれば殺されるかもしれないと思ったが、ニナに旗印としての利用価値があると思われているのならば、駆け引きをする理由にはなる。

「なるほど。それが機関誌を読んでの、あんたの感想か」

ロイスはにやりと笑った。

「悪くはない。合格だ」

「なに？」

どういう意味だと、ニナは細い眉を顰めた。

「あれを見つけられるか、試させてもらった。そのうえで、どんな層が俺たちを支持しているのか……一行も書いていないのに読み取るとは、さすがだな。観察力と判断力がある相手じゃないと、組織に引き入れても足を引っ張るだけだからな。無能な旗印は害悪だ」

「……なるほど」

巧妙な駆け引きをしていたのは、ロイスのほうだったのか。食えない男だった。

ニナは知らないだけでハブルの件については世間の人々はかなり同情的で王家の評判が落ちているのだという。

「俺たちは仲間を集めながら進軍する。そのために、あの機関誌を作らせた。情報を伝達させるのはそれが一番早い」

「残念だが、陛下が黙ってはいない。おまえたちがこの山を下りるのに手間取っているあいだに、国境警備隊を集めてくるはずだ」

「軍の幹部は、実戦経験がない無能揃《ぞろ》いだ。兵をいくら集めたとしても、指揮官が無能なら役に立たない」

そもそも申し訳程度の規模の銀嶺の国防軍では、兵の大方は人間で、獣人は上層部のみと限られている。ロイスたちの甘言に乗り、徴兵された兵士たちが革命派に寝返る確率は高い。

だが、武力に訴えれば必然的に血が流れる。

それに、青湘がただの親切心から革命に手を貸してくれるとは思えない。革命をきっかけに、侵略してくるのではないのか。

「食欲がないのか？」

志向に耽っていたところをロイスに話しかけられ、ニナは苦々しい顔になった。

「そんな話を聞かされて、食が進むと思えるか？」

「それはそうだな。スープが嫌なら、杏があるぞ。ゆっくり食べてくれ」

笑いを含んだ声で言うと、ロイスはかたりと立ち上がった。

一人きりになったニナは、何気なく壁に貼られている大きな地図を眺めた。銀嶺では地図は一般にも売られており、学校にも貼られているのでニナにとっては見慣れたものだ。

レムの小屋があったあたりやこの村の位置には大きく×印がつけられ、彼らが計画的にニナを攫《さら》ったことを示しているようだ。

ニナとレムが暮らしていた小屋の後ろを流れるのはミクレス川で、急流のまま呆気なく西の外海に流れ込む。

「ん……？」

何気なく地図を眺めていたニナは、ふと、眉を顰めた。

地図は装飾品としても流通しているため、冒険できておらず情報のない未開の地に関しては、怪獣や美女の絵を描いて誤魔化すものだ。けれども、この地図では森が書き込まれており、森の先には大きく口を開けた化け物の絵が描かれていた。

その森の傍らに描かれた川は、よく見ればミクレス川の支流だった。

消え入りそうな細い線で描かれた支流の行き着く先は、西苑よりも更に西にある大きな湖になっている。

その名は『黒水海』。

何かの冗談でレムが口にしていたのは、この湖のことだったのか。地理の授業で習った覚えはないので、伝説上の存在に違いない。

湖を囲んでおどろおどろしい森が描かれているので、この周辺にある深い森が人々の接近を阻み、正確な情報を得られていないという事実を意味しているのだろう。

いかにも冒険家が好みそうな、未開の地だった。

テーブルの上に載せられた杏を見つめるニナの脳裏で、先ほどの老婆の声が谺《こだま》する。

昔話とは何の根拠もない作り話ではなく、時には過去の人々の経験や知恵が詰まっていることもある。もしかしたら、異形の化け物が暮らす土地があるのかもしれない。

無論、矢で射られたレムが下流に漂着するのではないかというのは、浅はかすぎる期待だった。

けれども、調べてみる価値はあるのではないかと、ニナは表情を引き締めてあのメダリオンに触れる。

ひんやりとしたメダリオンは、熱くなるニナの心を冷やしてくれる。

馬鹿馬鹿しい話だ。

なぜ、と思う
なぜなのか、と。


ともに過ごした期間はそう長くはなかった。

なのに、レムのことが気になって気になって、胸が苦しくなる。

最後の最後まで、レムが自分を守ろうとしてくれたせいか。

「だめだ……」

弱気になりかけたニナは自分を叱咤し、大きく首を横に振る。

最後じゃない。

あれで最後になんて、したくない。

どうしてこんなにレムにこだわるのか、今となっては自分でも判然としない。

寧ろ、この情熱には我ながら怖くなってしまう。

レムに触れられ、守られ、そして大事にされたからだろうか。

そのせいで自分の中にはレムの欠片がいくつも残っているのかもしれない。

この欠片が消え失せるまでは、最後にはするものか。

自分の中に、レムに対する割り切れない思いが残っている限りはこのままにしておけないのだ。

◇　◇　◇

「それで、首尾はどうなっている？」

少しばかり苛立ちを含んだラクシュの声を聞き、フロウは笑みを浮かべる。

「そう焦らずともよいでしょう。レムは優れた科学者とのこと。きっと陛下の期待どおりの結果を出してくれる」

「おまえに何がわかる！」

苛立った調子でラクシュは机の上の書類を右手で薙《な》ぎ払《はら》った。

「……陛下」

窘める声を耳にしたラクシュの瞳に、理性の光が戻る。

「ああ……すまぬ」

我に返ったように詫《わ》びを口にしたラクシュは、指先でそっと額の汗を拭った。

「また熱があるようですね」

「……気にするな」

ラクシュは厳しい口調で言い切り、首を横に振った。

「薬を取ってまいります」

欲しいともいらぬとも言われなかったので、フロウは執務室を出る。

廊下を出たところで、他者の気配を感じたフロウは足を止めた。

「覚悟！」

きらりと何かが光るのを見て取った刹那、フロウは飛び上がっていた。

並外れた身の軽さは、フロウが持つ金糸雀《カナリア》としての特性だ。

刃物を持ってフロウに斬りかかったのは、先だって更迭されたばかりの大臣だった。

「穏やかではありませんね。何ごとです？」

動揺を堪えて尋ねると、大臣は短剣を手にしてフロウを睨む。

「陛下を毒する奸臣《かんしん》め！　おまえのせいで陛下がグライド卿を処刑なさったのだ！」

怒鳴りつけられたところで、フロウの心には響きはしなかった。

「グライド卿を切り捨てる決断は、陛下がなさったこと。それに不満があるのなら、あなたのほうこそ陛下のご意志に叛く逆賊ではありませんか」

フロウはくっと喉を鳴らして笑い、なおも飛びかかろうとする男を避け、その足許を蹴った。

「っ！」

無様に男は転がり、短剣が宮殿の床に転がり落ちる。

「何ごとだ！」

衛兵が騒ぎに気づき、駆けつけてきた。

一撃で仕留められなかったのが男の命取りだった。

「貴様、フロウ様に何を！」

あっという間に衛兵が集まり、男を押さえつけた。

軽蔑するかのように小さく鼻を鳴らし、フロウは「牢に放り込むがよい」と告げた。

「貴様、この国を滅ぼすつもりか！」

男は蒼白になって喚いたものの、フロウは聞く耳を持たなかった。

「本当に、この国の連中は陛下のご意向を解さぬ愚か者揃い……仮に滅ぶならそれまでの命だったということ」

フロウは冷たいまなざしでそう告げ、二度と振り返ろうとしなかった。

8

ひんやりとした空気が全身を包み込み、肺腑《はいふ》に吸い込む高山の外気にニナはぶるっと身震いをする。ニナはこっそり寝床から抜け出し、厠に立つふりをして外に出たのだ。

薄明があたりをぼんやりと照らしている。

肝心の青湘からの支援が遅れているらしく、ロイスたちは無為に村に足止めをされている。

よそ者が村に留まる時間が長くなればその分糧食の問題やら何やらは出てくるし、兵士たちの小競り合いも増える。おかげでロイスは機嫌が悪く、珍しいことに昨晩は酒を飲んで酔い潰れて寝てしまった。

レムが誂《あつら》えてくれた服は昨日のうちに洗ったため、

清潔で陽向《ひなた》の匂いがする。

もともとが銀狐だけに、足音を忍ばせて身軽に動くのはお手の物だ。それでも手練れの兵士たちに見つかる心配は消しきれず、気配を殺して村の入り口まで向かう。

幸い、不寝番たちはその名に偽りありで、大きく船を漕《こ》いでいた。

フードを被って耳を隠したニナは、一気に走りだす。

黒水海への支流に行くにはミクレス川を辿ればいいが、それではすぐに目的に気づかれてしまう。

一度山に入ってロイスたちを攪乱し、彼らが容易に追いつけないようにする方法を採ることにした。

村を出て暫く走ってもなお、ニナは足を止めなかった。

天幕が完全に小さくなり、人の気配がなくなったところで、ニナは漸く息をつく。


レムの生存を半ば諦めかけていたのに、あの地図を目にしたことがニナの心に火を点けた。

レムが生きていると、今だけは信じよう。

その希望がニナを衝《つ》き動《どう》かし、脱出に失敗すれば殺されるのかもしれないという不安すら忘れさせた。

本当は、怖くてたまらなかった。

今までの自分自身とは、まったく違うことをしようとしている。

遊学のために都を離れたのも、いつか政治家になるためにと仕事を決めたのも、ニナ自身が選んだことは言い難かった。いつの間にか道は決められており、ニナはそれに乗っていただけだ。

けれども、今は違う。

ロイスの要請どおりに革命派の旗印になることも、政治犯の息子として粛々と刑に処されることも、いずれもまっぴらだ。

ニナにはニナの生き方がある。

仮にラクシュを説得するというのなら、そのときは、自分の言葉で彼に伝えるべきだ。

借り物の言葉で、ラクシュの心に響くわけがない。

「！」

足を止めたのは、ニナの本能のなせるわざだった。

突然、風上からの空気に人の匂いが混じったのだ。

しかも、一人二人ではない。

近づいてくる。

これでは下手に逃げても無駄だと思い切り、レムは風下の茂みに飛び込んだ。

風向きを考えれば、仮に彼らが犬を連れていたとしても、やり過ごせる可能性は高い。

あとは、風向きが変わらないよう祈るだけだ。

息を潜めたニナは耳を欹て、連中の声を拾おうと必死になる。

嗅覚と、聴覚。

自分が獣人としての本能を持っているのであれば、これを最大限に生かさなくては。

「おーい、いたか!?」

不意に人の叫び声が耳に届き、ニナはびくっとして身を震わせた。緊張に耳がぴんと立ち、尻尾の毛は逆立っている。

「だめだ、どこにもいやがらねぇな」

訛りの強い言葉遣いが耳を打つ。

「獣に化けたんじゃないか？」

「それはない。あいつらは、睡るとき以外は獣にはなれないからな。まったく、不自由な生き物だぜ」

がさりと剣で茂みを突く音がし、ニナははっと全身を強張らせた。

「探せ！　必ずどこかにいるはずだ。餓鬼《がき》ならともかく、一人前の大人だ。そう小さいわけじゃない」

と。

ばさっという音とともに、茂みに銀色のものが飛び込んでくる。

声を出さなかったのではなく、驚きのあまり出なかったのだ。

ニナの目の前に突き出された刃が動き、薙ぐように枝を切り払った。

同時に前髪が切れ、ニナは恐怖に目を見開く。

「ん」

再び剣が引っ込められ、かたかたと震えながらもニナは自分の口許を押さえる。

「どうした？」

「いや、今、手応えが……ほら、銀色のものが引っかかってるだろ」

「馬鹿。よく見ろよ。蜘蛛の巣だろ」

ニナの目の前では、破かれた巣を前に右往左往する大きな蜘蛛が動いている。

心臓が痛い。胸が、苦しい。

早くいなくなってくれ。

「…だな」

答えた男は納得したらしく、木々の狭間を探る音は少しずつ遠のいていく。

やがて完全な静寂が訪れ、ニナは詰めていた息を大きく吐き出した。額には汗がびっしりと浮かんでおり、掌もじっとりと湿っている。

追っ手がかかった以上は、急がなくてはならない。

そして、自分が川に沿って進んでいることに、絶対に気づかれてはいけなかった。

再び走りだしたニナは、自分の前方に再び山が現れたことに気づいた。

地図に山はなかったはずだが、見間違えたのだろうか。

川のそばを走っているつもりだったが、どこかで道を誤ったのかもしれない。

不安に駆られつつひとまずは南下していくニナの目の前に現れたのは、山ではない。

森だ。

入り口の木々からして途轍もない大きさで、他者の侵入を拒んでいるかのようだ。

原生林というに相応しい迫力に、ニナは言葉を失う。

「…………」

光が届かぬ鬱蒼《うっそう》とした森に、ニナはおそるおそる足を踏み入れる。

耳をぴんと立てて歩いてみたが、風音や鳥の声以外は今のところ聞こえない。

暫く進んだところで、煌めく白いものがあたり一面に落ちているのに気づいた。

白は光を集める色で、薄暗がりでも目立つものだ。

それはまるで目印のようで、ニナは引き寄せられるように歩きだした。

「……？」

疲労から蹌踉めくように歩くニナの足の下で、ぱきりと何かが割れる音がする。

枝を踏みながら歩くことは多かったが、いちいち気をつけることはない。ニナが引っかかったのは、その音があまりに異質だったせいだ。

身を屈めて足の下にある白いものを拾い上げたニナは、凝然となる。

それは、骨だった。

「ッ」

よくよく見ると、点々と落ちているものはすべて何かの骨だ。

行き倒れか、あるいは、野獣に襲われたのか。

静かすぎる森の奥には、あの地図に描かれた真っ黒な化け物がいるのではないか。

地図に詳しく記載されていない場所は、それだけ危険で誰も訪れたことがないからだとニナにもわかっている。

――どうする？

ロイスの地図を思い出せば、山々と黒水海のあいだに描かれていたのは確かに森だった。

引き返すこともできようが、そのときには、ロイスの追っ手に見つかるかもしれない。

行くしかないのだ。

己の選んだ道がこれならば、進む以外にない。

ニナは表情を引き締め、蒼褪めた顔つきで一歩踏み出した。


夢を、見る。

銀色の美しい彫像の夢だ。

ぼんやりとしたかたちのないもの。

その幻影が脳裏に浮かぶたびに、レムの胸は掻き毟られるように痛むのだ。

なぜ、会えないのだろう。

「――レム……レム！」

ゆさゆさと揺さぶられたレムは、はっとして身を起こした。

「……ミラ？　どうした？」

藁で作られた粗末な寝具の上に寝ていたレムは、小さくくしゃみをする。

「水を飲もうと思って外に出たら、レムの声が聞こえて……魘されているみたいだったから」

そう言ったミラは、膝を抱えてちょこんとレムの傍らに腰を下ろす。

「そう、か」

とても甘く懐かしい記憶だったように思うのだが、傍からはそうは思えないのだろうか。

どうせ寝つけなくなったから話し相手がいるのも悪くはないと、レムは彼女を追い出すことはしなかった。

「何の夢を見ていたの？」

「すごく、綺麗なものだ」

素直に答えると、ミラは不思議そうに目を瞠った。

「綺麗？　綺麗って、ええと……真っ赤な林檎みたいなもの？」

「どうかな」

レムはくすりと笑う。

あまりにも貧しい村で生きるミラは、美しいものを知らないのだろう。

では、自分は？

自分はどこで知った？

何ものにも代え難い、美しいもの。

胸を焦がし、ざわめかせるものを。

その存在を、いったい――どこで。


足の感覚が、なくなっている。

ニナのマントは裾が破れ、手足は傷だらけで、ところどころに生乾きの血が滲んでいる。

空腹を凌《しの》ぐために木の実を囓り、水たまりの水を啜《すす》った。

途中で腹が痛くなったものの、できるだけ早く森を抜けたかったため、なかなか休めなかった。

幸いにして大型の獣に遭遇せずに済んだものの、ひと思いに楽にしてもらったほうがよかったのかもしれない。

だって、ほら、光が見える。

「え」

小さく呟いたニナは、目を見開く。

果てが見えたのだ。

この森の果てが。

ふらつきながらニナが出ていった先は、光が溢れていた。

「わ……」

眩しい。

光の凄まじさが網膜に突き刺さるようで、ニナは眉を顰めた。

次第に目が慣れてくると、光はじつは大したことがないとわかったが、それだけ長くニナは暗い森を彷徨っていたのだ。

はじめは前方に薄明を映した光るものがあるというだけの印象だったが、近づいていくにつれ、ニナはそれが大きな湖であるのに気づいた。

これが、黒水海か……？

少しずつ陽射しが強くなり、今が夜明けなのだとニナははっきりと悟る。

それにつれて明らかになったのは、湖のそばに見えるささやかな集落だった。

見渡す限り家は三十軒ほどか。どの家も小さく、見るからに古ぼけていてみすぼらしい。

例の地図に湖は書かれていたが、集落があるという印はなかったはずだ。となれば地図よりもあとにできた集落かと思ったが、それにしては家々は崩れそうなほどの古さだ。

ニナはフードを被り直し、人気のない集落にそっと足を踏み入れる。

耳を澄ます。

静謐《せいひつ》を湛えた空気の中、まだ住民は眠っているのかもしれない――この集落が既に死に絶えたものでなければ。

そんな馬鹿げたことを思うくらいに、この村は静かだった。

「！」

けれども、一つだけ明確な匂いがある。

その存在をはっきりと感じた途端に、鼻がひくひくと蠢いた。

懐かしくてたまらない、その匂い。

特徴ある気配を認識した刹那、狂おしいくらいに胸が騒いだ。

レム……レム！

ここにいるのか！

疲れて走ることなんて考えられないはずなのに、気づくとニナは、匂いの方角へ走っていた。

いる。

「！」

湖のほとりに立っていたのは、背の高い黒髪の男だった。

漸く追いつきそうになったのに、青年はそのまま踵を返してしまう。

「レム！」

大声を出していいのかどうか判断もつかぬまま、ニナは声を張り上げて彼の元へ駆け寄る。

下草に足を取られて転んでしまったが、ニナは慌てて立ち上がると息を切らせてレムの前に飛び出した。

「………」

声もなく自分を見つめるレムは、面食らっているのだろうか。

その黒い瞳に感情の色はない。

だが、それは確かにレムだった。

匂い、息遣い、熱。

すべてがレムそのものだ。

途端に堰を切ったように込み上げてくるのは、愛おしさとも何ともつかぬ甘い思いだった。

これを、何と言えばいい？

この思いを。

この強すぎる感情を。

「レム……」

彼を真っ向から見つめたニナは、相手の広い胸にしがみつきそうになるのを懸命に自重する。

そうでなくては、自分の中から感情が溢れ出してしまいそうで。

「生きていたんだな」

振り絞るように言葉を紡いだニナを見下ろし、レムは漸く口を開いた。

「……あなたは？」

あなた、だって？

聞き間違えたのかと思い、ニナはレムの顔を凝視する。

では、これはレムではないのだろうか。

黒い、澄んだ瞳。

穏やかで優しく、どこまでも理知的な視線。

落ち着いたその目には静寂しかなく、ニナに対するどんな感情も見えない。

「冗談を言っているのか？」

「すまないが、本当にわからないんだ。あなたは誰なんだ？」

そんな目で、戸惑った目で見ないでほしい。

まるで、知らない相手を見るような静かな瞳で。

「僕は、ニナだ。おまえと一緒に暮らしていた……ニナ・グライドを覚えていないのか⁉」

ニナは懸命に言い募ったが、レムの反応は芳しくなかった。

やはり、無事では済まされなかったのだ。

あの急流に落ちてもなお生《い》き存《なが》えたことと引き換えに、レムの身からは記憶が奪われてしまったのか。

不吉な感情がニナの心にひたひたと押し寄せてくるが、それを振り払おうと試みる。

「嘘だろう、レム」

「本当に何も覚えていない、あなたのことは……何も」

そこで言葉を切り、レムは指先でニナの頬に触れる。

以前のような躊躇う様子はなく、ごく自然な仕種だった。

「綺麗だ」

「え？」

「その毛並み、銀狐だな」

感嘆したような口ぶりに、ざわりと胸が騒いだ。

「こんなにも美しい人なら、覚えていてもおかしくはないはずなのに」

囁きに似た密かな呟きが、逆に刃のように胸を深深と抉る。

「もしあなたが俺を知っているのなら、俺のことを教えてくれないか」

「そんな……」

それきり、言葉にはならなかった。

「本当に、何も覚えていないのか」

「……ああ」

頷くレムの瞳に宿る光は真摯なもので、嘘や冗談を言っているようには見えない。

「そう、だったのか……」

すっかり忘れられてしまっているのだ。

生きていてくれたことを喜べばいいのか、悲しめばいいのか。

いいや、勿論、嬉しい。

自分のことなんてどうでもいいから。

生きて再び相見《あいまみ》えたことが嬉しくて、鼻の奥がつんと痛くなる。

そうだ……死んではいなかった……！

生きていさえすれば、何度だって会える。

もう二度と父には会えないけれど、レムは生きていてくれた。

ここからまた、何かを始められる。

涙腺が決壊してしまいそうなくらいに、激しい感慨が心の奥底から押し寄せてくる。

感情の赴くままにレムに触れたくなったニナが一歩近づくと、どこからともなく黒い塊が突進してきた。

「うわっ」

「レム！」

小屋から飛び出してきた漆黒の髪と目の少女に突き飛ばされたのだと理解するまで、暫しの時間を要した。

　相手は薄汚れた服に細い手足だったが、顔立ちは可愛らしく整っている。

「あんた、誰？」

　警戒心を隠しもせずに、少女はレムを背中に庇ってぎらぎらと光る目でニナを睨んだ。

　半獣……？

　レム以外の半獣を見るのは、初めてだった。

「僕はレムの友人で、ニナという」

　友人と簡素な表現をするときだけ、わずかに胸が痛んだ。

　いや、自分とレムはそもそもが科学者と被験者という立場であり、それ以上のものではなかったはずだ。友人というのもおこがましい。

　なのに、自分は今やレムに対してそれ以上の感情を抱きつつあるのではないか。

　そうでなければ、この感情に説明をつけられない。


「友達？　レムの？」

「そうだ」

「だって、あんたは獣人でしょ」

　疑り深い目で遠慮なくじろじろと眺め回されて、ニナは苦い笑みを浮かべた。

「確かに僕は獣人だが、レムとはよい友人だった。だから、彼を探しに来たんだ」

　年下を相手に嚙み砕いて述べたつもりだったが、彼女はそうは受け取らなかったようだ。

「じゃあ、何？　レムのこと、連れていくの？　レムは何も覚えてないのに？」

　一気に言葉を吐き出され、ニナは戸惑った。

「……それよりも、君の名前を教えてくれないか。僕はニナだ」

　レムが記憶を失っているとなると一筋縄ではいかないので、ニナはとりあえず保護者然としている少女の身許を知ろうと話しかけた。

「わたし？　わたしはミラ。わたしがレムを拾ったの。だからレムは、私のものよ」

　ませた口調で言ってのけたミラはニナを睨み、微かに顎を上げて挑発的な表情になった。

「ミラ。いきなり初対面の人に、喧嘩を売るんじゃない」

「だって」

　窘められたミラはむっとした様子で、それでも、どことなく愛《いと》おしげにレムを見上げた。

「俺を知っている人が、ここまで来てくれたんだ。しかも、わざわざ探してくれるなんて、思ってもみなかった。できる限り話を聞いてみたい」

「…………」

　レムは微笑み、ミラの髪を優しく撫でた。

　先ほどまで、ニナに触れていたその手で。

「だから、暫く二人きりにしてほしいんだ」

「――レムがそう言うなら、いいけど」

　文句を言いたそうな面持ちではあったものの、ミラはレムの言葉に従って渋々と引き下がり、集落のほうへ向かう。

　再び二人きりになり、ニナは改めてレムをじっと見つめる。

「ニナと言ったな。あなたは俺とどういう関わりがあるのか聞かせてほしい」

「それよりおまえ、名前はどうしてわかったんだ？　本当に何も覚えていないのか？」

「……ああ、これのおかげだ」

　レムは低く笑って、自分の首にかけていた鑑札を示した。

　そこでニナは、レムがメダリオンをかけていないのに気づいた。

　聞こうかと思っているあいだに、レムが口を開く。

「ここは、追われた半獣が作った忌み村だ。ときどき、よその村で働くことで、見逃してもらってるそうだ」

地図にも記録にも存在しない村、か。

確かにそれは昔話にある化け物の住む村には相応しいかもしれない。

あの地図に記された黒い化け物の絵は、もしかしたら、半獣を意味していたのかもしれない。

半獣は化け物などではないのに。

「それなら、あの森以外に道があるのか？」

「まさか、死の森を通ったのか？　驚いたな」

レムは目を見開き、まじまじとニナを見つめた。

「綺麗なのに、あなたは勇気があるんだな」

褒められてもちっとも誇らしくないのは、レムの口ぶりに確かな距離を感じてしまうせいだろう。

「そんなに恐ろしい森なのか？」

「言葉の決して通じぬ野獣ばかりが住んでいる。自然のままの森だけに木の実や食べ物は豊富らしいが、道に迷って死ぬ者も多いそうだ」

「そうだったのか」

道理で骨ばかりが落ちていたわけだと、ニナは今になって安堵した。

「それで、あなたは、半獣の俺をわざわざ探しにきたのか？」

「僕の名前はあなたじゃない。ニナと呼べ」

「……ニナ」

命令口調になってしまったが、レムはそれを気にも留めていない様子だ。

ニナ、と再び呟いたレムは一度だけゆっくりと瞬きをする。

噛み締めるように唇を閉じ、彼はもう一度「ニナ」と声に出した。

「何だ」

「美しい名前だ」

「…………」

たぶん、今、自分はうなじあたりまで赤くなっていることだろう。

それほどまでに、レムの言葉がニナの心を騒がせてやまないのだ。

記憶を失う前はそんな風に褒めたりしなかったくせに、やはり、今のレムは以前の彼とは少し違う。

だが、まるきり別人だとは思えないのは、その声ややわらかな口調。そして、何よりも彼自身の放つ匂いや、触れたときのぬくもりのせいだろう。

「レム、あの……」

「二人とも！」

いつの間にか湖岸から小屋に戻ったらしく、予期せぬ方角からミラの声が飛んできた。

「よかったら朝飯をどうかって、お爺さんが」

「え」

さすがにそこまで図々《ずうずう》しくはなれないと躊躇うニナに対し、レムは「食べていくといい」と笑った。

「その前に、顔を洗いたい」

「ああ、そうだな。ミラ、何か拭くものを」

「はーい」

ニナが湖のほとりで顔を洗い、あのメダリオンも洗っていると、近づいてきたミラが布巾を差し出してくれた。

続いて案内された小屋は狭く、天井が低い。長身のレムにとっては、かなり窮屈なものだろう。

「おまえはここで暮らしてるのか？」

「今は体調もだいぶよくなったし、納屋を借りている」

「そういえば、怪我は？　矢で射られただろう」

「何だ、怪我のことを知っていたのか」

レムは自分の脇腹のあたりを一度押さえ、不審げにニナを見やった。

「……ああ」

「胸の怪我は、これが守ってくれたらしい。おかげで命を取り留めた」

シャツのあいだからレムが引っ張り出した革紐は、先ほどは気づかなかったが、割れたメダリオンの破片がぶら下がっていた。

とはいえ、紐に通す穴の周囲だけが残っている状態で、これではもともとがどんなものだったかわからないだろう。

「元々がどんなものかはわからなかったが、これのおかげだ」

「そうか……」

自分の渡した安物のメダリオンが、レムの命を救ってくれたのだ。

助けられるばかりだったニナが、ただ一度、彼の命を助けた。

それは何よりも嬉しく、誇らしいことのように思えてニナは自分のメダリオンを服の上からぎゅっと握り締める。

「怪我は脇腹の傷のほうが深かった。でも、これは自分で薬を作ったら意外と効いたんだ」

「そうか……おまえは腕利きの薬師だったからな。一度習い覚えたことは躰に染みついているんだろう」

「そうだったのか」

レムは目を瞠り、そして、はにかんだように笑った。それから気づいたように、小屋を振り返る。

「急ごう。二人が待ってる」

「うん」

促されるままに、ニナはレムに続いて狭い小屋に足を踏み入れた。

かつてレムが暮らしていた小屋も随分質素だと思っていたが、こちらはより貧相だった。

「どうぞ」

「ありがとう」

ミラに促されたニナはレムの隣に座った。

がたついた椅子は辛《かろ》うじて四脚あり、小さなテーブルを四人で囲むと頭がぶつかりそうだ。彼らは神に祈りを捧げ、それから食事を始める。

皺《しわ》だらけの老人が用意してくれたのは、ろくに具のないスープだった。突然現れたニナのせいで水分だけでも増やしたのだろうが、それを考慮しても具材は少なすぎる。

「ニナはどこから来たの？」

朗らかな調子でミラに問われ、ニナは「山の上だ」と歯切れ悪く答えた。

「山？」

「そうだ。レムがそこに住んでいて、僕は都から彼を訪ねたんだ」

「……ふうん」

嘘をついてはいないが、そもそもなぜそんな山へわざわざやって来たのかとでも言いたげに、ミラはニナを観察している。よくよく警戒されたものだと、ニナは苦笑の一つもしたくなった。

「そういえば、俺は薬師だったそうだよ」

「やっぱり！」

「レムは腕がよくて、あの山はまさに宝の山だと言って毎日薬草を採りにいっていたよ」

レムが生きているかを確かめたいだけだったからこそ、先の展望は何もなかった。

だいたい、確かめてどうするつもりだったのだろう。無我夢中でここまでやって来たはいいが、ニナの実験は完了していない。かといって、あの山に戻ればロイスたちに捕まってしまうだろう。

行き場などないのだ、どこにも。

「薬草がいっぱいあるところ、このあたりにも見つかるかしら」

「ありそうだな」

「じゃあ、あとで探しに行きたいわ」

あたかもレムは最初からここにいたかのように、彼らの暮らしに馴染んでいた。

当たり前だ。

ここではレムは迫害される半獣ではなく、彼らの仲間なのだ。

こんなにも穏やかな顔をするレムを見るのは、二人の短い生活においても初めてではないのか。

貧しいが幸福な食卓の光景は、ニナが憧れてきたものでもあった。

少なくともニナは、幼い頃はこうして家族で食事を摂《と》る機会は数えるほどしかなかった。父も母もそれぞれに忙しく、ニナはいつも一人きりだったからだ。誰かと一緒に食事を摂る習慣ができたのは、レムが初めてだった。

水っぽいスープを食べたあとで、レムはニナに「そのあたりを歩こう」と切り出した。

村の人は目覚めているらしく、食事の支度や人々の話し声が微かに漏れ聞こえてくる。レムと目が合い、会釈する者もいた。

「こんなに綺麗な湖なのに、黒水海とは不気味な名前がついてるんだな」

「ミクレス川はから湖に流れ着く者はたいていてい息絶えている。伝説にある死の海という意味らしい」

「では、生きて流れ着いたおまえは相当運がいいな」

「そうだな。悪運は強いらしい」

眩しいほどに輝く湖面の近くで足を止め、ニナはレムを顧みる。

端整な口許には薄く笑みが浮かび、彼が心穏やかで満ち足りた生活を送っていることは見て取れた。

「一つ、教えてほしい」

「何を?」

真顔で問いかけられて、ニナは無意識のうちに背筋と尻尾を伸ばす。

「俺はどうして襲われたんだ? 悪いことでもしていたのか」

「まさか。おまえは偏屈だけど、悪いやつではなかった。おまえなりの正義感はあったし……咎人の僕にも優しくしてくれた」

「咎人？　人は見かけによらないな」

その言葉を拾い上げ、レムは黒く澄んだ目を見開く。

「……お互い様だ」

ニナは小さく笑って、レムをじっと見つめた。

「レム。おまえはどうするんだ？」

「そうだな……記憶が戻るまではここにいるつもりだ。ミラたちに借りを返さなくてはいけない」

「そのあとは？」

「あと？」

「傷が治ってからも、ここでのんびり暮らすつもりか」

抑えるつもりでもつい尖った口調になってしまい、ニナは勢いに任せてレムとの間合いを詰めた。

するとレムは驚いたように、ニナの双眸をじっと見つめてくる。

「それは思い出してみなくては、どうにもならない」

「おまえには研究があったはずだ」

「研究？　何の？」

不思議そうに問い返され、胸を衝かれたような気がする。

「や、薬草…だ。新しい薬を作るための……」

ニナを実験台にして聖睡から獣人を解放する――王の命令はまだ生きているはずだったが、レムがこうして記憶を失ってしまっては、実行は不可能だ。

それに、ラクシュがロイスの革命の動きを知れば、そちらに気を取られるだろう。

「何も思い出せない以上は、研究は無理だな」

レムは大して興味もなさそうに答える。

それはまるで、ニナに対する最後通牒のようで、息が苦しくなった。

「……どうして」

我慢しているつもりが、つい、圧し殺した声が唇から漏れ落ちた。

「ん？」

「どうしておまえは、肝心なことを聞かないんだ」

「え？」

レムは不審げに、かたちのよい眉を顰める。

「普通は自分はどんな人間だったとか、僕とはどういう関係だったとか、そういうことを聞くだろう！」

声を荒らげるニナに対し、レムは「ああ」と何でもないことのように首肯した。

「そういうことは、自分で思い出さなくては意味がないだろう？」

「思い出したいとは思わないのか⁉」

ニナの姿を見て、少しは焦ったり、胸を騒がせたりはしないのか。心の奥深くから情動の波濤《はとう》が押し寄せてはいないのか？

ニナの心は、こんなにも激しく揺さぶられている。もう、我慢できないくらいに。


「レム！」

珍しく感情的になるニナに対して、レムの態度は完全に凪《な》いでいた。

「すまないが、俺にはまだ何もわからない」

突き放された、と思った。

これでもうおしまいだと。

「でも、俺は……」

訥々《とつとつ》と紡がれるものに続く言葉がどんなものであれ、ニナには最早関係のないことだった。

ニナがふと視線を感じてそちらを見やると、ミラが蒼褪めた顔で立ち尽くしている。やり取りまでは聞こえないかもしれないが、それでも二人のただならぬ気配は感じているだろう。

ミラの明るさはレムには似合いだし、何よりも、年齢は離れていても同じ半獣同士なのだ。

可愛らしいミラはいずれレムと番《つがい》になり、穏やかで幸福な家族を作れるだろう。

たとえどんなに貧しくとも、ここにいれば迫害も怨嗟《えんさ》もなく、二人で寄り添い合えるに決まっていた。

この村において、レムたちの社会において、ニナこそが異端なのだ。

「悪かった。もう、いい」

まだ何か言いたそうなレムを強引に遮り、ニナは首を横に振った。

長いあいだろくな手入れもできていない長い銀髪は乾燥しきってぱさぱさだし、尻尾の毛艶だって失われているのに、レムはそれらを眩しげに見やる。

だけど、それだけだ。

今のレムの中には、ニナと過ごした日々など一欠片も残っていない。

もうレムのことは忘れよう。

これまでと同じように一人で生きていくだけだ。

ニナはそう心に決め、踵を返す。

レムと自分の人生は、もう分かたれてしまったのだ。交わることは二度とない。

寧ろ、過去を思い出せばレムを苦しめかねない。

どのみち研究が失敗すれば、レムは王の命令で殺されてしまう。ここにいれば王に居所を知られることはまずないのだから、彼はミラたちとこの小さな村で安穏と暮らしたほうがいい。

「待ってくれ」

厳しい声で呼び止められ、ニナはぴくりと身を震わせた。

「な、何だ？」

「あなたは？」

「えっ？」

唐突にニナ自身のことを問われ、聞き返す声が上擦る。

「わざわざここに来てくれたのは意味というか、理由があるんじゃないのか？　友達を探すだけとは思えないんだが」

「僕？　僕は……」

レムの生死を確かめるという最大の目的は、果たした。

「――僕の役割は終わった。果たせはしなかったけれど……終わったんだ」

自分はこの先、どこへ行っても罪人だ。

父の残した謎《なぞ》を解くこともできなかった役立たずに、何ができる？

何と虚しく、徒労に満ちた人生なのだろうか。

「そうか。ありがとう」

「……どうして？」

「あなたが捜しに来てくれたおかげで、俺は、一人ではなかったとわかった」

レムは口許を綻ばせて、ニナを真っ向から見つめる。

「俺の人生は惨めなものではなかったと、あなたが教えてくれた。あなたのような友がいるなんて、俺はとても恵まれていたんだろうな」

「……僕は、そんなたいそうなやつじゃない」

そんなご立派なことはしていない。

ニナには何もできなかった。

……本当に？

もしかしたら、まだ何かできるのではないのか。

生まれてからこの方、ニナはただ貴族として生きるだけでろくなことをしていなかった。おそらく、父の後を継いで政治家になっていたとしても、この国を変える気概もなく、ただ日和見主義で生きてきただろう。

でも、どうせただ果てるのを待つ命ならば、少しでもましなことに使いたい。

たとえばラクシュが疑念に凝り固まって道を見失っているのならば、少しでも、彼の気持ちを慰められるように。

そうして、それがレムやミラの希望に繋がる道を作れるように。

そうだ。

ラクシュに会おう。

たとえばロイスはこの国を憎んでいるが、ニナは違う。父と母が愛し合い、ラクシュが統治し、ニナが育ち、そしてレムと出会えたこの国が愛おしいと思っている。

できることなら、この国を今のかたちのままでよりよいものにしたかった。

一度捨てた命を拾ったのならば、よりたくさんの人が幸せになるような使い方をしよう。

追放された身では都へ入れるかもあやしいところだが、その程度の障害では諦められない。

大事なのは話し合い、理解し合うことで、お互いが違う種族なのだからと端から諦めてしまわないことだ。

「ニナ?」

唐突に名前を呼ばれて、ニナははっとした。

遠慮も何もない、その発音。

自分の名前をこんなにも愛おしく感じるなんて、思ってもみなかった……。

もう、これでいい。これだけで、力を得られる。

「お別れだ、レム」

「え?」

「僕の用事は終わった。すぐにでも、都に帰るよ」

そうか、と言いたげにレムは無言で頷いた。

「邪魔をして悪かった」

「いや。――もし、時間ができたら、また俺に会いにきてくれないか」

「どうして」

どきりとして、胸が震える。

レムは自分にまた会いたいと思ってくれているのだろうか。

期待に顔を輝かせるニナに、レムは淡く微笑んだ。

「もしかしたら、ずっと思い出せなくて困っているかもしれないだろう？」

「……うん、そうだな」

何だ、そんなことか。

ありありと落胆している己はつくづく愚かだと、ニナは自嘲《じちょう》の笑みを浮かべた。

「会いにきてくれて嬉しかった」

レムは一度瞬きをしてから、ニナの頬にそっと触れた。

先ほどと同じだ。

すぐにそのぬくもりは離れていくかと思ったが、そうではなかった。

何か、言ってくれないだろうか。

自分を突き放すための言葉を。

そうでなくてはニナは、レムの次の言葉を待ってしまう。未練がましく期待してしまうから。

けれども、レムは暫しその手を離さなかった。

まるで名残を惜しむように、ニナに触れたまま自分を見下ろしている。

嫌だ。この体温を、手放したくない。

言葉を失ったニナが立ち尽くしていると、やがてレムははっとしたように手を引っ込めた。

「どうした？」

できるだけ優しく聞いてみたが、レムは首を横に振った。

「あ、……ああ、すまない。どうしてか、こうしたくなったんだ。あなたがとても綺麗だから、かな。この村ではそういうのは……珍しくて」

苦笑しながらレムはニナから手を離し、「気をつけて」と重ねて言う。

「おまえも、元気で」

これでおしまいだ。

「待って」

「え」

呼び止められたことに驚き、ニナは頰を染めて彼を振り返った。

「死の森をまた通るのは危険だ。東に出る抜け道がある」

「あ、ああ……そのことか」

やって来たミラの祖父が地面に図を書き、ニナのために丁寧に道順を教えてくれた。

そのあいだにミラは水筒に水を詰め、ニナに持たせてくれた。

「助かったよ。食事といい、どうもありがとう」

「旅のご加護を」

「そちらこそ、幸運を」

三人に頭を下げたニナは彼らに背中を向けて歩きだし、それきり振り返らないように心がけた。

一度でも足を止めれば、レムの元に走りだしてしまう。

すぐに瞼の奥がつんと痛くなって、一気に視界がぼやけた。

ぼろぼろと涙が零れてきたが、意に介さずにニナは先に進もうとした。だが、目を閉じたまま走ろうとしても視界は悪く、頰にぶつかった小枝で皮膚が切れてしまう。

「ふ…」

前が見えない。

まるで決壊した堤のように、次から次へと止めどなく涙が溢れてくる。

レム。……レム。

会えて嬉しかった。

たとえ、覚えていてもらえなかったとしても。

レムにとって、ニナは必要なものではなかった。だからきっと、忘れられてしまったのだ。

レムには彼の同胞がいる。

寄り添うようで、それでいて真っ直ぐにレムを見つめられるミラが。

「レム……」

彼の名前を口にしたまま、ニナは泣き崩れる。

なのに、いっそ死んでいてくれたほうがよかったとは、思えない。

生きていてくれてよかった。レムが元気で、健やかでいてくれたのが嬉しくて。

それだけでいいはずなのに、どうしてこんなに苦しいのだろう。

息も止まりそうなほどに、胸が痛くてたまらなかった。

9

束の間の眠りから覚め、ニナは歩きださなくてはいけないと躰を伸ばす。

「ふう……」

都まであとどれくらいの道のりになるのか、見当もつかなかった。

ミラの教えてくれた道は、黒水海の東側にあり西苑に近い森を抜けるものだった。

往路にニナが通ってきた原生林に比べれば遥かに歩きやすいが、それでも、獣道と大差のない険しい道のりだ。

まだ陽は高いはずだが、足許はじっとりと湿っていてあちこちに毒々しい色の茸が生えていた。

「あっ」

強行軍で疲れているせいかまたも木の根に引っかかり、ニナは前に向かって倒れ込んだ。

膝と掌が痛い。

虚しさに泣きたくなって寝転がった拍子に、白いメダリオンが顔の近くに落ちてきた。

「疲れた……」

疲れ切ったニナは目を閉じ、そのまま、眠りに引き摺り込まれていった。

――まったく、ニナは気が強いばっかりで使えないよな。

――あれでグライド家の御曹司《おんぞうし》じゃなければ、ただのお綺麗なだけの穀潰《ごくつぶ》しだ。

――いいよな、銀狐ってやつはさ！　血筋だけでふんぞり返って、毎日旨いもの食べて……ろくに仕事なんてできなくても出世できるだろうし。

「……う……」


不愉快な言葉の羅列が、頭の中でわんわんと谺する。

これは夢だけれど、でも、全部事実だと知っている。

役立たずで、誇りばかり高くて、それでいて無力な自分。

父の思いも何も知らないまま、彼をむざむざ死なせてしまい、その遺志を継ぐことすらできなかった自分。

その情けなさに叫びだしたくなり、ニナは飛び起きた。

「！」

やわらかな草の上に露が落ち、しっとりと躰を濡らしている。耳や尻尾は水を含んで重く、それをぶるっと震わせて水気を飛ばそうとした。

まだ夜は明ける気配がない。

過去に負けてはいけない。

これから先に何ができるか、それだけを考えなくては進めない。

でも……道の先にレムはいない。

それだけが悲しい。

二つの道はもう交わらないと知ったからこそ。

「レム……」

大切な相手の名を小さく呟き、ニナは自分の躰を抱き締める。

レムが恋しかった。

忘れようと思っているくせに、それでも、レムに会いたい。会いたくてたまらない。

知らないと言われたことに、ニナは何よりも傷ついていた。大切な人に見捨てられ、おまえなんていらないと宣告されたような気がした。

だけど、この先は一人でも生きていかなくてはいけないのだから……だから、レムのことを忘れなくてはだめだ。


ため息をついたニナは、もう少しだけ寝ようとその場に横になる。

そこで、ぴくりと耳を動かした。

何かが、いる。

茂みの中に獣の気配がする。

いつの間にか風向きが変わっており、匂いに気づかなかったのだ。

ぐるるという唸り声は、間違いなく野獣のものだ。

全身の神経を張り詰めさせたニナは、手近に落ちていた枝を摑んで身構えた。

急な動きは相手を刺激するだけだと、息を殺す。

がさがさと茂みが揺れ、相手が近づいてくるのがわかった。
三、二、一……!
何かが突進してきたので、ニナは反射的にそれを枝で払う。

上手く枝が相手の胴体を打ったようで、獣は「ぎゃん」と声を上げて立ち止まった。

目と目が、合う。

爛々と光る、肉食獣の目。

相手はおそらく狼《おおかみ》か何かだろう。

負けるものか！

こんなところで負けていては、ラクシュを助けられない。レムも、ミラも、ロイスも……。

恐怖を意気が凌駕《りょうが》し、ニナは自《おの》ずと相手を威圧しようと試みた。

——去れ。

ニナは心中でそう念じた。対話しても言葉は通じないが、言葉とは違う気配で相手を圧倒しようと無意識のうちに神経を集中させていた。

耳をぴんと立て、ふさふさとした尻尾の先にまで緊張が漲る。

去れ。どこかへ行け。

おまえを害するつもりはない。ただ、ここを抜けて都へ行きたいだけだ。

炯々と光る野獣の目を見つめ、ニナは一言も発しなかった。

やがて。

張り詰めていた場の空気がふっと途切れ、獣が身を翻した。

がさがさと茂みを揺らす足音が再び聞こえ、それは遠のいていく。

見逃してくれたのだ。

「ふ……」

全身から力が抜け、ニナは虚脱状態になって木の幹に凭れかかった。

それでも、今のような事態を気力で乗り越えられたのだから、少しは逞しくなったのだろうか。

第一ニナは都会育ちで、こんな風に泥に塗れて旅をするなんてこと自体が想定外なのに、変われば変わるものだ。

父を失い、レムと離れ、ニナは以前よりは成長したのかもしれない。

けれども、それを喜んでばかりはいられない。いくら逞しくなったところで、ロイスたちの企みを砕くことができなくては無意味だ。

明日は早く起きて、一歩でも多く歩かなくてはいけない。そうして王の元へ向かうのだ。


「……どうしたの、レム」

食事時、まさに気もそぞろになってしまってすっかり手を止めていたレムに、ニナが話しかけてくる。

「ん？」

「レム、怖い顔してる」

ミラの指摘に、レムは「そうかな」と照れた顔つきで笑う。

ニナにはああ言ったものの、客人であるレムは、早めにこの家を出ていかなくてはいけない。そうでなくとも貧しい村で、自分の存在がどれだけ大きな負担になるか、レムにはよくわかっていた。少女とはいえ育ち盛りのミラがいる以上は、彼女を飢えさせるのは忍びない。

だが、あそこでニナを拒んでしまったのは、どうしてだろう。

そばにいたいという、不自然な気持ちが芽生えてしまったせいなのか。

所詮、レムは半獣だ。都に行ったところで、身分違いのニナと一緒にいられるわけがない。

だからこそ、心惹かれるものを感じつつもあえて関係を断ち切ったのだ。

「綺麗だったね」

「そうだな。銀狐とは美しい生き物だな」

「……べつに、ニナのことを指してるわけじゃないよ。やっぱり、レムってばあの人のこと考えてたんだ」

ミラから端的な指摘を受けて、レムははっとする。

「鎌《かま》をかけるなんて、おまえ、十年早いぞ」

苦笑したレムが食事を再開しようと匙を握り直すと、ミラは拗ねた目つきでレムを睨んだ。

「わたし、レムが好き」

「ん？」

いきなり告白されて、レムは目を丸くする。

いくら記憶がないとはいえ、そうした男女の機微くらいはレムにだってわかっていた。

「レムは格好がよくて、優しいもの。わたしはレムと一緒にいたいの」

「随分、熱しやすいんだな」

「ちゃんと言っておかないと、レムはどこかに行っちゃいそうだから」

それを耳にして、レムは不意に黙り込んだ。

本当に、ミラはよく人のことを見ている。


「記憶が戻らないなら、それでいいじゃない。爺様も、時間がかかるだろうって話してたでしょ」

「おまえの爺さんは、専門じゃないだろ」

レムは苦笑し、昂奮するミラを窘めようとした。

「レムだって、記憶がないのを気にしてないくせに」

「…………」

確かに、自分の記憶なんてものはレムにはどうでもよかった。

レムの心に立ち込めているのは、あの美しい存在への憧憬《しょうけい》だけだ。

自分の心の中に常にある、尊くも綺麗なもの。

それがまさに現実のかたちを取って世に顕現したのだと、そう思えたほどに完璧な美。

それがニナだ。

一目見た瞬間に、名前を知りたくなった。

ニナという美しい単語を知っても、勿体なくてなかなか呼ぶ勇気が出なかった。

どこから来てどこへ行くのか、教えてほしかった。あの声でもっと語りかけてほしかった。できることなら、触れてほしかった。

　ニナを見たときだけ、レムの中で眠っていたはずのあらゆる情動が揺り動かされたのだ。

　顔には出さないように努めたが、そのあまりの激しさを恐れをなし、レムはかえって尻込みしてしまった。

「レムだって、無理に思い出したいわけじゃないくせに」

「そうかもしれないが、俺にも妻や子供がいたかもしれない。そういうことは確かめたほうがいいだろう」

「わざわざ探しに来たんだもん、ニナなら知ってたはずでしょ。いないから教えていかなかったのよ。それか、わざと何も教えていかなかったんじゃないの？　あの人は獣人だもの」

　つけ加えられた言葉に、ミラが抱く獣人への根深い不信感を思い知る。

　この土地に暮らしていれば、獣人と関わることは殆どないはずだ。もしそこに獣人へのわだかまりがあるのなら、それは親や祖父母から教えられたものだろう。

「あまりニナのことを悪く言わないでくれ。探し当てた友達が記憶を失っていたら、ニナだって驚くはずだ」

「だって、レムが誰に射られたのかだって、結局は教えてくれなかったわ」

　ミラは相変わらず不満げだった。

「そのことを知らなかったんだろう」

「怪我してたのは知ってたもの」

　ぴしりと指摘されて、レムは言葉に詰まる。

「おまえは頭の回転が速いな」

「そんなのはどうでもいいよ。わたしが心配なのは、レムのことなんだから！」

ミラは感情が昂ったらしく、その声が強いものになる。ミラの祖父はそれを聞いて眉を顰めたものの、特に何も言わなかった。

ミラはニナのことを薄情だと思っているらしいが、レムにはそうとも言い切れなかった。

ニナはきっと、何かを隠している。

その何かのためにレムの行方を捜したが、レムがすべてを忘れているから諦めたのだ。

とはいえ、何もわからない以上は半獣の自分がニナについていくことはできない。そうでなくては、彼に迷惑がかかってしまう。そう思ったがゆえの別離だった。

しかし、それは過ちだったのではないか。

そんな後悔がひしひしと込み上げてくるのだ。

「レムが射られたのだって、もしかしたらニナの差し金じゃないの？」

「それは違う」

レムは決然と否定した。

「ニナはただ外見が綺麗なだけじゃない。その心も……」

その心も清廉《せいれん》で美しいと続けようとして、レムは躊躇った。

知っているのだ、自分は。

ニナがどんなにしなやかで気高い心の持ち主であるのかを。

「レム、もしかして」

気遣わしげにミラが声をかけたそのとき、家の外が騒がしくなってきた。

「何だろ」

ミラが先に外に飛び出したので、レムも殆ど終わりかけていた食事を中座し、するりと外へ出る。

静かなはずの村が乱されたのは、武装した男たちが現れたせいだ。

人数は二十から三十といったところで、弓矢を携え、帯には短剣や短刀を提げている。

下手をすれば戦いも辞さないという表情で、先頭の精悍な顔つきの男は風を切って歩く。

その身のこなしに隙はなかった。

「我々は、ミクレス川の上流から来た。おまえたち半獣に危害を与えるつもりはない」

男はきびきびと口を開き、思惑を説明しようとする。

「人捜しだ。見覚えがあれば何なりと教えてほしい」

傍らに控えていた男は、闖入者《ちんにゅうしゃ》に怯える半獣たちを蔑みの目で見ながら、一枚の紙を突きつけた。

そこには間違いなく、ニナの顔が描かれている。似顔絵にしては、よくできていた。

「名はニナ・グライド。処刑されたグライド卿の一人息子だ。心当たりはないか?」

なぜニナを捜しているのか、それを明かさない点が狡猾だ。自分たちの身許を教えないのも、おそらくは後ろ暗い理由からだろう。役人なら役人だと名乗るはずだからだ。

困ったことになった。

村人たちは間違いなくニナを目撃しているし、誰が口火を切ってもおかしくない。元来、半獣は獣人と人に対して思うところがあり、特に相手が獣人であれば反発はなおのこと強いはずだ。

レムはひやりとしたものの、村人たちは口を開こうとしない。

業を煮やしたらしく、「何かないのか!」と先頭の男が声を荒らげた。

「おい、おまえ」

徒党を組んでいたうちの一人が、背の高いレムに気づいてずかずかと近づいてくる。

「どうした?」

「あいつ、どこかで見たことがあるぜ」

怪訝そうな仲間にそう言うと、男が距離を詰めてくる。どうしたものかと迷うレムの前に、ミラが飛び出してきた。

「見たことがあるわ！」

恐怖のせいだろう。微かに震えながらも、ミラはかえって胸を張る。

「何だと？」

「ミラ！」

思わず叱咤して止めようとするレムに振り向きもせず、ミラは胸を張って凛然《りんぜん》と答えた。

「本当に見たの。このあいだ、村を通っていった」

「いつだ」

緊張しているらしく、いくばくか語尾は震えている。だが、ミラはレムの前からは退かなかった。

「三日ほど前。人捜しに来たらしいけれど、目当てがいないとわかったら、山に帰るといって、森に入ったわ」

ミラは真っ直ぐに峡北の険しい山々を指さす。

「山に……？」

「それ以上は知らない。この村はよそ者を入れたりしないもの。いるのは半獣だけだわ」

吐き捨てるように言うミラに対し、武装した連中は不審を露にする。暫く彼らは何かを話し合っていたが、「よし」と頷いた。

「では、一応、家捜しをさせてもらおうか」

「家捜し？」

「そうだ。どこかに潜んでいては困るからな」

「そんな権利ないでしょ！」

苛立ちのせいかミラが怒鳴ったが、男は容赦なく彼女の頬を張った。

「ミラ！」

ぎょっとしたレムはミラの背中を支えかけたものの、彼女はふらつきもしなかった。

「餓鬼は引っ込んでろ！」

怒りに震えるミラをよそに男たちは荒々しく家捜しをしたが、ニナの姿はどこにもない。

村民の冷たい視線は、明らかによそ者のレムに向いていた。この厄介ごとを招いた張本人に対する、白い目。露骨な怒りも当然だろう。レムは半獣で同胞とはいえ、彼らにとっては招かれざる客なのだ。それでも彼らがレムを告発しないだけ、同族意識はあるのかもしれなかった。

やがて納得したらしく、再び通りに立った男たちは「よし」と互いの目を見交わした。

「おまえたちが、罪人を匿《かくま》っていないのはわかった。邪魔をしたな」

行動は威圧的だが、彼らは半獣に対してそこまで敵愾心はないようだった。

「さて、それなら二手に分かれて山頂を目指そう」

「ああ。しかし、あの森をまた越えるのはぞっとしねえな」

「急げ、ロイスが待ってるぞ」

彼らはミラに対してろくに礼も言わずに、慌ただしく山道へ向かう。

やはり、ニナは追われているのだ。

あの美しい人が何か自分から火種を作ったとは思いたくない。

——ニナ。

揺らめくように美しいあの目。

彼を助けてやりたかった。縋るような弱さはなかったし、彼は自分だけで立つと言いたげな芯の強さを見せていた。だから、逆に助けてしまいたくなるのかもしれない。

あの目を見てしまったから。

「——レム」

小声で話しかけたミラに、レムは「ん?」と唇を綻ばせてやる。

「怒ってる?」

「おまえのおかげで、助かったよ」

レムは唇を綻ばせると、自分を守ってくれたミラの肩をぽんと叩いた。

「レム……」

「今までありがとう、ミラ」

レムの言葉を聞いたミラの肩が、ぴくりと震えた。

「行っちゃうの？」

「ああ。悪いな」

ミラは暫く何も言わなかったが、ややあって「そうだよね」と笑い声すら交えて言った。

「ニナ、すごく綺麗だもん。レムが気になるのもわかるよ。わたしみたいな子供とは全然、違うし」

「ミラ、そうじゃない。そういう意味じゃないんだ」

くるりと身を翻し、レムに背中を向けたミラは握り拳を作っていたが、それが震えている。

「好きとか惚れたとかそういうものじゃなくて……俺はあの人を守りたい。今の連中みたいな相手がニナを追っているとわかった以上は、よけいに放ってはおけないだろう」

それを聞くミラの小さな握り拳は、真っ赤になっていた。

彼女は子供なりに、激情が迸りそうなのを必死で堪えているのだ。

「——行ってもいいよ」

消え入りそうな、それでも優しい声でミラが言う。

「え？」

「躰には、気をつけて」

「ミラ」

ミラが自分を慕ってくれているのがわかっていたから、勢いで出ていくと口にしてしまったことは取り返しがつかないもののように思えて心苦しかった。

一緒にいた時間はたかだか十日に満たなかったが、それでも、レムはミラの優しさに癒され、絆されていた。だからこそ、あっさりと出発を許してくれたミラの結論は意外なものだった。

「わたし、自分の好きな人を縛りつけておくほど器は小さくないのよ」

振り返ると、唇を尖らせてミラは言う。

「それに、この村に無理にいてもらっても……レムはいづらくなるだけだもん。それはきっと、レムの幸せと違うと思う」

そう言ったミラの大きな目が一気に潤み、彼女は顔をくしゃくしゃにして泣きだした。

遠慮なく溢れる涙が、乾いた地面に染みを作る。

「でも、どこへ行くの？」

「都への道を教えた以上は、そっちへ向かうはずだ。迷ってなければ、今頃都じゃないのか？」

「そうね。大人なら、たぶん近くまで辿り着いているはずだわ」

ミラが蒼褪めた顔で頷く。

「だったら、俺も急ぐよ。ニナが罪人なのは、よくわかったからな」

「お弁当作るから、待ってて」

「……うん」

どのみち今すぐ出ていって、見つかっては厄介だ。ニナを追いかけたくて気持ちは逸るものの、その気持ちを今は我慢しなくてはいけなかった。


久々に訪れる王都はひっそりとし、どこか閑散とした空気が漂っていた。

——驚いたな。

学業のために長く都を離れていたせいもあるのだが、それにしてもこの変貌ぶりは想像以上だ。

ロイスの村を出てから、二週間以上の道のりだった。

最早夏至祭は終わり、そろそろ人々が次の聖睡を目指して準備を始める頃だが、それにしても、何かぴりぴりしたものを感じる。

目に見えた理由の一つとしては、街頭に立つ見張りの兵士が増えたことにあるだろう。彼らは獣人のニナには目もくれず、寧ろ、行き交う人や半獣をに警戒している様子だった。

銀狐であるニナは、指名手配か何かされているだろうと思っていたので、正直にいえば拍子抜けだった。

前はこんな雰囲気はなかったから、ラクシュがとっくにロイスたちの動きに気づいている可能性だってある。

決定的な破綻《はたん》が訪れるとすれば、それは、力と力がぶつかり合うときだ。

流血は恨《うら》みしか生まない。国が二つに分かれてしまうような事態は、できる限り避けなくてはいけない。

それからニナは町の人々が自分から目を背けているのに気づき、苦笑いをする。

おそらくそれは、狐だからではない。薄汚れているせいだ。

躰はできるだけ毎日流したものの、風呂には何日も入っていないし、埃と泥に塗れたこの衣装では、どうやって城壁を越えたのかと不思議に思われるであろう有様だ。レムが誂えてくれたブーツもぼろぼろで、ところどころ穴が空いていた。それでも裸足《はだし》よりはずっとましで、この靴がなければニナは長い距離を歩き通せなかっただろう。

さすがにこのなりで王に謁見を求めるのは無理だし、正攻法ではまた投獄されかねない。

ニナは観光の中心でもある教会の前庭に佇《たたず》み、目を細めて都の光景を眺めた。そんなニナを、人々は遠巻きに見ている。

この有様では、とても王宮に潜り込むのは無理だ。かといって、今のニナは無一文で、ここまで旅ができたのも人の厚意に縋ったり、木の実を採って飢えを凌いだ結果だ。

「……よし」

とりあえず、自宅へ戻ってみよう。

王が家捜しをさせてこの鍵を見つけたほどだから、相当荒らされているのは想像の範疇《はんちゅう》だ。だが、もしかしたら、金目のものも多少は残っているかもしれない。

それに、王が貴族の土地を没収するには煩雑な手続きが必要になる。父を殺し、ニナを追い払った王は、そこですべてが終わったと思っているはずだ。まだ誰かに土地を与えてはいないだろう。

とはいえ、ハブルが処刑された以上は、屋敷に近づく一味がいるかどうか警戒されているかもしれない。いつでも逃げられるよう、心の準備をしなくてはならなかった。

ニナは振り返ると、聖堂から離れたところに聳《そび》える丘を見つめる。

グライド邸があるのは、貴族の大邸宅ばかりが並ぶ丘陵地だ。王宮はその更に高い山の手にあり、山を背に立っている。

疲れて躰に力が入らないのでゆっくりとした足取りだが、ニナは懐かしい我が家へ向かった。

そこには何もないとわかっている。

母の思い出も、父のぬくもりも。

けれども、それでもあらゆるものを失ったニナは何かが欲しかった。

「…………」

もともと広くも美しい庭園を誇るグライド邸だったが、見る影はなくすべてが焼け焦げていた。

——酷い……。

立派だった門すら跡形もなく壊され、そこから敷地の中に進むにつれ、焼け焦げた樹木が目につく。奥にある屋敷は黒焦げになり、中央の棟は辛うじて骨組みだけが残っている。

門扉はきぃきぃと音を立てて風で揺れており、倒壊も時間の問題だろう。

掠奪《りゃくだつ》はすっかり終わっているらしく、人影はまったくない。

「………」

残照の中であたりを確かめると、屋敷の中央部分は完全に燃え落ちてしまっているが、両翼はまだ焼け残ったところもある。

いずれも使用人たちの部屋だったので高価なものがあるとは期待できないが、これならば、生き存えた者も多いだろう。父の死に他者を巻き込まなかったことは感謝しなくてはいけなかった。

瓦礫《がれき》を踏みつつ歩いていたニナは、不意に人の気配を感じた気がして身構えた。

こんな廃墟に、いったい、誰がいるというのか。

おまけにここは罪人の家だ。


「ニナ様……？」

「！」

驚きに身を翻すと、瓦礫を背景に小柄な男が立っている。

「まさか、ヨキか……？」

「そうでございます」

ヨキは人族で、長年この家に仕えてくれている家令だった。

ニナが勉学のために数年間都を離れたとはいえ、ヨキは代々グライド家に仕える家柄だ。お互いに昔からよく相手のことを知っていた。

それでも気は抜けず、ニナは尾の先にまで神経を込めてわずかに身構える。

「まさか、お戻りだとは……」

夕闇の中、謹厳な老人の目にうっすらと涙が浮かび、その事実にニナはたじろいだ。

「失礼」

耐えかねたといった様子で彼が片眼鏡を外してそれを汗ふきで拭い、もう一度塡め込む。

それだけで、わかった。

ヨキは変わってはいない。

いくら彼がそれなりに酸《す》いも甘いもかみ分けてきたとはいえ、泣き真似ができるような器用さはなかったからだ。

「――おまえこそ、無事でよかった。ほかの者は？」

気遣いを見せるニナに対して、ヨキは片笑んだ。

「ご安心ください。全員無事ですが、ここでは働けないので皆、勝手ながらほかの仕事に移りました。田舎に戻った者もおります」

「よかった。新たな仕事が見つかったなら安心だな。だが、おまえはどうしてここに？」

「私はグライド家の家令です。あるじが戻るまで、家を守るのが定め」

生真面目な口調で言われて、ニナはつい笑いだしてしまう。守るべき家もないのに、その有様がおかしく、そして悲しかった。

一頻り笑った奇妙な爽快感《そうかいかん》のあと、今度はどうしようもなく涙が出てきた。

自分はずっと、朗らかに笑うことさえ忘れていたのかもしれない。

「気持ちは嬉しい。だが、僕を庇えばおまえまで罪に問われてしまう。僕たちはここでは会わなかった。おまえも僕を見なかったことにしてほしい」

「つまり？」

存外察しが悪いようで、ニナは少々呆れつつも口を開いた。

「僕は、もう行く」

ニナが歩きだそうとしたので、「お待ちを」とヨキが呼び止める。

「それでは、旅人をお泊めしたことにしましょう」

「旅人？」

「ええ。あるじによく似た銀狐を、懐かしさに任せてお招きしたと」

どうあっても彼はニナをねぎらうつもりのようで、ニナもそれ以上は反論しなかった。

微かに笑みを浮かべ、家令の手を固く握った。

「ありがとう、ヨキ」

「いいえ。私こそ嬉しく思います」

「何が？」

「ニナ様は、ご自分のことよりも先に、私や小間使いたちを案じてくださった。だいぶお変わりになられたようだ」

ヨキの声に、あたたかなものが混じった。

「……そんなことは」

「一頃のハブル様に、よく似ておられます」

照れてしまって無言で俯いたニナの背中をそっと押し、ヨキは「中へどうぞ」と告げる。

「ありがとう」

使用人たちの棟は薄暗く、深く呼吸をすればまだ焦げ臭い気がしたが、ともあれ中は清潔だ。

厨房とその隣の二室、そして貯蔵庫だけが燃え残ったので、ヨキはそこで暮らしていたらしい。とはいえ、もともと使用人のための居住区には金銭的に価値のあるものは殆どなかったし、わずかばかりの燃え残りは悉《ことごと》く夜盗に奪われたらしく、邸内はがらんとしたものだった。

テーブルと椅子、それからベッドだけという簡素な設《しつら》えのヨキの部屋で待っていると、老家令は地下の貯蔵庫にあったという干し肉と葡萄酒、それから急いで買ってきたというパンを出してくれた。昔ほどの豪奢《ごうしゃ》さはないが、長らくまともな食事に飢えていたニナにはこれで十分だ。

「先ほど申し上げたとおりにニナ様は、すっかりハブル様に似てまいりましたな」

無言で干し肉にがっついていたせいか、そんなことを言われてしまってニナは頬を染めた。

「僕が太ったのか？」

「いえ……そうではありません。雰囲気ですよ」

ニナの記憶にあるハブルはもっと太ってどっしりとしていたので、似ていると言われてもあまりぴんとこなかった。

「ずっとお母上に似ているとおもっておりましたが、こうしてみますと目許などが特にお父上似ですね」

「父とはもう三年は離れていたから、実感はないいな」

「ハブル様は、奥方様を亡くしてからはお変わりになられました」

ヨキはしみじみと言うと、悲しげに目を伏せる。

「奥方様は厳しいお方でしたが、ハブル様にはかけがえのないお方でしたから」

そうして暫し両親との昔話に花を咲かせたあと、沈黙が訪れた。

「……それで、ニナ様はこのあとどうなさるおつもりなのですか？」

「陛下と話をしたい」

ニナはきっぱりと言い切った。

「陛下と？」

「ああ。そのためには、王宮に潜り込みたい。何か方策はないか？」

「王宮に、でございますか？」

大胆すぎる発言に、ヨキはたじろいだようにニナの目を覗き込んだ。

「そうだ。正攻法での謁見は無理だろうし、その前に確かめたいことがある」

辺境に預けられたニナが、あえて禁を犯して王都へ舞い戻ったのだ。

そうまでして王に謁見をしたいという理由を、ヨキは尋ねなかった。

聞いたところでニナが考えを変えることはあり得なかったし、ヨキにできることも何もないだろう。

「……一つ、ございます」

顔を上げたヨキは、打って変わって明るい口調だった。

「どういう方法だ？」

商人の荷物に紛れるだのいろいろなことを考えたが、現実味のある方法は一つとして思い浮かばなかった。

それなのに、ヨキには何か案があるのだろうか。

「この際、ニナ様は後宮に行儀見習いとして上がればいいのです」

「は？」

ニナはぽかんとして、ヨキの皺だらけの顔を眺めた。

「行儀見習いは、妙齢の女性がするものだ。年齢的にも微妙だし、そもそも、僕は男だ」

「ええ。ですが、ニナ様はお母上にも生き写しでいらっしゃいます。寵姫《ちょうき》として後宮に入るのは難しいですが、女官としてならそう問題はありません」

平然と答えるヨキに、ニナは目を剝いた。

この老人はなかなかどうして大胆なことを言ってくれるものだ。

「紹介状だって必要だし、それなりに衣装もいる。僕は銀狐だから目立ってしまうだろう。潜り込めてから上手くやれるとは、到底思えないが」

現実的な問題はいくつも思い浮かび、ニナは首を横に振った。

「ニナ様でしたら、きっとできるはずです。所作の優雅さに関しては、宮廷でもお墨付きだったはずですよ。人はそう簡単に忘れたりはしません」

ヨキはにっこりと笑い、引き下がる様子はなかった。

「私にお任せください、ニナ様」

確かに後宮には驚くほど多くの女人が働いているし、体裁の整った紹介状さえあればニナが潜り込むのは難しくはないかもしれない。

「……そうだな。では、グライド家の家令の手腕を見せてもらおうか」

「かしこまりました」

一礼したヨキは、ニナの寝室を用意するために立ち去った。

10

「お美しゅうございます、ニナ……いえ、シファ様」

「……服にも名前にも、慣れるのが時間がかかりそうだ」

翌日、一日かけてヨキはニナのために準備を整えてくれた。

衣装は清楚《せいそ》だが華やかなローブで、胸元の空いている部分はフリルのついた下着で隠す作戦だ。これは燃え残った母の服で、ヨキが形見として大切に取っておいたものだという。

それからニナは風呂に入ったあとに、髪、耳、尻尾と体毛を黒く染められた。銀狐は希少だから兎角《とかく》目立つ。顔を隠すわけにいかない以上、少しでも危険を避けなくてはいけない。黒狐も珍しいが、南方の黒狐一族は滅多に都へ来ないので、その一族と称すれば顔が割れないだろうというのがヨキの案だった。

「紹介状はこちらに」

きちんとした透かし入りの便箋には、立派な所帯でシファの経歴がしたためられている。

「こんなものが偽造できるとは、さすがだな」

「それなりに手に職がなくては、生きてはいけませんゆえ」

ヨキはどうやら人には言えない副業を始めたらしいが、それを咎める資格はニナにはなかった。

「無事に戻ってこられたら、おまえにはたっぷり礼をしなくてはならないな」

「お待ち申しております」

微笑んだヨキの目には涙が宿っていたものの、ニナは知らないふりをして彼に背を向けた。

こうしてヨキが雇った付き人たちに付き添われ、薄化粧をしたニナは王宮へ向かい、女官長の面接を受けた。

——ここに来るのも、久しぶりだ。

王宮の地下牢に閉じ込められていた恐怖が甦り、敷地に足を踏み入れるときは総毛立つような気がしたが、何とか耐えた。

行儀見習いをさせてもらう代わりに無償で働きたいという、ありがちな紹介状を女は何の疑問もなく受け取り、ニナはそのまま女官として今日から働くことになった。

「では、シファ。早速後宮を案内させましょう」

「お願いいたします」

偽名で呼ばれたニナは、どぎまぎしつつもあえて細い声で相槌を打った。

女官長についていた先輩の女官はきびきびした人物で、ニナを連れて早足で歩きだした。

「まず、こちらがあなたの働く後宮、それからこちらが……」

ニナは王宮には何度も来たことがあるとはいえ、詳細まではわからない。

「そしてここから先は陛下の私室です。選ばれた女官しか入れない場所ですから、あなたのような新米は絶対に足を踏み入れてはなりません」

「わかりました」

こんなところで斬首《ざんしゅ》されるのは冗談ではなく、ニナは急いで頷いた。

それを緊張しているせいと受け取ったらしく、彼女はにこやかに微笑む。

「そう固くならずとも大丈夫ですよ。陛下は女官にはお優しいですから」

「……はい」

「こちらがあなたの部屋です」

最後に案内されたのは女官に与えられる部屋で、最初から個室という待遇だ。彼女の説明では、人ではこうはいかないのだという。

「さて、それでは洗濯からやってもらいましょう」

「洗濯？」

「ええ、洗濯は当番制ですので」

洗濯なんて自分の服をたまに川で流すくらいで、女官たちの繊細な衣服を自分に扱えるかどうか。おまけに女性の下着があったらどうしよう……。

ニナは表情を強張らせたものの、ここまで来てしまった以上は仕方がない。

「さすがに新入りに衣服を任せるのは酷ですから、最初は布巾などが多いのですよ。洗濯はできますね？」

「それなりに」

飾りの多い高価なものは無理だが、綿や麻ならレムのところにいるあいだに覚えたので、ニナにも扱える。

洗濯は王宮の敷地を流れる小さな川のほとりと決められているそうで、ここで漸く一人になった。

ここは、変わらない……。

昔はよく、この王宮でラクシュと遊んだものだ。とはいっても難しい本を読むラクシュの傍らでニナは蝶《ちょう》や虫を追いかけ、じつに無邪気に過ごしていた。

懐かしい思いから張り詰めていた気が緩み、ニナは洗濯の途中でうんと両手を伸ばし、ニナは大きな欠伸をする。それから、周囲に誰もいないだろうかと慌ててあたりを見回した。

ことん。

頭上から何かが落ちてきて、眠気が吹き飛んだ。

金属でできた薄いものは、瓶のようだ。

いったいどこから?

首を傾げたところで、今度は声が降ってきた。

「拾え、そこの女」

不遜《ふそん》な口調に覚えがあり、おそるおそる顔を上げると、枝に埋もれるように悠然と読書に耽っていたのはラクシュだった。

昔のままの体勢に、ニナは動揺から動きを止めてしまう。

そう、ラクシュはこうやって本を読むのが好きだった。

褐色の膚が影と同化し、その詳細な表情はニナには窺い知れない。

お兄ちゃん、と言いそうになってニナは慌てて口を噤む。

潜入一日目にして王に出会えたのは幸運だったが、いくらラクシュを説得したいといっても、今のニナには心の準備ができていない。

ここですべてがばれてしまって再び投獄されるのでは、目も当てられなかった。

おろおろと狼狽えるニナだったが、ラクシュはまるで気にしていない様子で欠伸をする。

その穏やかさは、かつての優しかったラクシュのようで懐かしさに胸がじわりとあたたかくなる。

「おまえ、黒狐か」

「あ、は、はい」

恐れ多さを表現するためにその場に膝を突いて顔を俯けると、王は樹上からひらりと飛び降りてきた。

彼はニナのふさふさの尻尾を軽く引っ張り、「ふむ」と唸る。

「黒狐とは珍しいな。新しい女官か？」

「はい」

細い声でニナが答えると、ラクシュは呵々と笑った。

「そう緊張するな、予は取って食ったりはせぬ」

「恐れ多いことでございます」

声で気づかれないかと訝ったものの、ラクシュとよく遊んだのはニナが声変わりする前くらいまでだ。

このあいだの尋問のときが久々の再会だったし、今のニナの声はすぐにはわからないだろう。

「栞《しおり》を寄越せ」

なるほど、この金属は栞だったのか。

震えるつつも恭《うやうや》しく両手で金属の栞を差し出すと、ラクシュはそれを悠然と取った。

「新顔か。美しいな」

空いた手で黒く染められたニナの耳を撫で、ラクシュが低く囁く。

「予は黒が好きだ。黒は死で、そして生を司る」

返事ができなかった。

「半獣にも同じ色が与えられたのは忌々しいが、そうと定めたトルア三世にも思惑はあるのだろうな」

低い声で言ったラクシュは、ニナの頬に垂れかかった髪を一筋摘んだ。

「――それにしても、似ているな」

「えっ？」

不躾にも、つい、ニナは問い返してしまう。

「狐というのは、顔や雰囲気も似るのか？　銀狐に、そなたによく似た者がいた」

自分のことだ、とニナは唇を軽く噛んだ。

鎌をかけられているのか、それとも、ラクシュは本当に気づいていないのか。

「――そのお方は……？」

細い声で問いかけると、ラクシュは肩を竦めた。

「ここにはおらぬ」

淡々とした声色に一抹の淋しさが滲み、ニナははっとする。

「貴重な純血だったが、この国のために犠牲は必要だ。王とは孤独……喪失を繰り返すことこそ、我がさだめだ。されど、いつまでも運命に蹂躙されるのでは性に合わぬ」

小さく呟いたラクシュは、もうニナを見てはいなかった。

「大いなる犠牲を払ったからには、必ずや対価を得る。我が悲願を成就させるまでのことだ」

ラクシュの胸には、すべてを失ってもいいという決意があるのだ。

いったい、何が彼の真の願いなのだろうか。

ロイスが主張するように、人を滅ぼして獣人のための国を作ることか。あるいは、聖睡から獣人を解き放つためか。

「陛下！　陛下、どちらに⁉」

誰かが呼ぶ声が聞こえてきたので、ラクシュは「邪魔をしたな」と言って身を翻した。

よかった、気づかれなかった。

脱力したニナは、へたへたとその場に座り込む。

大いなる犠牲。

それがハブルの死であるのならば、ラクシュがその胸に何を秘めているのかを知りたかった。

「だめだめ、この町にゃ半獣は入れないよ。知り合いがいるなら別だけどね」

西苑の入り口で二人組の番人に止められ、レムは一瞬唇を噛み、それから毅然《きぜん》と顔を上げた。

「一晩の宿でいい」

レムは食い下がったものの、門番からはまるで相手にされなかった。

「いいや。このところ流行病《はやりやまい》で、町に入れるのは獣人か人だけと制限してるんだよ。知り合いがいないなら、別の道を行きな」

「流行病？」

「そうだよ。効く薬がよくわからないんでねえ。みんなおっかながってるんだ」

この町を通り抜けられないのなら、街道を一旦戻るほかない。

渋々今来た道を引き返したレムは、丘に立って初めて町の全景を眺めた。

「……う」

なぜかぐらりと大きく視界が揺れ、レムはここで一息入れることにした。

街道沿いには旅人が休めるような樹木が多く、そのうちの一つの樹陰に腰を下ろし、レムは汗を拭う。

布袋から巾を出すときに、一緒にしまい込んでいた小さな瓶に気づいた。これは、記憶を失ったレムが所持していた唯一の品物だった。

厳重に布でくるまれた小さな瓶は、割れることもなかった。『開封厳禁』と書いてあり、蠟《ろう》で封をされている。何が入っているのか自分でもわからないので、記憶が戻るまでは開けるつもりもない。

「……………」

傷よりも、頭が痛い。

こめかみのあたりから頭痛が広がっていくようで、冷や汗でシャツが濡れている。

急激に体調が悪くなったのか、それとも、割れるような頭痛は何か原因があるのか。

あたりをもう一度注意深く見回したレムは、その建造物に気づいた瞬間、心臓が錐で突かれたように痛むのを認識した。

「痛…」

聖睡のための塔――睡郷だ。

どこにでもある当たり前のものだと思っていたし、それを覚えていることに疑問はない。しかし、よく考えれば、旅のあいだは睡郷があるような町は通らなかった。

おそらく、記憶を失ってから睡郷を見るのは初めてだ。

その睡郷が、レムの心身に変調を与えている。

「……く…」

あそこに、自分の置き忘れた記憶の片鱗があるのではないかという直感があった。


目を閉じたまま、レムはゆるゆると記憶を掴もうとする。

睡れる美しい獣たちのために、自分は――。

だめだ、それ以上は何も考えられない。

木に寄りかかったまま膝がかくんと折れ、そのまずるずるとレムは頽《くずお》れていく。

動けないままその場に蹲《うずくま》っていると、いつしか雨が降ってきた。遠くで雷鳴も聞こえている。

もっと速く歩かなくてはいけないのに。

ニナの元へ行きたい。

ニナに会いたい。

一度離れてしまうと、心を占めるのはニナのことばかりだった。

都へ戻ると告げたニナの言葉を信じ、レムはミラの村を飛び出したのだ。

どうしてこんなに惹かれてしまうのか。

ニナの元へ行きたいと思う気持ちを、どうあっても止められなかったのだ。

フードを被ってうつらうつらしていると、雨が降ってきたようだ。ちょうど自分の裏側に、ほかの旅人が雨宿りに飛び込んできた。

切れ切れの言葉はこの国の言語ではなく、青湘のものだ。

自分でもよくわからないのに、レムはそれが青湘のものだと直感していた。

つまりこの国に、いるはずのない青湘の人間たちが入り込んでいるのか……？

だからあのときレムは襲われ、矢で射られ——また、頭が痛む。

あのとき、レムはニナを庇った。

ニナを危険に晒したくなかったからだ。

あのとき。あのときとは、いつだ？

朧気《おぼろげ》な記憶を辿り、うっすらと取り戻していくにつれ、汗がどっと噴き出してくる。頭も心臓も両方が痛くて、のたうち回りそうだった。

やはり、自分とニナのあいだには何か深い繋がりがあったのだ。

そのとき、ぴかりと空に雷光が走った。

雷鳴が轟《とどろ》く。

「！」

雷によって昼間のように明るく照らされた睡郷の塔を見た瞬間、レムの心には光が満ちた。


「陛下は、最近すっかり変わってしまったわ」

女性たちの姦《かしま》しいおしゃべりに入り込めず、食事中のニナは視線を落とす。

「そうそう。前は後宮の女官を集めて楽しい催しもしてくださっていたのに、最近はすっかりお見限り」

女官たちは交代で休憩を取ることになっているので、この食堂も二、三十人は一度に食事ができるようになっている。

レムはその中に紛れ、食卓の端に腰を下ろしていた。

「あのフロウ様が来てからね」

一人がそう切り出すと、向かいに座っていた女性が「しっ」と唇に指を立てた。

「だめよ、フロウ様はとても耳がいいのよ。悪口なんて言えば聞こえてしまうわ」

「あら、これは悪口じゃなくて噂話よ」

「どっちだって同じじゃない」

きゃらきゃらと笑う声に、ニナは眉根を寄せる。

フロウとは、ラクシュの新しい側近か何かだろうか。そんな名の男は、貴族にいたかどうか定かではない。

如何に名門の生まれで社交界に通暁しているとはいえ、ニナも貴族のすべてに精通しているわけではない。しかし、政界で名を知られるような力を持つ一族は把握している。

「フロウ様は、貴族なのですか？」

珍しくニナが口を開くと、彼女たちは「ええ」と嬉しげに破顔した。

「そうよ。確か、金糸雀だったわ。二年くらい前から陛下のおそばに上がって、あっという間に重用されるようになったの」

「金糸雀……」

鳥類は外見的に大きな特徴がないので、人との区別がつけづらい。危機に瀕すると両手を翼に変えられると聞くが、ニナはそれを目にしたことはない。そもそも両手が翼では使いづらいし、退化してしまったという説もある。ニナたちが、聖睡のあいだだけ獣の姿に戻るのと同じだった。

ラクシュを変えてしまったなんて、フロウとはいったいどんな人物なのだろう。

ニナも上手い具合に後宮に潜り込んだのまではい

いが、ラクシュに会えたのはただの一度だけ。彼は政務に追われ、なかなか後宮を訪れないのだという。おかげでラクシュの真意は探れぬまま、ニナは手を拱いているほかなかった。

ロイスの進軍は噂となって王宮にももたらされていたが、少なくとも女官たちはそれを小規模のものと考えているらしく、後宮ではいつもの生活が続いている。

王宮はまだのんびりしており、戦争や内乱の気配はない。

せめてフロウとやらに会えれば、ラクシュの意向を探ることくらいはできるかもしれない。このまま女官として後宮に馴染んでしまうのは、いくら何でも不本意だ。

「そろそろ聖睡の準備をしなくっちゃねえ」

「本当。夏が過ぎるとそればかりが気になるわ」

そのあいだは、彼女たちのおしゃべりも途絶えてしまう。

聖睡のあいだ、この宮廷はどれほどしんとして静かなものだろう。

多くの人々が睡りに就く中、ラクシュとごく一部の王族たちだけが民の睡りを守る。

それはもしかしたら、とても淋しくて恐ろしいことなのかもしれなかった。

ニナの午後の仕事は干していた洗濯物を畳み、それを後宮の各所や王宮に配ることだ。

洗い終えたシーツなどを畳み、女官の部屋に洗濯物を配っていたニナに、「ちょっと」と声をかけてきた者がいたのだ。

「はい」

振り返ったニナは、背後に佇む青年の派手な服装に目を留めぎょっとした。

異国風の薄衣《うすぎ》に身を包んだ青年は、艶めいた笑みを口許に浮かべている。

「あれ、見ない顔だな」

「今月入った新米ですので」

「そう。綺麗な顔だね、おまえ」

慌てて俯くニナの素振りを羞恥からと誤解したのか、彼は喉を鳴らして笑い、そして「手伝いを呼んで」と言った。

「手伝い？　何のでしょうか」

青年が閉じていた扉を蹴ると、室内の様子が露になった。

「あいつを運びたいんだよね」

いつもは塵一つ落ちていない室内は、今や流れ出したどす黒い血で汚れてしまっている。その中に人が倒れているので、ニナは悲鳴を上げないようにするので精いっぱいだった。

かたかたと震えるニナを面白そうに見やり、フロウは唇を歪めた。

「あれ、悲鳴も上げないんだ？　もしかして、血には慣れてる？」

「そ、そんな、そんなことは……」

口籠もるニナの台詞などどうでもいいと思っているらしく、青年は続けた。

「フロウに誰か手助けをやってくれって言えば、通じるはずだけど」

「は、はい」

では、この男がフロウなのか。

ニナは歩きだそうとしたが、恐怖に震えてしまって動けない。

「ふうん、意外だな、怖がってるんだ。こういうの、女性のほうが平気だって思ってたけど」

声も出せないニナを一瞥し、フロウは歌うように続けた。

「あの役立たず、監視をさせていた間者を逃がしたんだ」

　呟いた彼の視線が、ニナの双眸を射る。

「だから、半殺しにしちゃった。罰がないと、また金に釣られて同じ間違いを犯しそうだから……あ、もう過ちを犯すのは無理かな。もうすぐ死ぬもんね」

　フロウはやけに楽しげで、その言動から気味の悪さを倍加させる。

　ここから一刻も早く立ち去りたくてニナは後退ったが、恐怖に凍りついた躰はほんのわずか動いただけだった。

「ひ、人を、誰かを呼んでまいります」

「うん」

　フロウはそう言ってから、ふと「やっぱりいいや」と告げて去りかけたニナを呼び止めた。

「え?」

「君、綺麗だからやってもらおうかな」

　やわらかな笑みを浮かべ、呟いた。

「何を?」

「とどめを刺してよ」

　フロウは床に落ちていた血まみれのナイフを拾い上げ、ニナに無造作に差し出す。

「そうじゃないとあいつ、苦しみが長引いて可哀想でしょ?」

　この男は何を言ってるんだ。

　いったい、何を。

　それでも躰は機械のように動き、洗濯物の入った籠を廊下に置いたニナは、震えながらナイフを手に取った。

　言われるままに、それを両手で握り締めて構える。

「僕はこのやり方が好きなんだ。処刑にはもってこいだしね。そのときは獣人だったけど……前の宰相を知ってる?」

　心臓が、震えた。

　この男が、父の敵《かたき》……!

いっそ、殺してやりたい。

「グライド卿っていうんだよ」

無意識のうちに一歩踏み込もうとしたその刹那、別の人間の気配が近づいてきてニナは身を震わせた。

武器もないのに、この男を殺せるわけがない。

「陛下」

途端にフロウの声に甘みが宿った。

「何だ？　その新米に襲われたのか」

「いいえ」

媚びるような声音で答え、フロウはさりげなくラクシュに身を擦り寄せた。

「尋問を終えたところです。その女官にとどめを刺させようかと」

ラクシュは大股で血の海の中に近寄ると、倒れている男を爪先で蹴り、「もう死んでいる」と言った。

「知っていてからかうのは、よせ。趣味が悪い」

「だって、女だって強さは必要でしょう。自分の身は自分で守らなくては」

「生きる者には、誰しも役割がある。その娘の役割は人を殺すことではない」

ラクシュは厳しい声で言い放つと、「見張っていろ」とニナに告げ、扉を開けてその中にフロウを導く。

ぱたりと扉が閉まった。

「まったく、おまえは気まぐれが過ぎる。処刑も他者に任せておけ。いちいち手にかけていたら、面倒だろう」

狐の聴覚であれば、扉一枚隔てたところでの会話は簡単に聞き取れる。

「汚れ役は必要ですからねえ。鳥はその点、持って来いですよ」

「汚れ役とはよく言ったものだな」

ニナはそっと壁際に身を寄せ、落とした洗濯物を拾い上げるふりをして少しでも彼らの会話を聞こうとした。

「陛下が楽しみをご存じないだけですよ。『灼熱の死』をなぞるなんて悠長な」

わざとらしく欠伸をする様子に、ニナの耳はぴくぴくと動いた。

「なぞりたがっているのは、青湘の愚民どもだ」

峻厳たるラクシュの声はくぐもっており、その感情が窺えなかった。

「だからこそニナを検体として預けたのだが、科学院もおまえも、そもそもの見立てが間違っていたようだな」

「残念ながら。至急レム・エルファスとニナ・グライドの首を届けるよう、早馬を出しました」

「そう、か」

一瞬だけ、ラクシュの声が揺らいだよな気がした。

「ただ、気がかりなのは……」

「何だ？」

気を持たせるように言葉を切られ、ラクシュが続きを促す。

「いっさい、返事がないことです」

「科学者というのは王命が恐ろしくはない、剛胆な人種のようだな」

くっとラクシュが喉を鳴らし、皮肉げに笑う声が聞こえてきた。

気分の悪さを感じつつもニナは漸く動きだし、急ぎ足で人を探しに向かった。あの屍体をどうにかしなくてはいけないためだ。

今し方のフロウが、ラクシュを変えてしまったに違いない。

美しくてどこか媚びを含んだ、艶めいた男。

それでいて何か憂いを感じさせる不思議な人物だった。

そして、ラクシュが人を滅ぼそうとしていることもはっきりとわかった。

ならばもう、一刻の猶予もない。

『灼熱の死』をなぞるということは、トルア三世の時代に流行った恐ろしい疫病を何らかの手段で再び流行させる心づもりではないか。

昔のニナならばそんなことは無理だと言っただろうが、レムとの関わりが自分を変え、思考と知識を与えてくれた。

そんな恐ろしいことをしてはいけない。もし王が過ちを犯そうとしているのであれば、それを止めるのが臣下の役割だ。

けれども、今のニナの言葉にラクシュが耳を傾けてくれるとは、到底思えない。

残念ながら、ニナには到底その自信はなかった。

科学院は完全に王の息がかかっているし、内部にニナの味方になってくれるような者はいはしないだろう。かといって、放ってはおけない。

それなら、レムはどうだろう。

レムならば薬を作れるかもしれない。

だが、レムは記憶を失ってしまっている。

たとえ取り戻したとしても、何万という民のための薬など、一人で作るのではどんなに急いでも間に合うわけがない。何よりも、あの黒水海のほとりで穏やかに暮らしているであろうレムを、再び巻き込むことはできなかった。

黙って後宮から立ち去れば、ニナはこのまま安寧な日々を過ごせるはずだ。危険な橋を渡ることもないし、自分の父を助けてくれなかった人を守る義理もないだろう。

——でも。

獣人はやはり自分のことしか考えていないと言われたくない。

何も見なかったことにはしたくない。

ハブルの息子として生まれた以上、いや、ニナがニナである以上は見過ごせない。

それは正義とか信念とかそういうものではなく、王の理不尽な考えによって多くの人が死ぬのが嫌なだけなのだ。

殊に、この国の王は兄と慕ったラクシュだ。謎かけをするたびに揺れる、彼の尻尾を追いかけて一日中遊ぶことができた、あの遠い日。

ラクシュは自分にとってよき兄だった。だからこそ、その幻影を壊してほしくはないのだ。

11

宮廷での気詰まりな生活は二週間以上続き、念願の宿下がりの夜がやって来た。

「はあ……」

ニナは人目を憚りつつ、グライド邸の裏寂れた敷地に足を踏み入れた。

さすがに以前ほど焦げ臭くはなくなったものの、それでもやはり、どことなく不愉快な臭いがする。

宮廷での不慣れな生活の疲労に加えて、廃墟と化した実家を目にすると、ニナの心は重く沈む。

それでも、家令のヨキは唯一の味方だ。彼に会えることだけが、今のニナにとっては心の支えと化していた。

忍び足で建物に近づいてもヨキの出迎えがないが、体調でも悪いのだろうか。

それとも、彼は人間であるためにニナほどの聴覚がないので、気づいていないだけかもしれない。

今後のことをヨキに相談したかったので、彼が不調だとすればニナには大きな痛手だった。

瓦礫を踏みながらヨキの部屋へ向かったニナは、そのドアの隙間から灯りが漏れているのに気づいてほっとする。

どうしても攪乱されてしまうものの、ヨキ以外の気配がごく間近にある。

それもかなり、懐かしいものだ。

扉を軽く叩き、ニナは返事を待たずにそれを開けた。

「ただいま」

ちょうど食事が終わったところのようで、パンとスープの匂いが残っている。

「お帰り、ニナ」

ヨキと語らっていた長身の人物が振り返ったので、ニナは目を瞠った。

そうか、この匂いの源は彼だったのか。

懐かしい薬草の仄かな香り。

そして、何よりも彼自身の匂い。

鼻をひくつかせたニナは、振り返って自分を出迎えた人物の姿を視界に捉え、呆然と立ち尽くした。

——嘘だ。

「おい、ニナ?」

「レム……」

声が震えた。

椅子に腰を下ろしていたレムはフードを目深に被っていたが、その匂いと気配、そして声をニナが間違えるわけがない。

「どうして、ここへ」

「全部思い出した」

それだけで、ニナには十分だった。

「わかったから、まずはフードを取ってくれ」

「どうして？」

「おまえの顔を見たい」

ニナの言葉に、レムははにかんだように口許だけを歪めて笑うとフードを外した。

彼の端整な顔を目にした途端に、涙が頬を伝って零れ落ちた。

「レム！」

ついに耐えきれなくなり、ニナはレムの首にしがみつく。

「……信じられない……」

「ちょっと待て。汚いぞ」

「だって、石鹸の匂いがする」

「鼻がいいな。先ほど湯を沸かしてもらった」

笑いを含んだ声でレムが答えた。

なるほど。

だから、レムの匂いが薄くてすぐにはわからなかったのだろう。

レムの、匂い。

これが……。

たまらなくなったニナは、すりすりと彼の首筋に顔を擦りつけた。

「どうしたんだ、ニナ」

「うるさい……」

ニナの心からの親愛の表現を示されたことに、レムは完全に戸惑っている。

だって、もう二度と会えないと思ったのだ。

あのときはレムのためを思って彼をミラの村に置いてきたけれど、それでも。

それでもつらかった。苦しかった。

忘れたくても、忘れられなかった。

「悪かった、そこまでおまえに心配を…」

無粋な言葉を吐く彼の首に取り縋り、唇を塞ぐ。

途端に、心臓が大きく震えた。

全身を甘い痺れが満たし、熱いものがひたひたと押し寄せてくる。陶然と目を閉じたニナは、レムの首に顔を押しつけた。

そこからはとてもいい匂いがするようで、いても立ってもいられなくなる。

懐かしさ。

そうじゃない、違う。

これは、この、込み上げてくる息苦しいくらいの感情は。

——好きだ。

好きなんだ。

レムへのこの気持ちは、好きというとても原初的なものだったのだ。

やっとわかった。

あの狂おしいほどの思いは、レムを求め、恋い焦がれていたゆえに生じていたのか。


「ニナ、あの」

レムが真っ赤になるのを見ていたニナは、その唇をもう一度接吻で塞ぐ。

レムの薄い唇を食べてしまえるような気がして、ニナは彼のそれを吸い、軽く噛み、顎の周りまで舐めた。

「あの……ニナ……」

咎めるような声に含まれた遠慮が何か、ニナは知っていた。

「ヨキなら、いない」

掠れた声で囁き、ニナは尻尾でレムの膝を叩いた。

「え？　背中にも目があるのか？」

レムがきょとんとしたのがおかしくて、彼の膝に座ったニナは小さく笑う。

「獣人の耳と鼻を舐めるな。気を利かせて出ていくくらい、家令の職務のうちだ」

「……なるほど」

ため息混じりにレムは同意し、自分の膝に座って目を潤ませるニナを見上げた。

それからレムは自分の唇を指先で拭い、赤いものがついたのを目にしてまじまじとそれを眺めた。

「それにしてもおまえ、どうして口紅などつけているんだ？　おまけに耳と尻尾は黒い。まさか、新種の病気か？」

至極当然のその問いを聞いているうちに、ニナは少しばかり気持ちが落ち着いてくるのを感じた。

そうなると今度は自分の大胆な行動が恥ずかしくなってきたが、かといって部屋に戻って一人になるわけにもいかない。

何よりも、もっとレムと話していたかった。

「違う。染めて、後宮に潜り込んでいた」

「後宮に？　だから女装していたのか」

レムはくすりと笑って、改めて右手でニナの唇をごしごしと擦って口紅を拭ってしまう。

その無遠慮ささえも、彼の誠実で飾らない性格の証のように思えた。

「ただ女装したいわけじゃない」

「それはわかっている。おまえは思慮深いし、意味のないことはしないからな。何があった？」

穏やかな声で問われて、じわりと胸が熱くなってくる。

これこそがレムだ。

「時間がないんだ。陛下は恐ろしいことを考えている。どうあっても止めなくては」

「どういう意味だ？」

「おまえの言っていた、病気の種だ」

「種？」

レムは眉を顰めて、じっとニナを見つめてくる。

「馬鹿げた話かもしれないけど……陛下が望んでいるのは、人間と半獣の抹殺だ」

ニナの言葉を耳にしたレムは、声もなく目を見開いた。

「嘘だと思うかもしれない。でも、本当なんだ」

「おまえがそんな嘘をつくとは思っていないよ。何か理由があるんだろう?」

「……よかった」

それからニナは手短に、ラクシュとフロウのことを話した。ラクシュは『灼熱の死』を再現しようとしていることを。

「鳥が関わっているとなると、信憑性がないわけじゃないな」

「そうなの?」

「ああ。鳥は昔から特別扱いされている」

「うん」

レムの膝に座っていると、彼の声が振動となってニナの躰に伝わってくる。

それがたまらなく愛おしくて、ニナの心を熱く焦がすようだ。


「聖睡の頃の文献を当たっていて、鳥の逸話を見つけたんだ」

「どんな?」

「当時から、鳥類は種をばらまくと考えられていた。そのせいでトルア三世はかつて鳥類を滅ぼそうとしたんだが、鳥たちは当然拒んだ。そして、飛ばないこと、移住しないことを条件に、隠れ住むようになった。昔の文献には、そう書いてある」

「知らなかった……」

ニナはすっかり感心してしまう。

「民に知られたくない事実は、なかったことにされてしまうからな。一部の人間しか読まないような記録にだけ、残されているんだ」

だが、ニナにはそれでも納得がいかなかった。

トルア三世は相当頭がいい人物で、そのうえ、状況をきっちり利用する才覚がある。

隠れ住むのは目眩《めくら》ましで、本当は鳥にも何か役割を与えているのではないだろうか。

「ともあれ、それで合点がいったよ」

「何が？」

「既に、灼熱病らしいものが流行り始めている。てっきり、青湘の連中が病を持ち込んだのだろうと思っていたんだが……」

「青湘の？」

なぜレムは青湘の人間がこの国に入り込んでいることを知っているのだろう。

「ああ、都に来るまでは、一応裏道を選んできたからな。そのせいで、青湘訛りの言葉をたくさん聞いたよ。随分多く潜り込んでるようだ」

レムは肩を竦めた。

「そんなあやしいやつらがいるのに、通報されないのか？」

「兵士の数が足りないからな。それなら、都を防衛するのに固めたほうがいいと思っているのだろう」

「そうか」

「西苑で、全部思い出した。俺の父は科学院を辞めて、そこで研究を続けている。そこで何とか呼び出してもらって、町に入る許可を取ってもらった。そのとき、街道沿いに妙な患者が多いと聞いたんだ」

「どんな？」

躊躇いつつも訪ねるニナに淋しげな目を向けて、レムは口を開く。

「熱が出て食欲不振になる。一見すると他愛《たあい》ない症状だが、躰に力が入らなくなってすぐに起き上がれなくなる。食事を受け付けないので、十日くらいで悪化して死ぬ」

確かに、かねてより言われている伝説の灼熱病の症状にそっくりだ。

既に西苑では多くの死者が出ており、住民たちは恐慌を来しているらしい。

「驚いたことに、父は灼熱病の種を手に入れて、薬の研究もしていた。どうやら、匿名の篤志家ってやつが種をくれて、そのうえ研究の費用を出してくれていたらしい」

「青湘から持ち込まれたっていうのは、どういう理由なんてだ？」

「風の噂じゃ、青湘ではこの病気が再び蔓延しているらしい」

「青湘は医学が進んでいるんだろう？　薬学だって、何だって……」

　あまりの恐ろしさにニナが声を震わせて尋ねると、レムは首を横に振った。

「それも、灼熱の死の前までだ。あのときに、銀嶺以外の国は壊滅的な被害を受けたのは知っているだろう？　ぼろぼろになった青湘は四百年かけて国を立て直し、やっと前のような繁栄を取り戻しつつある。だが、そこに再び灼熱病が流行を始めたんだ」

「でも、銀嶺は神のご加護がある。聖睡のおかげで……」

「あれは、たまたま睡郷の環境がよかっただけだ。本当に獣人が守られているなら、こんなに数が減っていくわけがない」

　静かに発された恐ろしい言葉に、ニナは蒼白になった。

「ああ、脅かして悪かった。答えはちゃんとある」

「答え？」

「これだ」

　そう言ってレムがポケットから取り出したのは、小さな瓶だった。見覚えがあるような気がして、ニナはそれをじっと見つめる。

「おまえも知っているはずだ」

　記憶を辿っていたニナは、すぐにそれを思い出した。

「睡郷に持ってきていたな」

「よく覚えているな」

正解だったと言われ、ニナは嬉しくなる。

「塔には獣人が寝るための籠があるだろう？　あれを作る蔓草は、湿度が高くなると黴が生えやすくなる。つまり、塔で多くの獣人が冬眠を始めると、黴の繁殖する条件が整うんだ」

「……それで？」

「俺はその黴が特効薬だと考えて、父と培養をしてみたんだ」

「馬鹿にしているのか！」

ニナは声を荒らげ、思わず立ち上がろうとした。しかし、レムにその腰をぐっと摑まれ、動けなくされてしまう。

黴に何かあるとレムが思っているのは知っていたが、それがよりによって灼熱病の薬になると言われたって信じられなかった。

「そうじゃない。地上にあるものは、どんなものだって薬になる可能性があるんだ」

「でも……」

「当然、実験はしたよ。俺が灼熱病にかかった。父に頼んで種を埋め込んでもらった」

「……！」

あまりのことにニナは目を見開いたが、後退るような真似はしなかった。

「そこに黴を煎じて飲んでみたところ、想像以上に早く治った。だから、ここまで来られたんだ」

離れているあいだに、レムがそこまでのことをしていたとは知らなかった。

「尤も、俺は陛下が灼熱の死を再現したがっているとは思えない」

「そう、なのか？」

「ああ。科学院を大事にしているあたり、歴代の王に比べて陛下はとても勉強家で理性的だ。何ていうか、狂王とは思えない」

レムがそう言ってくれたことが嬉しかったが、ニナには判断がつかなかった。

「歴史を学んだ俺だから言うが、彼はトルア三世を敬いつつも、別の道を探そうとしている気がする」

レムはそこで言葉を切った。

「父に頼んで黴を薬に変える道筋はつけてきたし、あの人は天才だから、できる限り早く大量に生産する仕組みを作るだろう。だからこそ、王の真意を知りたいっていうおまえの意見には、同意する」

「どうして……？」

これまでのレムの話はわかりやすかったが、それでも、ニナには腑に落ちないところがあった。

「どうして、だって？」

「レムはこの国が嫌じゃないのか？　半獣ってだけで差別されたり、嫌われたりしてきたのに」

ニナの言葉を聞いたレムは、真面目な顔で口を開いた。

「それでも、みんな生きてる。俺は誰かを殺すために薬を作ってるわけじゃない。生かすために作ってるんだ。相手が誰かなんて些細《ささい》なことだ。俺はこれ以上、患者を増やしたくない。人為的に流行させようというなら、何としてでも止めたい」

レムの力強い言葉に、ニナは胸を衝かれたような気がした。

「ロイスのことも、許せるのか？」

「ロイスを？」

珍しい名前を聞いたとばかりに、レムは首を傾げた。

「おまえを射たのはロイスの仲間だ」

「！」

驚いたようにレムは目を瞠り、ニナの目を真っ向から見据えた。

ロイスが革命派を引き入れていることを説明すると、レムは頭を抱えた。

「外圧を利用するつもりだろうが、青湘はそんなに甘くはない。いずれ、この国は乗っ取られるだろうな」

「ロイスはそこまでこの国を憎んでいる。国がなくなっても文句は言わないだろう」

ニナの発言を耳にし、レムの表情が憂鬱そうにかき曇った。

「青湘は灼熱病の罹患者が増えていると聞く。汚染されていない銀嶺を新天地と考えてもおかしくはないな。そのためにロイスを引き込むのも無理ないことだ」

レムは小さくため息をついた。

「ロイスのやつ、俺をずっと、騙していんだな。それなりにいい友のつもりだったが……」

淋しげなレムの表情に気づき、ニナはそっと彼の首に腕を回す。

大丈夫だ。

レムには自分がいる。

本人からしてみれば、まるで嬉しくないかもしれないけれど、少なくともニナはずっとレムの味方だ。

「僕が……」

僕がいると言い止したところで、ニナは人の気配を感じてレムから漸く身を離した。

「お二人とも」

暫く席を外していたヨキが戻ってきたので、ニナは小さく咳払いをした。

「どうした？」

「寝室の支度ができましたので、どうぞ」

「……なに？」

意味がわからずに、ニナは鸚鵡返しに聞き返してしまう。

「折角再会なさったのでしょう」

「待て、おまえは何か勘違いしている」

どういうことだ？

狼狽したニナは、焦りから厳しい声になる。

「僕たちはそういう関係ではない」

「そうだったのですか。では、帰っていただきます」

「何だと？」

ヨキの発言に、ニナは目を剥いた。

「ニナ様の特別な方だと思ったからこそ、家に上げたまで。ただの知り合い程度であれば、半獣風情をグライド家に入れるわけにはいきません。レム様、お帰りを」

「ヨキ、冗談はよせ」

「これが冗談を言っている顔に見えますか？　無様に叩き出されたくないのなら、自分から出ていきなさい」

ヨキの言葉を耳にしたレムは、無言で席を立った。彼がドアに向かったので、ニナは焦って「行くな」と怒鳴った。

「しかし、俺は招かれざる客のようだ」

「そんなことはない！」

ニナは悲鳴のように叫び、レムの背中にぎゅっとしがみついた。

「僕はおまえが必要だ。おまえが好きだ。おまえが僕をどう思っていようと関係ない！」

一気にそう続けると、ニナは真っ赤になってレムを見据えた。

「ニナ」

「おまえが好きだ」

やっと、言えた。

状況はどうあれ、伝えたくてたまらなかったこの言葉を、やっと。

「も、勿論、これは僕の一方的な感情をぶつけているだけだ。だから、その……拒まれたからといっておまえを追い出すつもりはない」

ヨキの表情がありありと曇ったので、見ていられなくなってニナは目を伏せる。

それを耳にしたレムが、背後で噴き出すのがわかった。

「何だ、レム」

振り返ったニナが怒りと羞恥に真っ赤になっているのを見て、レムは笑う。

「好きだよ」

「は？」

「一目惚れだった。そうでなければ、おまえみたいな厄介なやつを預かったりしない」

「………」

「ずっと好きだったんだ」

今度こそニナは、これ以上ないというくらいに真っ赤になる。

「だから、謝りたかった。命令とはいえ、共に暮らしているあいだはおまえを実験台にした。結果的に、ひどいことをしてしまった」

「おまえのせいではないだろう」

レムを抱き締めたままでいると、ヨキが「おやすみなさいませ、お二人とも」と悠然と告げた。

「本当に、俺を好きなのか？」

まさか閨に向かってまで、そんな暢気な台詞を聞かされるとは想定外だった。

「これでもわからないのか」

ニナはわざと仏頂面を作り、レムの傷に舌を這わせる。

さすがレムの薬はよく効くらしく、もう傷は完全に塞がり、薄いピンク色の皮膚ができあがっている。

「くすぐったいな」

「レム、ごめん」

「何が」

感極まって突然泣きだしそうになり、ニナはレムを潤んだ目で見上げた。

「僕のせいでおまえに怪我をさせた。おまえは平和な暮らしをしていたのに、僕を預かったから」

使用人のための狭い寝台に座り、尻尾を垂らしてしゅんとするニナを見つめたレムは、毅然とした顔で首を横に振った。

「言ったろう、おまえを預かったのは俺の意思だ。強制はされたが、断ることだってできたんだ」

レムの唇が、恭しくニナの額に触れる。

「おまえは綺麗だ、ニナ。その誇り高いところも何もかも、丸ごとおまえを好きだ」

「僕のほうが、ずっと好きだ…」

負けじとニナもレムの膚に触れ、首筋にくちづけ、舐め、囓った。

レムが愛《いと》しかった。

どこもかしこも、食べてしまいたいくらいに。咀嚼して味わって、自分のものにして体内に取り込んでしまいたいくらいに。

「レム……」

彼の名前を呼び、彼の躰に触れられる幸福は何ものにも代え難い。

「大胆だな。おまえ、慣れているのか？」

「初めてに決まってる！　獣人は貞淑で……」

声を荒らげたニナを見つめ、レムがふっと蕩けそうな顔になった。

「嬉しいよ」

「あっ」

尻尾の付け根の敏感な部分を捏《こ》ねられ、甘嚙みされる。

「だ、め……だめだ、レム……そこは……っ」

「どうして？」

「はあ、あっ……あん、ああ…ぁうう……」

そこを弄られるとひとたまりもなく、ニナはびくびくと震え、気づくと射精してしまっていた。

「獣人はここが弱いっていうのは、本当だな」

「たしかめた、くせに…ッ…」

「ん？　何だ、知っていたのか」

レムは小声で呟いて、一際強く付け根を噛んだ。

「ひぁあっ」

あの実験のあいだ、ニナは何度となくレムに尻尾を弄られたのだ。その記憶が、こうして触れられているあいだに甦ってくる。

「あ、ふ、ぅう…ッ」

快楽に尻尾と耳がぴくぴくと動き、自分でも制御できない。

「おまえはいつも、可愛くて、触れているときはいつも、どうにかなりそうだったよ」

レムは低く囁き、まだ湿り気のあるニナの尻尾を愛しげに撫でる。

「あ、だめ……レム……」

尻尾でこんなに感じてしまうなんて、思ってもみなかった。

「あー……あ、あっ…しっぽ……だめ…」

「可愛いんだ、これが」

「うぁあっ」

そのままレムの指で蕾の中まで探られ、ニナは甘く喘いだ。レムの指は長くそしてしなやかで、ニナの奥深くにまで届く。

四つん這いになったところで、尻尾の付け根を噛まれながら、あるいは引っ張られながらぬちゅぬちゅと掻き交ぜられると、頭が真っ白になった。それだけで何度も達《い》けそうなほどに、ニナは激しく感じていた。

「…ひん、ん、んっ……」

「感じてくれて、嬉しい」

「あ、あっ、レム、もう……もう……」

また射精してしまったのに、まだまだ欲望が止まらない。

「おまえも……」

「え？」

「おまえはどうすれば、すごく気持ちよくなる？」

レムには尻尾はないから、それが不思議だった。

首を傾げるニナを見下ろし、レムは苦笑した。

「こうするんだよ。脚を広げてくれ、ニナ」

レムは十二分に熱くなった自分のものを、ニナの窄みに躊躇なく押しつけてくる。

「あァ……っ」

めりめりと熱いものが入ってきて、その歓喜にニナは声を上げた。

気持ちがよかった。

すごく。

太くて固いものが内壁を捲り上げていく感覚に、ニナはうっとりとする。

「レム、いい……いいっ」

尻尾を軽く引っ張られると、中と外を同時に責められる感覚に襲われて躰が震えた。

「あ、あ、あっ」

中を擦られるのがこんなにいいとは、思ってもみなかった。レムが狭い道筋を進むごとに、躰も尻尾も、どこもかしこも小刻みに震えるようだ。

「すごいな、ニナ」

「うん、いい……いいっ……」

尻尾も耳もぴんと立って、ニナは全身でレムを締めつける。

「ひあっ！」

「やっぱり、ここで感じる」

そこを刺激されると、うずうずとした熱いものが尻尾を中心に全身に広がっていくようだ。

「あ、レム、レムっ、や、やんっ……」

「嫌、か？」

おかげで発音は舌足らずになり、ニナは甘ったるい口調でレムに縋った。

「う、ううん、やめちゃ、だめ……レム……」

「ああ、中まで震えて……気持ちがいいよ」

「ッ」

「悪い。加減できない」

汗を滴らせながら腰を打ちつけてくるレムに震える尻尾をきつく引っ張られて、ニナは目の前が真っ白になるのを感じた。

「い、いい……レム……いい……」

「ふ」

一際深いところを抉られると同時に、尻尾の付け根をぎゅっと締めつけられた。

「あー……ッ」

こんなの、初めてだ。

気づくとニナは射精しており、今までに感じたことのない絶頂に連れていかれた。

あまりにきつく締めつけたせいか、体内でレムが弾けるのがわかる。

その熱さに、ニナは陶然とした。


「困ったな……」

躰を重ねたあとの、気怠い時間。

照れ隠しにニナが小さく呟くと、それを耳にしたレムが「ん？」と聞き返す。

「グライド家は僕で断絶してしまう」

「そうだな。おまえが雌雄同体でもなければ子作りは無理だ」

狭い寝台の上でぴたりと二人で躰を重ねているのに、レムは至極冷静だ。

「同性で、しかも相手は違う種族だ」

「嫌か？」

「ううん。この黒い髪も、黒い目も、とても綺麗だ」

ニナが素直にそう告げると、レムは弾けそうな笑顔で言った。

「おまえも綺麗だよ、ニナ。初めて見たのはおまえの母親だったが……おまえは彼女よりもずっと綺麗だ。強くて、不器用で、でも優しい」

　母親のことを出されて、ニナは目を丸くする。

　だから一目惚れなのか。

　種を明かされても、別段、不安は感じなかった。レムが仮に自分を母の身代わりとして惚れたのであれば、こんなところまで追いかけてきてくれるわけがないからだ。

「——それなら、少しは、よかったのか」

　先ほどから気になっていたことなので、ニナは早口で持ち出した。

「え？」

「あの小屋で暮らしているときに、さんざん僕を弄んだろう」

　少しばかり責める口調になったのは、ニナの中でも引っかかっていたことだったからだ。

「……なんだ、気づいていたのか」

　ふ、とレムは頬を赤らめた。

「薬を飲み忘れたときがあったんだ」

「深い睡りのときに獣人の精神は解放されると言っただろう。あのときに、獣人は他者からの干渉を受けやすくなる。あれを研究していたんだ」

　レムはそう言いながら、ニナの短い髪をくるくると指先で摘んだ。

「さっきから考えていたんだが……もしかしたら、トルア三世はその性質に目をつけて、利用したのかもしれない」

「どうやって？」

「ほら、祭りで香具師《やし》がやるような出し物を知らないか？　観客を一人選んで、歌わせたり踊らせたり……」

「一度、見たことがある」

　まるで魔術のようで、ニナはそれが不思議だったものだ。

「トルア三世は王であり、そして、優れた祭司だった。人間の心を煽り、操るのが上手かったというのは記録にもある。だが、そこで灼熱病が流行ってしまった……」

考えを整理しているのか、レムは目を閉じている。

「そうだ。灼熱病が先だったんだ。だから、彼は滅びを望んだ。楽に死ねるようにと、睡郷を建てた。睡郷は、睡郷は獣人の墓なんだ。それであの言葉は納得がいく」

——ここは高貴なる魂が永久に休む柩。いざ睡らん再び目覚めるその日まで。

睡郷に彫られた文言の意味を、今、ニナはまざまざと理解していた。

「だが、睡りのあいだに育った黴が、結果的に獣人を滅びから救った。そこで、トルア三世は発想を逆転させる」

トルア三世は神は獣人を救ったのだ考えるようになり、以来、獣人が聖睡に入るように命じたのだ。

聖睡に入ることのできない属の獣人は反逆者として殺し、冬眠できるようになった属だけが残った。

そこから、聖睡は始まったのだ。

「……どうだ?」

聞き入っていたニナだったが、すぐにぷっと噴き出した。

「何だ?」

「いや、おまえの睦言は堅苦しい」

「そっちが持ち出したんだろう。俺をあんなに夢中にさせたくせに、照れ隠しのつもりか? 銀ではなくて黒髪も新鮮だったよ」

微笑を湛えたレムは、ニナの端を軽くつまみ、それから真顔になった。

「気持ちの通わない相手に触れても、それはただの実験でしかない。すまなかった」

「………」

「さっきだって、どうにかなりそうだったって言ったろう？」

　宥めるようなレムの声が優しくて、ニナはあえて作っていた渋面を戻す。だが、それより先にレムが弾けるように噴き出した。

「おまえは本当に嘘をつけないな、ニナ」

「え？」

「怒っているふりをしているくせに、尻尾がずっと俺の手を撫でてたよ」

　啞然として頬を染めるニナを見て、レムは目許を和ませる。

「少し、寝たほうがいい。昼には後宮に戻るのだろう？」

「……うん」

　明日からのことを考えると、不安でならなかった。

　王に進言をすれば、その逆鱗に触れて父のように無残に殺されてしまうかもしれない。

　これが好きな人と結ばれた、最初で最後の夜になるのだろうか。

　それでもかまわないけれど、できれば、レムとはその先の世界を目にしたかった。

「すまないな。俺には何もできない」

「まさか、何もしないのか？」

「冗談だ。都でも薬を作れるよう、科学院の仲間に声をかけてみる」

「……頼りになるよ」

　本当に、レムの睦言は仕事と紙一重だ。

　そんなことを考えるニナの躰の線を、レムが愛しげに指先で辿る。

　込み上げてくる愛おしさに、どうにかなりそうだ。

　彼がまだニナに触れたいのならもうできないと言いたかったけれど、そうしたら何もかもが終わってしまいそうで。

　この時間を、少しでも長く引き延ばしたい。

　ニナのその願いに気づいているのか、レムが手をぎゅっと握り締めてくる。

——と。

「大変でございます！」

全裸でベッドに横たわる二人に水を差したのは、ドアの外に立つ老家令だった。

慌てて起き上がったレムとニナはあたふたとローブを身につけると、それを見計らったようにドアが開いてヨキが飛び込んできた。

「こんなものが、町でばらまかれておりました」

「これは？」

彼が差し出した粗末な紙切れには、何やら文字が印刷されている。

紙の質がいまひとつな点からいっても、これは青湘あたりで作られたものだろう。

「これより革命が起きる、虐げられた人間よ立ち上がれ——そのような趣旨でございます」

「こんな紙切れを配っても意味はないだろう。人も半獣も、識字できないやつばかりだ」

欠伸を嚙み殺してレムは言ったが、逆に、字を読めるような人間は相応に地位も高い。彼らが革命に呼応すれば、この国は完全に麻痺してしまう。

そうなれば、王はきっとあの菌を使う。

人を滅ぼすために。

「ニナ、おまえはどうしたい？　放っておくか？」

「いや……何かがおかしい気がする」

今度は、思考を整理するのはニナの番だった。

「おかしい？　何が？」

「おまえの父親は科学院を追い出されて、西苑で研究をしていたと言っていたな」

「ああ」

レムの相槌は、それのどこが変なのかと言いたげな口ぶりだった。

「薬を製造するなんて、どう考えても莫大な金がかかるだろう？　いくら篤志家が後援するっていっても、限度がある。いったいどこから金が出ているんだ？」

「……言われてみれば、そうだな。匿名な篤志家とは言われたが」

存外世間知らずな一面もあるのか、考え込むようにレムは腕組みをする。

「でも、俺にだって聖睡の研究をさせてくれた後援者がいる。世の中に好事家は多いんじゃないか？」

「名前を聞いてもいいか？」

「アルト公爵だ。そういえば、頼めば今回も金を出してくれるかもしれないな」

「アルト？」

覚えのない名前に、ニナは首を傾げる。

「どうした？」

「そんな貴族の名前は聞いたことがない」

「なに……？」

こうなってくると、わからないことばかりだ。

本当に、父は正しくてラクシュは間違っているのか。

ラクシュの真意をがどんなものなのかを知らなくては、解決はないはずだった。

そのうえでラクシュが間違っているとわかれば、最早彼のことは諦めるほかない。

全面的にロイスに協力し、ニナは旗印にでも何でもなってやる。

立ち上がったニナは壊れかけた窓辺に近寄り、外に目を向ける。

「あっ……」

夜明け前の薄闇の中、城壁を囲むようにいくつもの光が見える。

「あれが、革命派か……」

ニナの背中を包み込むように、立ち上がったレムが呟く。

「ロイスもあそこにいるんだな」

「たぶん」

町を取り囲む光は、まるで大きな波のようだった。

12

「シファ、あなた少し色っぽくなったんじゃなくて？」

戻ってくるなり顔馴染みの女官にそう指摘されて、ニナは目を丸くする。

「そんなことは……」

「だって、とても綺麗になったんですもの」

「…………」

真っ赤になってぶんぶんと無言で首を振るニナを見やり、エメルはころころと笑った。

事情通のエメルは、現在の女官長よりも長くこの後宮にいるのだという。普通は見合いでもして後宮から去るが、彼女はその道を選ばないまま老齢に入ろうとしている。

「ごめんなさい、冗談よ。でも、すごく毛艶もいいわ」

廃墟とはいえ久しぶりに男の姿になってのびのびと過ごした二日間は、ニナにはいい骨休めになった。

「もしかしたら、久しぶりにゆっくり過ごせたからかもしれません」

「そうね……でも、騒がしかったでしょう」

「少し」

苦笑したニナが視線を向けた方角には、おそらく革命派の本隊がいるはずだ。

彼らは城壁には入らずにそこに陣を張り、王の出方を見守っている。

「こんな冗談でも言わないとやってられないわ。陛下はどうなさるおつもりなのかしら」

「無駄に血を流されるのがお嫌なのでは」

「……ええ。陛下は本当は、とてもお優しい方ですもの……」

ラクシュを幼い頃から知るというエメルは、淋しげに頷いた。

「どうして変わってしまったんですか？」

「噂なんですけどね、最初に灼熱病になった者がいるって報告があったらしいの」

「灼熱病に……？」

ニナは目を見開いた。

「ええ、それが三年くらい前かしら。何百年も前になくなったはずだから、医者の勘違いだろうということになったけれど……それから、陛下はとても沈み込んでしまわれたの。それで、聖睡のあいだにこっそり鳥類を他の国に送ったらしいの」

「鳥類を？」

知らないのとでも言いたげにエメルがこちらを見たので、ニナははっとした。

王の目と呼ばれる意味。鳥類は隠れ住むといわれれる理由。

それは、鳥類が王の間者として国を出ているからだ。いなくてもおかしいと思われぬよう、鳥類は隠れ住むことを義務づけられている。

それもすべて、トルア三世が決めたことなのだろう。

「それで？」

「そのあと、灼熱病で貴族が亡くなったようなのよ。それで、ラクシュ様はずっと厳しい顔ばかりなさっているわ」

相槌を打とうとしたとき、ニナは他者の気配に気づいた。

「エメル、ちょっと来てくれる？」

そんな風に呼びかけられ、女官は慌てて立ち上がった。

「どうしたんですか？」

「熱を出した子が多くて、人手が足りないの。困ってしまうわ。これこそ灼熱病ってものじゃないかしらねえ」

ぼやくような調子に、ニナは曖昧に頷いた。


エメルの冗談は、本当のものとなった。

後宮での最初は発熱者は三、四人だったが、翌日には十人に増えた。その翌日には女官の三分の一近くが起き上がれないほどになっていた。

症状は高熱で、食欲がなく食べ物を受け付けない。そのせいで衰弱し、ひとまず親元に帰された者もいた。

これでは、ニナがレムに聞かされたあの病の症状と同じだ。

そのうえ、後宮の女官だけでなく貴族たちも病で倒れているらしく、おかげで大事な会議が開けないと人間の官吏《かんり》たちがぼやいていた。

「ちょうどよかったわ。手を貸してもらえないかしら」

「はい」

エメルに呼び止められたニナは、王の私室に茶を運ぶという役割を言いつかった。普段ならばニナのような経験の浅い者は絶対にできないことなのだが、この人手不足の折ではどうにもならないという理由だった。

「人手が足りなくて困ってしまうわね」

「はい」

ニナは無口な女官として知られているので、こういうときに短く返事をするだけでも、少し無愛想なだけだと思われて片がついた。

「知ってる？　貴族の中には仮病の人もいるのよ」

「どうして？」

「あなた、叛乱軍の噂を知らないの？」

「知ってます」

ロイスたちは己を革命派だと自称したが、王や貴族にしてみれば単なる叛乱でしかなかった。

いずれにしても数千人だった彼らは都にあと半日という距離の野原に天幕を張り、そこを拠点に睨みを利かせている。時に都に手の者を潜り込ませて紙を配り、新しい参加者を誘い込む。斯くして叛乱軍は万にまで膨れあがり、王も苦慮しているらしい。ロイスは今あそこに居座り、大群を前に王がどう出るか、それを測っているのだ。

「失礼いたします」

「……入れ」

ニナを向かえたのは、憂鬱を表情に滲ませたラクシュだった。恐れ多くなったニナは、ラクシュに背を向けて茶葉の支度をする。

「女官たちも休んでいるようだな」

「はい」

答えたのは、部屋にいたフロウだった。

「そろそろ諦めますか、陛下。内通者がいるようで、この宮廷にも間者が出てしまいましたよ」

気軽な口調だったが、中身は深刻だ。

「くだらぬ言いぐさだな。鎖国は解かぬ。青湘の圧力に屈するつもりはない。連中の目当ては灼熱病に冒されぬ清らかな国土と、我が国の叡智だ。薬は時が来れば売りつけてやるから、今は待てと伝えよ」

「それはどうかと思いますけどね」

フロウはふうと息をつく。

「仰せのとおり、革命派の進軍で手薄になった北の国境線は国防軍を投じて閉鎖させせました」

「それでいい」

どこか疲れたように、ラクシュは頷いた。

「ですが、青湘からの兵士がこれ以上増えないといっても、都の周辺の民が革命派に合流したらどうするんです？」

「予の務めは、この国を守ること。民草が暢気《のんき》に睡っていられる時代は終わったのだ」

豪奢な椅子に躰を預け、ラクシュは固い声で呟いた。

ちらりと背後の様子を窺うと、彼の表情はあまりにも険しかった。

「この国に階層は必要だ」

冷ややかな口ぶりで、ラクシュは断じる。

「仮に獣人と人、半獣の別をなくしたとしよう。だが、それでも必ず弱い者、強い者、貧しい者、富める者で階層はできる。同じ獣人の中ですら、我らは鳥を蔑み、狐を馬鹿にする。ならば、最初から区別は作っておいてやるほうがいいのだ」

ざわりと胸が騒ぐ。

「陛下がそうおっしゃるのなら、僕はそれでもいいですよ」

フロウは答える。

「殺しは好きですからね。陛下の望むままに、この手を汚すだけです」

平然と言ってのけるフロウに、ラクシュは「頼もしいな」とだけ述げる。

ラクシュの論理は、一面では正しいかもしれない。けれども、それでは種族のあいだの可能性を否定することになる。

希望は何一つないことになってしまう。

「違うと、思います！」

いつしかニナは振り返り、そう声に出していた。

ラクシュとフロウは突然声を発したニナに対して、訝しげな目を向ける。

それも当然だろう。特に許しがない限り、女官が王に直に声をかけるなど、あってはならないことだ。

「無礼者！　そなた、あのときの黒狐か」

立ち上がったラクシュがつかつかと近づき、ニナの顎をぐいと持ち上げた。

その目が、合う。

「……ニナ？」

気づかれた……！

はっとしたニナは身を震わせる。

「おまえ、ニナだったのか！」

驚いたような声色に、ニナは目を伏せたくなったが気力を奮い立たせて彼の双眸を見つめた。

「驚いたな。女のなりをしてこんなところに潜り込むとは、予にハブルの復讐でもする気か？」

ラクシュの太い指が、ニナの顎に食い込んだ。

「違います！」

ニナは必死で言い募った。

「陛下が本当に人を滅ぼすつもりなのか、確かめに来ただけです」

「予が、人を？」

目を瞠ったラクシュはニナから手を離し、厳しい顔で睨みつける。

「違うのですか？」

それを聞いたラクシュはくっと喉を震わせ、やがて笑いだす。

フロウもまた、何とも言えぬ複雑な表情でニナを見つめていた。

どういうことだ……？

一頻りおかしげに笑ったラクシュは、それから首を横に振った。

「滅ぼそうとしたのは、そなたの父であろう」

「父が？」

「知らぬのか。三年前、灼熱病で死んだ最初の貴族はそなたの母御。白水の塔を見学したときに、種を拾ってきたようだな」

憐れむような目で、ラクシュはニナを見下ろす。

「…………」

「以来、ハブルは宰相としての職を果たせぬほどに次第に常軌を逸していった。あの男は、妻を殺した灼熱病でこの国を滅ぼそうとしたのだ」

「まさか……」

「そなたの理解に及ぶかどうかは知らぬが、古代の睡郷には病の種が残っている。だからこそ余人が立ち入らぬようにしているのだが、そなたの母親は獣人の誇りの源である睡郷をいたく気に入っていたようだ」

誇り高い母を思い出し、ニナは唇を噛む。

衝撃のあまり、頭がぐらぐらとしてきた。

「そうしてあの男は灼熱病の種を手に入れ、予を脅したのだ。開国をせねば、種をばらまくと」

ふらりとニナは後退り、壁に手を突く。

「まさか、父が……」

「青湘の人間が入り込めば、銀嶺の土地は種で汚染される。いずれにしたって、この国の民は滅びるとおまえの父は思ったようだね」

いまひとつ言葉が足りないラクシュの代わりに、フロウが説明を加えていく。

「革命派のロイスとやらは、青湘の人間に騙されているんだろうねえ。自分たちが種を運び、灼熱病の原因を運んでいることに気づいていない。哀れなものだよ」

フロウはつくづく呆れたように首を振り、ニナを見下ろした。

「そんな……」

驚きに打ち震えるニナをよそに、ラクシュは続けた。

「トルア三世の作り上げた秩序は絶対。それに逆らえば国は乱れる。獣人の研究も、灼熱病の研究も、王が率先して命じれば民を徒に不安にさせよう。かといって、科学院の老人たちは何を言っても、規則を使って楯突いてくる」

そのためにラクシュは、科学院の連中が睡りに就いているうちに手を打ち、カイル・エルファスに命じて薬を研究始めさせた。

フロウがそう告げたため、ニナは愕然とした。

「では、なぜ聖睡をやめようとなさったのです？」

「薬が間に合わずに聖睡のあいだに人も半獣も死に絶えたらどうなる？　人と半獣がいなければ、聖睡のあいだに獣人を守る者はない。そうなれば銀嶺は滅ぶ。民のいない国を、どうして国と呼べようか」

ラクシュは尻尾を小さく振る。

その動きに覚えがあり、ニナはついつい見入ってしまう。

「王が代々早世なのは知っていよう。聖睡に入らぬ予やフロウたちは、そなたたちよりも短命なのだ。だが、予に力があるうちにこの国を守らねばならぬ」

「ならば、人や獣人と手を携えるべきです」

膝を突いたニナは、尻尾が視界に入らないように目を伏せる。

「人であろうと獣人であろうと、神は等しく平等に扱う。そうでなければ、獣人より遥かに弱い人が、こんなに増えるわけがない。神が獣人だけを愛しているのであれば、この世界は獣人だけのものになっていたはずです」

「そなた、予に指図するのか」

ラクシュは腰に帯びていた宝刀をすらりと抜き放ち、その切っ先をニナの額に押しつけた。尖ったものが痛かったが、怖くはない。

「王が国父なら民はあなたのお子のはず。それをむざむざ死なせるおつもりですか！」

ニナは爛々と光る目でラクシュを睨んだ。

怒りに毛は逆立ち、尻尾は強い意志を反映して持ち上がる。

「蛮勇だな。くだらぬ諫言のために命を捨てるか」

「死ぬのは、怖くありません。ただ」

ニナはそこで言葉を切り、ラクシュを真っ向から見つめた。

「ただ？」

「臣として一番悲しいのは、主君が道を誤るのを指を咥《くわ》えて見ていることです。それが何よりも虚しく、悲しい」

ニナはそう言って宝刀の刃を摑み、自分の喉に押し当てようとした。指が切れて血が溢れ、床を汚していく。

「馬鹿め！」

無意識のうちに、ラクシュは剣を引く.

ああ、この人は……変わっていないのだ。

厳しくはあれども、本質は変わっていない。

民を愛し、身内だと言ったあの頃のままだ。

「陛下は間違っておられるとご存知なのでしょう」

「何だと？」

幼い頃。

いつも、ラクシュはニナを可愛がってくれた。

「あなたの尻尾が動くのは、正解を言ってほしくないときです。正しいと知っていても、間違えたことをしなくてはいけないことがあると、あなたはおっしゃった」

謎かけのとき、いつもラクシュはこうやって尻尾を動かし、ニナの集中力を妨げようと悪戯《いたずら》をした。

彼は聞きたくはないのだ。

ニナの答えを。

ラクシュにそのまま打ち据えられるかと思ったが、結末は違っていた。

小さく笑ったラクシュは、その尾でニナの手を撫でたのだ。

「――変わらぬな」

ラクシュはすっと宝剣を下ろし、そしてそれを鞘に戻す。

「昔から、そなたは予を恐れなかった。狐に産まれたことを嘆かず、ひたすら真っ直ぐに予を見つめた。そして今も、怯まずに予に道理を説く」

「申し訳ありません……」

「怒っているわけではない。意見を聞いているだけだ」

「理解し合いたいと思います」

ニナの答えは抽象的だったらしく、ラクシュは眉を顰めた。

「どうかロイスと……叛乱軍と話し合ってください。彼らとて、陛下や獣人を滅ぼしたくて立ち上がったわけではない。ただ、生きていたいだけだ。獣人も人も関係ないと言いたいだけなんです」

「予はこの国を守らねばならぬ。身分制度をなくせば、国は混乱する」

思っていた以上に、ラクシュは頑固だった。

「でも、共倒れよりましなはずです。青湘に対して鎖国を貫くのであれば、人や獣人はいないほうがいいのかもしれません。ですが、陛下が薬の開発を命じている相手もまた、人や半獣です」

「…………」

「手を取り合い、わかり合うことができなければ、あなたも僕も、皆が滅ぶ」

力強く言い切ったニナに、ラクシュは瞬きをする。

「それがおまえの答えか」

「はい」

「たとえ身分制度をなくしたところで、上手くいかぬことのほうが多いだろう」

「それでも、何かが変わるという希望があれば人は生きていけるものです」

希望というもの。

地を這う中で唯一残されたものがあれば。

「陛下がその希望になればいいのです」

「――なるほど、それはまた……面白いかもしれぬな」

笑みを浮かべたラクシュは、ニナを見やる。

「それにしても、そなたは予を諫めるためだけにここに来たのか？」

「ただ、真実を知りたかったからです」

それを聞いたラクシュは短く息をついた。

「そなたを投獄し、拷問させたのは予が間違っていたようだ。しかし、ハブルのことは許せぬ」

「――わかっております」

だが、それでいいのだ。

王とは迂闊に過ちを認めてはならぬものだからこそ。

「ところで」

突然割って入ったフロウが、二人のあいだに楽しげに水を差す。

「謁見の申し出がありますが、いかがなさいますか」

「待たせておけ」

もう少しニナと話をしたかったのか、ラクシュの声は不機嫌そうだ。

「それが、アルト公爵にお目にかかりたいと、レム・エルファスが」

「……ほう」

「都で灼熱病に対する薬を作るため、資金を得たいのだとか」

「予に気づきおったのか」

微かに笑ったラクシュの表情は穏やかで、あのとき悪戯をしたときのようにその目は輝いていた。

◇◇◇

「レム。食事ができたよ」

ニナが声をかけると、椅子に腰を下ろして薬草を混ぜていたレムが生返事で「ああ」と答える。

こうなると、レムが自分の世界から戻って来なくなるのは目に見えている。

ニナが立とうが座ろうが触れようが拗ねようが、仕事に没頭しているので視線を上げようともしない。

科学院に復帰したレムは、今度は聖睡の研究を始めている。

ニナが都でレムと二人で暮らし始めて、一月が経過した。屋敷の跡地を更地にし、こぢんまりとした家を建てた。

あの叛乱の際、病に倒れた人々は睡郷に運ばれ、そこで看病されたが、中には間に合わずに命を落とした者もおり、その犠牲は大きかった。

しかし、王はすべての者の死を平等に悼むと告げ、命の尊さはどの種族でも変わりがないとの言葉を示した。

そして、獣人も人も半獣も平等に扱うことを発表したのだ。

ロイスは病を除けば犠牲を払わずに対話が叶ったことを喜び、両者は和解を見た。

青湘における流行病の終息にはまだ多少の時間が

かかるだろうが、ラクシュは薬の製造方法を提供し、全面的に協力を申し出ている。

銀嶺は十年を目途に、ラクシュを元首として立憲君主制に移行することになった。そのときに鎖国の是非を問い、国民の投票を行うことになっている。

尤も、当然のことながらハブルの復権は叶わず、彼は反逆者として歴史に名を残すことになってしまった。逆にニナは父の過ちを止めようとし、その陰謀を炙《あぶ》り出《だ》すために反逆者を演じた忠臣とされてしまったが、国の平穏を取り戻し、ラクシュの治世を支えるためにはそうするほかなかった。

父のしたことは決して許されないが、それほどまでにあの美しい母を愛していたに違いない。

だからこそ、ニナは思うのだ。

愛した妻を死に追いやったものを消し去ってほしい。その解決方法を、どうか見つけほしい――そう願ったがゆえに、ハブルは睡郷の鍵を残したのではないかと。

あれは陰謀のための道具ではなく、一人の男の形見ではないか。

ニナがそう告げると、ラクシュは「おまえは人が好いな」と笑ったものの、特に否定はしなかった。

だからこそ、ニナはこの先もそう信じるつもりだった。

いずれにしても、何もかもが変わっていく。

絶対に変わらないと思っていたものが。

この国の停滞を嘆いていたロイスは、大いなる変化をどう思っているだろう?

だが、仮にレムと出会わなければ、きっとニナもぬるい水に浸かったまま出ることはできなかっただろう。

レムと出会って自分は変わった。

そしてレムもまた、ニナと出会って変わったはずだ。

「レムは仕事に夢中でつまらない」

ニナが抗議の声を上げるが、尻尾がふらふらと揺れてしまっているので本気でないことはレムにはお見通しだろう。

「おまえだって役人の仕事で忙しいだろう」

「初めての選挙も近いしね」

ニナが答えるとレムが微かに笑う。

「その調子でレムは、どんな病人も治すつもり？」

「そうだな。――でも、一つだけ治したくない病気くらいあるよ」

「仕事が上がったりだから？」

「それもあるし……おまえが俺に惚れてるっていう、気の迷いから覚めてほしくないんだ」

愛の病と言わないところが、照れ屋の彼らしくて。

ニナは小さく笑うと、「覚めないよ」と答えて身を屈めて彼の唇を啄んだ。

夜の実験

聖睡《せいすい》の時期を人々が指折り数えるようになった、今日この頃。

王命で実験台になっていた空白期間があったため、ニナ・グライドは中途から内務省《ないむしょう》に入省した。

とはいえ、一人だけ季節外れの新人は教育に手間がかかるとのことで、ニナは今は史料室にいる。次の万霊節のあと、改めて信心としての研修を行うことになっていた。

ニナもそのあたりは重々承知しているし、政治関係の資料の整理はなかなか面白い。印刷技術が発達していなかった頃の手書きの写本から、研究者向けの貴重な本までが並べられていて、そこから文献を読み込んで必要な情報を分類していく。

内務省の内部であるだけに、この国の政治史をつぶさに見られるところも興味深かった。

「ニナ！」

猫《ねこ》との獣人であるコウに声をかけられて、ニナは微笑《ほほえ》んだ。

「おはよう」

「今日の月見祭《つきみさい》、どうする？」

「月見祭？」

そういえば、新しい祭りを行うと告示があったのに、馴染《なじ》みがないせいですっかり忘れていた。

「朝から屋台が出るって話だから、お昼は皆で何か食べに行こうって、昨日話したじゃないか」

「ああ……」

弾んだ声で話しかけられたものの、今日のニナは弁当を持ってきている。

といってもパンにハムを挟んだだけであり、質素なものであることには変わらない。

「ごめん、忘れてたよ。今日はお弁当を持ってきているんだ」

「珍しいね」

ニナの言葉を聞いて、コウは少しばかり残念そうな顔になる。

「少し早めに上がりたいから、昼休みも仕事をしようと思っていて」

「そっかあ……でも、折角《せっかく》だから夜からでも行ったほうがいいよ。新しいお祭りは、陛下のはからいだもの」

「うん」

人一倍他者に厳しく見えるラクシュであったが、彼は彼なりに国政に対する熱い思いがある。

そんなラクシュはフロウの忠告を容《い》れたらしく、各地で祭りを行うことになった。

それが灼熱病《しゃくねつびょう》で亡くなった人々を悼むための、月見祭だった。死者を悲しませるがゆえに湿っぽいものにしてはならぬとの命令も下り、明るく華やかな祭りとなることが決められている。

「また誘ってくれる？」

「うん。でも、月見祭は来年までお預けだよ」

コウはにこりと笑った。

「残念だな」

明日は西苑《せいえん》からレムの父親であるカイル・エルファスが来ることになっており、初めて彼と顔を合わせるのだ。

人《ヒト》であるカイルはかなりの変わり者のようだった。事実、半獣であるレムの父親なのだから、それはそうなのかもしれない。

本当は会うのは緊張していたものの、ニナは聖睡に入らずに済む方法があるのかどうかを、カイルに相談したかったのでちょうどよかった。

十年という区切りができたためかラクシュは精力的に働いており、その最中でニナが聖睡に入らなくてはいけないことが少し惜しい。だからこそ、自分が目覚めていれば何か手伝えることもあるかもしれないと考えたのだ。

今までは、聖睡は当たり前の躰の仕組みなので、睡《ねむ》りに就くのも仕方ないと考えていた。

しかし、恋人であるレムは、聖睡はトルア三世の暗示から始まったのではないかとの仮説を立てている。ならば、ニナも意思の力で自分の躰《からだ》を変えられるのではないかと考えるようになっていた。

もしそうであるのなら、レムと一緒にもっと長い時間を過ごせるのだ。

「それにしても、本に埋もれてばかりじゃ退屈じゃない？」

「面白いよ」

ニナがにこりと笑うと、コウは首を傾《かし》げた。

「どのあたりが？」

「銀嶺《ぎんれい》の歴史って基本的に伝説ばかりを習うだろう。でも、こうやって史料を見ていると、昔の政治家の考え方とか、どうやってその政策が決まったのかとか、そういうのがわかってくる」

「それが面白いの？」

ますます不思議そうな顔をするコウの姿に、以前までの自分の姿を重ねてニナはおかしくなる。

「自分の知らなかったことを知るのは、とても興味深いよ」

「知らなかった。ニナって勉強家なんだね」

「うーん……そうかな」

実際、家にはレムのように研究熱心な同居人がいるので、自分程度を勉強家といわれるのは少し躊躇《ためら》われるのだった。

ニナはただ仕事の範疇《はんちゅう》でこの国の歴史を知り、整理しようとしているにすぎない。

職を追われてまで研究に打ち込むレムやカイルとは違うので、自分如《ごと》きをそう表されるのはひどく照れくさくなってしまうのだった。

「ほら、そろそろ行かないと」

「そうだね。今日は珍しい屋台も出てるみたいなんだ」

「明日、いろいろ教えてくれる？」

　ニナの言葉を聞いて、資料室を出かけていたコウは「わかった」といいつつも尻尾でドアをぱたりと閉めた。

「ただいま」

　ニナが帰宅すると、玄関を入ってすぐのところにある居間に本を積み上げていたレムは「お帰り」と生返事をする。

　研究所は在宅での勤務が可能になっているため、レムは今日は一日家にいたようだ。

　来客は明日なのに、こんなに本を乱雑に積み上げたままなんて。それどころか、朝、ニナが出かけるときよりもずっと本が増えた気がしてしまう。

「雨、降ってきたよ」

「うん」

　雨音が家の壁を叩《たた》く音が聞こえてくるのに、レムは気にしていない様子で書物を読《よ》み耽《ふけ》っている。

「ねえ、レム。頼んだもの、買ってきてくれた？」

「んん？」

　興味がなさそうな返答に、ニナはため息をつく。

「お肉だよ。ほら、明日、おまえのお父さんが来るから料理をするって話だったじゃないか。科学院の近くには、いい肉屋さんがあるし……」

　外套《がいとう》を脱ぎながらニナがそう言うと、レムはやっと本から顔を上げて「そうだっけ」と呟《つぶや》いた。

　かなり深く書物の世界に没頭しているようで、ニナはため息の一つもつきたくなった。

　仕方ない。

　材料はあとで買うとして、今は、夕食の支度を考えなくては。

　そうだ。掃除もしなくてはいけない。

レムと来たら部屋をすぐに散らかしてしまうので、綺麗《きれい》好きのニナが整理整頓するのが役割だった。

とにかく先に掃除をしなくては。

いや、掃除すると埃《ほこり》が立つから料理では？

いろいろ考えているうちに混乱しそうになってきたが、まずはできることからやっておこうと、ニナはあたりに積んであった本に手を出した。

「ニナ」

いきなりレムが自分に注意を向けてきたので、ニナは少しほっとして「なに？」と聞いた。

「そのままにしておいてくれないか」

「え……どうして？」

「どうって片づけられたら困る」

勿論《もちろん》、片づいていないのは不愉快だったが、こちらは恋人の父親がやって来るので気を遣っているのだ。

「でも、部屋くらい片づけておかないと」

「いいから、それには触らないでくれ」

「…………」

ニナはむっとして唇を噛《か》み締《し》め、そしてレムを睨《にら》みつける。

本来ならば、ニナは大勢の使用人に囲まれて育った。レムと暮らし始めるときも使用人を雇って楽をする選択肢もあったが、二人だけの生活を満喫したくて、二人で協力し合おうと決めたのだ。

なのに。

「……もう、いい」

レムは相変わらず書物に没頭し、ニナの言葉には気づいていないらしい。

レムの馬鹿！

怒りに任せて立ち上がったニナは、上着を取って家を出ていく。

家の外には、たくさんの人々がいた。

「あ……」

そういえば今日は、月見祭だ。

祭りは王宮前の広場で様々な行事を行われることになっていて、そこを中心に数々の屋台があるのだという。

思い思いに月を見上げる人々の楽しげな光景を眺めているうちに、涙がじわりと滲《にじ》んでくる。

見たこともないレムの父親をもてなしたくて、少しでも、いい人だと思われたくて。

見栄を張っているだけかもしれないが、ニナなりに頑張っていたのだ。

「月見祭か……どうなるかと思ったが、随分、盛大だな」

「ラクシュ様が、民を不安にさせたことが申し訳ないと、とても資金を出してくださったらしい」

「へえ。堅苦しそうな王様に見えるがねえ」

人々が囁《ささや》き合《あ》いながら歩いていくのを見ることだけが、今のニナの心の慰めだった。


「あれ、ニナじゃないか」

声をかけられたニナが顔を上げると、昼間は梨をしたコウが友人たちと立っていた。


「ニナ……？」

気づくと家にニナがいなかったため、レムははっとする。

父が訪れるとの便りが届いていたので、そのときに話をしようと思い、つい、書物に没頭してしまっていた。

「ニナ！」

がたりと立ち上がったレムはニナを探そうとして、それから漸《ようや》く、肉を買っておいてほしいと言われていたことを思い出す。

きっと、レムが約束を守らなかったせいで怒らせてしまったのだ。

ニナが肉を買いに行ったかどうかは不明だったが、一応は自分も買っておくべきだろう。

外套を身につけたレムは、急ぎ足で商店へ向かう。以前ならばフードをきっちり被っていたのだが、最近では都でも獣人の姿を見るようになっていたし、闇に紛れると黒髪と黒目は意外と目立たないものだ。そのため、以前よりも気軽に外出できるようになっていた。

あとで、ニナに謝らなくてはいけない。

カイルが都に来るため焦っていたことはあるのだが、興味があることを見つけるとそれに打ち込んでしまうのは、レムの悪い癖だ。

己の浅慮を反省しつつしょんぼり歩いていたレムは、獣人たちに囲まれるニナを見つけて目を瞠《みは》った。

声をかけようか。

それを悩んでいると、ニナとその友人たちの話し声が耳に届く。


「……だからさ、ニナ。君は史料室なんかに閉じ込められているべきではないんだ」

「資料の整理は楽しいよ」

さらりとニナが答える。

「古くさい本に向き合っていることが？」

「僕も昔はそう思っていた。でも、そうした史料にはそのときに生きた人たちの記憶で、記録でもあるんだ。勿論、個人個人のことなんて殆《ほとん》ど書かれていないけど」

少し言葉を濁したニナは、上手《うま》く説明する方法を探しているようでもあった。

「おまえ、意外と変人だったんだな」

「変人？」

「美人だし、もっとつき合いやすいと思ってたよ」

ずけずけと言われて苦笑するニナは、「もう行くよ」と答える。

「どこへ？」

「明日、大切なお客さんが来るんだ。用意しないと」

「だって今日は無礼講だぜ？　明日のことなんて考えなくたって……」

「でも、大事な人なんだ」

胸が苦しくなるような、そんな気持ちに襲われてレムは外套の上から自分の服を摑《つか》む。

「わかったよ。またな、ニナ」

彼らから離れて歩きだしたニナは、レムの姿に足を止める。

「レム」

「あ……あの、肉を買ってきたから」

「……ああ」

ニナはぷんとそっぽを向く。

「悪かった。ちょっと夢中になってしまって」

「おまえは、もてなしになんてなんて興味がないんだろう」

「そういうわけじゃない」

「だったらなぜ、そんなに非協力的なんだ」

ニナに詰《なじ》られたレムは足を止め、渋々口を開いた。

「――父が来たら、たぶん、おまえに興味を持つ」

「僕に？」

「そうだ。俺の恋人としてじゃなくて……獣人の生態とか、いろいろ」

口籠もるレムに対し、ニナは怪訝《けげん》そうだった。

何を言われているかわからないという顔だったので、レムはこれ以上を言ってもいいのかと困惑した。

カイルはレムよりもずっと変人で、ずっと天才肌で、そして、より深くニナに興味を持つのが目に見えているということだ。

そもそも、彼が獣人だった母とタブーを乗り越えて結婚したのだって、獣人に対する興味が募った結果だった。

さすがに母を実験台に使うことはなかったようだが、だからといってニナにまったく関心を持たないとはいえないだろう。

「だから……その、おまえを調べたいって言われると困る」

「僕を？」

きょとんとするニナの耳や尻尾《しっぽ》の銀の毛並みを、今宵《こよい》の美しい月が照らしだしている。

「そうだ。雄……というと失礼だが、雄の獣人を彼は調べたことがないはずだ。おまえの躰の仕組みとか、反応とか、あれこれが気になるに決まってるんだ」

「………………」

何を言えばいいのかという顔つきでニナが立ち尽くしているので、レムは恥ずかしくなってきた。

「ええと……気を回しすぎじゃないのか？」

「そんなことはない！　おまえみたいに綺麗な銀狐《ぎんぎつね》、どうあったって調べたいに決まっている」

レムの言葉を聞いた途端、ニナの頬《ほお》が赤く染まっていく。

不思議だ。

ニナは誰からだって綺麗だとか美人だとか褒められ慣れているはずなのに、レムがそう言うとすぐに赤くなってしまうのだ。

「ともかく！　そんなことを理由におまえの躰を探ったりするのは失礼な話だろう。父であろうと絶対に許せない」

「……うん」

「それで、文献でできる限り調べておいて、どんな質問にも答えられるようにしておこうと考えたんだ」

それを耳にしたニナが黙り込んだので、レムはどきりとしてしまう。

こんな話は道端でするようなものではなかったし、それに、ニナを実験台扱いしているようで失礼だったかもしれない。

「……何だ？」

しゅんとしているレムを目にして、ニナがどう思ったかはわからない。

けれども、彼がもう怒ってはいない様子だった。

「おまえは馬鹿だな」

「は？」

「それだったら、おまえが調べればいいじゃないか」

意外な返答に、レムは眉を顰《ひそ》める。

「何だって？」

「僕の躰を、調べてくれ。ここのところ、おまえは僕を放っておきっぱなしだ」

ニナはそう言って、レムの手を握った。

「この、おまえの手で」

その手がやけに熱く汗ばんでいるのを感じたレムは、自分がとんでもない朴念仁なのだと悟った。

「ああ、調べさせてくれ」

「馬鹿。二度も言わなくていい」

ニナは少し拗《す》ねたような口ぶりで言うと、レムの手を引っ張った。


「じゃあ、調査をするからな」

レムが至極真面目な顔で言ったので、耐えきれなくなったニナは小さく吹き出す。

「それもまた色気がないな」

「……すまない」

「ともあれ、脱いだほうがいいのか？」

「いや、そこから俺がやる」

真剣な顔つきになったレムはそう言うと、ニナのシャツをするすると脱がせる。

下着とズボンを脱がせて、それから、やわらかな素材の靴下を取り去る。

「よし」

「レム・エルファス先生は？　その格好のままなのか？」

わざとらしく先生と呼んでやると、レムは「そうだな」と頷《うなず》いた。

「裸で記録をつけるのは、風邪を引きそうだ」

「まさか、本気で記録するつもりか？」

「冗談だったのか？　隅々まで調べてほしいんだろう？」

肉を漬け込んだあとだから、だろうか。

レムの手は少し香辛料の匂いがする。

すり、とニナがレムの手に顔を寄せると、レムは「どうしたんだ？」と怪訝《けげん》そうな顔で自分の手の匂いを嗅ぐ。

「ローズマリーの匂い」

「ああ……ごめん、臭いのか？」

レムに問われて、寝台に横になったニナは首を横に振る。

「いい匂いだよ」

「銀狐はどんな匂いが好きなんだ？」

レムがそう尋ねると、ニナは少し眉を寄せて考え込む。

「お日様かな」

「お日様？」

「太陽の下でよく干したシーツの匂い」

自分でも子供っぽい形容だと思ったが、あの匂いを嗅ぐと安心するのだ。

「それは……なんて表現するのか難しいな」

「だから、お日様だよ」

微笑んだニナを見て、レムは眩《まぶ》しげに瞬《まばた》きをする。

「おまえはどうなんだ、レム」

「俺か？　俺は……」

レムは目を伏せる。

「おまえの匂いかな」

「狐の匂いか？」

「いや……うーん、そうともいえるし、違うかもしれない」

レムの返答は歯切れが悪かった。

「半獣はおまえたちほど嗅覚がよくないんだ。いろいろな匂いが混じってしまう」

「じゃあ、僕から腐肉の匂いがするのか？」

「まさか」

レムは言下に否定した。

「とにかく、おまえからはいつもいい匂いがする。俺を酔わせる匂いなんだ」

うっとりと呟くレムの声が、ニナにはたまらなく愛《いと》おしい。

「嗅がせてくれ」

いきなりそう言うと、レムはニナの首筋に鼻面を押しつけてくる。

ついでに濡《ぬ》れた唇が鎖骨のあたりにぶつかり、その二つの刺激に目を細めた。

「くすぐったい」

「え？　これが？」

ちょうど顎《あご》の下の部分にレムの長い黒髪があたってしまって、ひどくこそばゆい。

そのうえ、レムが気づかずにくちづけを繰り返すものだから、それもまた愛おしくて。

「っ…ふ……」

まるで猫じゃらしか何かでそろそろと顎の下をくすぐられているようで、ニナは身を捩《よじ》った。

「ニナ？」

「おまえの髪だ……」

仕方なく白状すると、漸くレムは動きを止めた。

「え？」

「くすぐったい……それ、猫に、なった……みたいだ……」

「ああ」

そこで初めて、レムは自分の髪の毛が原因だと気づいたらしい。

「裸の獣人は敏感なんだな」

「は？」

「いや……新たな発見だ」

そんなことを言われるとなぜだかひどく恥ずかしくなり、ニナは目を伏せた。

「もっと敏感なところを見せてくれ」

「あっ」

高い声を上げてしまったのは、レムが鎖骨を強く吸い上げたせいだ。

「ここはどうなんだ？」

「ひゃ…ッ……」

そして今度は——乳首だ。

「そこ、は……」

「おまえの乳首はすぐ硬くなるんだ」

「はっ？」

指先で乳首を摘んだレムはそう言って、くにくにとそれを転がす。

「あ、あっ……あん……」

何か言ったほうがいいのだろうかと思ったが、乳首をそんな風に捏《こ》ね回《まわ》されていると、言葉なんて出てくるわけがないのだ。

「……あ…あっ……レム……」

「乳房……というとおかしいが、ここ全体が感じやすくなるみたいだな」

「ッ」

乳嘴《にゅうし》を潰しながら、今度はレムはニナのもう一歩の乳首を唇に含んだ。

「薄紅色でとても綺麗だ……」

うっとりとしながらレムが吸いつくものだから、ニナの思考はどんどん掻《か》き乱《みだ》されていく。

尻尾を脚の間に挟み込み、無意識のうちに性器を持ち上げてしまう。

「はぁ……あ……あっ」

「乳首を弄《いじ》っているだけで、こちらも反応してくるのか」

感心したようなレムの声になぜかひどく煽《あお》られ、ニナは高い声を上げて達していた。

「……う」

触られてもいないのに射精してしまったことが恥ずかしくなり、ニナは真っ赤になる。

「どうしたんだ？」

「おまえ、ばかり……ずるい……」

「だって、これは調査で……」

レムが口籠もったが、ニナは彼を真っ向から睨んだ。

「それなら、僕も調査する」

「何を？」

「半獣の生態だ」

そう言ったニナはレムの二の腕を摑み、躰を反転させるようにした。

「わっ」

今度はレムを組み敷くかたちになり、ニナは彼のシャツを脱がせていく。

「おい……どうした、ニナ」

「うるさい」

レムを全裸にさせたニナは彼の性器を見下ろし、こくりと息を呑《の》んだ。

やはり、大きい。

レムと何度も膚《はだ》を重ねたことはあるものの、彼のそれは平時でも十分に大きくずしりとした量感がある。

それでも、今夜はニナだっていろいろするのだ。

そうすることで、放っておかれた逆襲をするつもりだった。

しっかりとそう心に決めたニナは、レムのそれに顔を近寄せた。

「おい、あんまり見るな……ッ」

レムの語尾が揺らいだのは、ニナがそこにくちづけたためだ。

「……ふ……おい、ニナ……」

「黙ってろ」

最初は何度かそこにくちづけていたのだが、だんだん、それではレムの反応があまりよくないことに気づく。

もっと大胆なことをしなければ。

ニナはそう心に決めると舌を伸ばし、レムのそれをざらりと舐《な》め上《あ》げた。

「っく……ニナ……っ」

想像以上の反応を得られて、ニナは満足を覚える。レムがこんな声を出してくれるなんて、嬉《うれ》しい。

そう思いつつも左手で性器を支え、右手で根元から尖端、あるいは尖端から根元と熱を込めて交互に舐めていく。

「ん、んっ……んむ……」

鼻で息をしながらじっくりと舐めているうちに、だんだん、それがたまらなく美味《おい》しいもののように思えてくるのが不可思議だった。

「あむ……」

大きく口を開けて尖端からを含んでいくと、レムの腰がぴくっと揺れる。

「ニナ……」

「んむ？」

ニナが上目遣いにレムを見やると、既に汗みずくになったレムが手を伸ばしてニナの銀髪を撫《な》でた。

「だめ、だ……それでは、おまえの口を……」

「む……ん……」

「汚す、から……」

レムはそう言ったが、ニナはかまわずに唇全体に力を込めて頬を窄《すぼ》める。

く、と小さく呻《うめ》き、レムがニナの口に何かを注いだ。

精液、だった。

独特の味がするものを口にしたのは初めてで、ニナは眉を顰める。

どうしようかと迷ったもののそのまま飲み終えて、手の甲で口を拭った。

「……興味深い味だ」

「まずかっただろう。なぜ吐き出さなかった？」

息を整えたレムに問われ、ニナは、「レムの生態研究の一環だ」と澄まし顔で答える。

「それに、これがおまえだ。まずくなんてない」

ニナの答えを聞いたレムが弾《はじ》かれたように身を起こし、いきなり、ニナを組み敷いてきた。

「レム……っ」

「すまない。もっとゆっくり、したいのに……おまえが、可愛《かわい》くて……」

既に強度を取り戻したレムは、寝台に這《は》わせたニナの秘蕾《ひらい》に雄蘂《ゆうずい》を突き立ててくる。

「あぁ……ッ！」

嘘《うそ》……。

まさかそう簡単に回復されると思わず、挿入をされかけたニナはじたばたと踠《もが》いた。

「だめだ、暴れるな」

囁いたレムが、背後からニナの尻尾の付け根をぎゅっと握り締める。

「ああんっ」

途端に声が跳ね上がり、頭が真っ白になってしまう。

ぴくぴくと震えたニナは、自分がまたしても射精したことに気づいていた。

「そ、れ……だめ……」

「そうか……こうしていると、中が締まる」

「はっ？」

「尻尾を引っ張るときより、ずっと反応があるな。こうすると、中の肉が連動して、おまえの中が……きゅうって……」

感心したように言ったレムが、ニナの尻尾の付け根を今度は指先でさすった。

「あうっ……あ、あっ……ああっ」

腰を動かされながら一番の急所を弄られ、ニナの思考はめちゃくちゃになってしまう。

これではもう、何も考えられないではないか。

「だ、め……だめ、だめっ」

「そうか？　よさそうだ」

「や、やう……やらっ」

喘《あえ》ぎながらニナは無自覚にレムを締めつけ、その大きさを存分に味わう。

「俺も、たまらない……ニナ……」

気持ちがいい……。

よくてよくてたまらない。

自分の背中に落ちるレムの汗。レムの息遣い。

研究しなくたって、いつまでだって覚えている。

二人の体温を。

「好きだ、ニナ」


囁いたレムの声を聞いて、ニナは「僕も」と無意識のうちに答えていた。


「レム、スープの味を見てくれる？」

ニナに言われたレムが小さな皿を取り出し、そこにスープをよそる。

「うん、旨《うま》い。茸《きのこ》の味が利いているな」

「出汁《だし》の使い方は、おまえには敵《かな》わないよ」

ニナの言葉を聞いて、レムは「今度教えるよ」と誇らしげに胸を張る。

「それにしても、おまえのお父さんは遅いな。早く挨拶をしたいのに」

「まあ、でも来ないほうがいいかもしれない」

レムは複雑な顔でぼやく。

「どうして？」

「昨日の研究結果を父に聞かせるのは惜しい」

「……おまえ」

ニナは呆《あき》れたように息をついた。

「まさか、昨日のことを全部言うつもりか？」

「それはないが、獣人の尻尾の付け根が性感帯の一つだというのは知らせたほうがいい気がする。何かのときにうっかり触れてしまっては……」

レムの言葉を耳にしたニナは小さく首を振り、それから、レムに向き直った。

「言っておくけど」

「ん？」

「科学院の規則が変わって獣人の躰を調べられるようになったからといって、不用意に僕以外の相手の尻尾を摑んだりするなよ」

「どうして？」

「どうって……わからないのか？」

言いながら、ニナがそっぽを向く。

その尻尾がもの言いたげに自分の腿《もも》のあたりを撫でているので、レムはつい破顔する。

「そうか……焼き餅か」

「そういう意味じゃない。やむを得ない場合はいいけど……できれば、そうしてほしくない」

言いながらもニナの耳と尻尾はぴくぴくと動き、彼の表情よりもずっと雄弁にその感情を物語っている。

レムは彼の躰を背後から掻《か》き抱《いだ》き、「しないよ」その耳に囁きかける。

「俺が調べたいのはおまえだけだ。だから、おまえ以外に触れる必要があるときはほかの仲間に頼む」

「……うん」

漸く納得したような答えが返ってきたので、レムはニナの躰を抱く腕に力を込めた。

あとがき

このたびは、『睡郷《すいきょう》の獣《けもの》』をお手にとってくださってありがとうございました。

こちらは以前、『リンクス』誌上に掲載していただいた前後編に大幅に加筆修正したものです。当時の担当さんがケモ耳好きだったことから実現した、私にとっては初めてのケモ耳ファンタジーです。

有り難いことに前々から新書化のお話を頂戴していたのですが、執筆直後には既に己にはまとめ切れていないと反省した作品でしたので、「これを新書にまとめるには、考え直すべきところが多すぎる……」となかなか実行できずにおりました。が、長く続いたシリーズの完結編を書き上げて次の山に登ってみたくなったこともあり、つい、新たな挑戦を始めようと思い立ちました。

しかし、正直に言えばそれが運の尽きで、担当さんを始め、イラストを引き受けてくださったサマミヤアカザ先生ほか、とても多くの方にご迷惑をおかけすることとなってしまいました。

書くたびに直したいところが出てくるという厄介な作品で、己にとっては山頂は見えるのに辿り着かない高山のようでした。至らぬところは多々ありますが、何とか最後の最後でこれなら……というかたちにすることができたと思います。

気の強い貴族のニナと、半獣として差別されてきたレム。自分にも他人にも厳しいラクシュと、ちょっと不思議ちゃんなフロウ。

ニナとレムの二人暮らしや周辺についてを書き込むのはなかなか楽しくて、いろいろ盛りだくさんにしてしまったのが、この話がやけに長くなってしまった原因かもしれません。

ともあれ、こうして何とかあとがきに漕《こ》ぎ着けて心の底からほっとしております。


本作を華やかな挿絵で彩ってくださった、サマミヤアカザ様。雑誌掲載のときからずっとご迷惑をかけてしまっており、大変申し訳なく思っております。それなのにたくさんの綺麗な挿絵を描いていただけたことがとても嬉しく、執筆の糧にいたしました。特にニナの尻尾を絵で見たい！　と思ったので、耳と尻尾をもふもふにしていただけてすごく幸せでした。どうもありがとうございました。

本作の担当をしてくださった、落合様。まるで原稿が進まずに悩みまくる中、いろいろ相談に乗ってくださったり、お尻を叩いてくださったりしてありがとうございました。そして本当に本当に申し訳ありませんでした。

校正や印刷会社の方々など、本作ではとてもたくさんの方にご迷惑をおかけしてしまいました。反省しております。本を一冊書き上げるたびに、作品を作るのは一人だけの力ではないなというのを実感いたします。

最後に、この本をお手にとってくださったり、雑誌のアンケートでの新書化を希望してくださったりした皆様に、厚く御礼申し上げます。新書のときとはだいぶ設定を変えてしまいましたが、そのあたりも味わっていただけると嬉しいです。

迷うことや悩むことばかりでしたが、それでもやはり、執筆はとても楽しいです。読者の皆様が少しでも本作を楽しんでくだされば、それ以上の喜びはありません。

それでは、またどこかでお目にかかれますように。

和泉《いずみ》　桂《かつら》

初出

睡郷の獣	2013年 リンクス3・5月号掲載作品を大幅加筆修正
夜の実験	書き下ろし

この本を読んでのご意見・ご感想をお寄せ下さい。
〒151-0051
東京都渋谷区千駄ヶ谷4-9-7
(株)幻冬舎コミックス　リンクス編集部
「和泉《いずみ》 桂《かつら》先生」係／「サマミヤアカザ先生」係

リンクス ロマンス

睡郷の獣

2016年9月30日　第1刷発行

著者……………和泉《いずみ》 桂《かつら》
発行人…………石原正康
発行元…………株式会社　幻冬舎コミックス
〒151-0051　東京都渋谷区千駄ヶ谷4-9-7
TEL 03-5411-6431（編集）
発売元…………株式会社　幻冬舎
〒151-0051　東京都渋谷区千駄ヶ谷4-9-7
TEL 03-5411-6222（営業）
振替00120-8-767643
印刷・製本所…共同印刷株式会社
検印廃止

ISBN978-4-344-83796-6 C0293
Printed in Japan

幻冬舎コミックスホームページ　http://www.gentosha-comics.net